谨以此书

向掌舵领航老君山开发建设的精英团队致敬!
向十五载风雨同舟创造辉煌的老君山人致敬!

老君山人

郑旺盛 张记 著

河南文艺出版社
·郑州·

图书在版编目（CIP）数据

老君山人/郑旺盛,张记著. --郑州:河南文艺出版社,2022.7

ISBN 978-7-5559-1357-3

Ⅰ.①老…　Ⅱ.①郑…②张…　Ⅲ.①报告文学—中国—当代　Ⅳ.①I25

中国版本图书馆 CIP 数据核字（2022）第 093229 号

选题策划　李　辉
责任编辑　李　辉
书籍设计　刘婉君
责任校对　赵红宙　陈　炜

出版发行　河南文艺出版社
本社地址　郑州市郑东新区祥盛街 27 号 C 座 5 楼
承印单位　郑州印之星印务有限公司
经销单位　新华书店
纸张规格　700 毫米×1000 毫米　1/16
印　　张　25.75
字　　数　347 000
版　　次　2022 年 7 月第 1 版
印　　次　2022 年 7 月第 1 次印刷
定　　价　88.00 元

印厂地址　郑州市高新区冬青西街 101 号
邮政编码　450000　　电话　0371-63330696

– 老君山董事局主席杨植森 –

博古通今燦爛生輝照人心
大道鄉鄉厚德濟濟五千言道德經

青山疊疊碧水悠悠八百里伏牛山
綿延巍峨寶光閃爍耀金頂

辛丑秋於鄭曉歌 撰筆

序《老君山人》

2007 年以来的十五年，是大众旅游从概念提出到全面发展的十五年，也是旅游业进入国家战略视野并快速发展的十五年。从数据来看，我国已经发展形成了全球最大的国内旅游和出境旅游市场。随着全面小康社会的建成，旅游已经成为人民美好生活的刚性需求，"读万卷书，行万里路""欣赏身边的美丽风景，体验日常生活的美好"蔚然成风，为旅游业的繁荣发展奠定了坚实的市场基础。

2007 年以来的十五年，也是老君山景区从无到有、从小到大的十五年。当年的创业者放弃了利润丰厚的钼矿产业，转向国家战略和人民需要双重加持下的旅游业。一群同样充满激情的志同道合者，依托老君山美丽的山水景观资源和丰厚的历史文化积淀，勇于超越，敢于跨越，用十五年时间建成了一座全国著名的 5A 级景区，创造了旅游发展史上的"老君山奇迹"。

老君山奇迹是创业团队创造的，更是时代的产物和人民的创造。相对于山山水水的自然资源和古人古迹的历史资源，人民日益增长的美好生活需要才是包括老君山在内的旅游业发展生生不息的动能。大众旅游时代选择了老君山，千千万万游客选择了老君山，令人欣慰的是，老君山人向时代和人民交出一份合格的答卷。这是老君山成长的逻辑，也是老君山奇迹的密码。

未来的十五年，我国将从大众旅游全面发展的时代走向小康旅游持续发展的新阶段。人民对美好旅游生活的向往和中华民族伟大复兴的中国梦，是旅游业可持续发展最重要的战略机遇。与此同时，我们也要看到，旅游消费需求和产业发展动能正在发生全新的变革，美丽风景之上的美好生活，传统资源之外的科技和文化新动能，都在给老君山人出新的考卷。希望老君山人更加关注旅游业在保障人民文化权利、促进共同富裕方面的新内涵和新任务，让广大人民群众在老君山既有的游、游得起，又游得开心、玩得放心。

国民经济和社会发展的"十四五"规划，文化强国和旅游业高质量发展战略，要求我们建设一批文化底蕴深厚的世界级旅游景区和度假区、文化特色鲜明的国家级旅游城市和街区，进一步完善以乡村旅游重点村镇等为代表的优质旅游供给体系。这是老君山人新的时代机遇，也是新的市场考验。希望老君山人面向新需求、转化新动能，创造大众旅游、智慧旅游和绿色旅游的老君山新奇迹。

中国旅游研究院愿意和老君山人一道，为栾川县、洛阳市和河南省的旅游业高质量发展而努力奋斗！

中国旅游研究院院长　戴斌

2022 年 5 月 9 日

目录

引章　杨植森：一位中国农民的光荣与梦想　　001

老君山成为河南旅游走向全国的一张精彩而厚重的名片，成为全国亿万游客心向往之的一座天下名山、道教圣地。

第一章　老君山下，传奇农民杨植森　　019

接手负债累累、经营不善的老君山风景区，杨植森的人生命运突然走到了十字路口。搞旅游?！这对他来说是个完全陌生的行业，他绝对是个门外汉。他该何去何从?

第一节　神奇土地，人杰地灵　　021

第二节　故乡情深，永生难忘　　024

第三节　贫寒岁月，磨砺人生　　027

第四节　脱颖而出，当选队长　　031

第五节　开矿办厂，敢闯敢干　　035

第六节　事业兴旺,无愧栾川　039

第二章　报效桑梓,老骥伏枥志千里　045

既然开发老君山是好事情,我作为一个土生土长的栾川人,老君山人,我不干谁干? 我不带头谁带头? 这是必然的事情。

第一节　天下名山,道教圣山　047

第二节　鸾鸟振翅,奉天承运　052

第三节　旅游富县,人民期望　055

第四节　反哺旅游,造福栾川　059

第五节　二次创业,"偶然""必然"　064

第六节　格局高远,战略发展　068

第三章　道行天下,《道德经》熠熠生辉　073

老子是道教的开创者,被尊称为太上老君。

《道德经》对中国的哲学、科学、政治、宗教等产生了深远的影响,体现了古代中国人的一种世界观和人生观。

第一节　传奇经典,玄妙无穷　075

第二节　道行天下,世人敬仰　079

第三节　老君传说,令人神往　082

第四节　崇敬圣哲,建功立业　088

第四章　烈士暮年,壮志雄心展宏图　093

老杨总绝对称得上是一个高瞻远瞩的人,一个有责任担当的人。

十五年来,老君山人锻造磨砺了自己,拥有了一种永不言败、永不厌战、敢打敢拼、敢攀高峰的奋斗精神。

第一节　以山为命,践行诺言　095

第二节　一梁四柱,人尽其才　103

第三节　金顶巍巍,大道煌煌　108

第四节　十年磨剑,一朝功成　118

第五节　根植文化,蓬勃发展　126

第六节　建苑铸像,弘扬大道　135

第七节　华彩蝶变,世人铭记　143

第五章　一轴两翼,山水有灵藏雄奇　151

老君山,天下名山,道教圣地,山景雄奇、生态完美。

第一节　雄浑壮阔,天地大美　153

第二节　追梦谷中,风景如画　156

第三节　峰林仙境,十里画屏　160

第四节　中天门处,舍身崖上　164

第五节　寨沟山水,自然天成　168

第六章　风景独好,营销更上一层楼　177

十五年来,老君山在营销上投入了大量的人力、物力和财力,他们发起的文化营销、形象塑造、品牌推广和丰富多彩的旅游活动,让老君山名播八方,享誉全国。

第一节　创业艰难,志在必胜　179

第二节　锤炼队伍,攻坚克难　186

第三节　他山之石,可以攻玉　194

第四节　一元午餐,誉满全国　204

第五节　金顶雪景,红遍全网　217

第六节 弯道超车,创造奇迹 224

第七节 名家荟萃,声名远播 235

第七章 文化寻根,八方朝圣老君山 251

这些鸿儒大德与老君山结下不解之缘,他们留在老君山的珍贵的题词和故事,成为老君山人的一笔精神财富。

第一节 经典华章,歌咏圣山 253

第二节 仰望圣哲,致敬先贤 267

第三节 诗话中国,两岸同根 274

第四节 老子文化,国际论坛 284

第五节 八方朝拜,广结善缘 290

第八章 情深义重,老君山人最贴心 295

一直以来,老君山景区始终本着"以人为本,用心服务,以客为尊,以情感人"的宗旨,营造"想游客之所想,急游客之所急,解游客之所需"的服务环境。

第一节 智慧服务,创造奇迹 297

第二节 永葆初心,追求卓越 303

第三节 感谢感恩,情深义重 308

第四节 有求必应,有难必帮 317

第五节 为善最乐,游客至上 326

第九章 胸怀如海,丹心一颗向云天 333

一面写有"旅游拉动经济复苏 一山带火一城繁荣"的锦旗,送到了老君山景区,送给了他们尊敬的老君山领航人——董事局主席杨植森的手上。

第一节 景室勋德,泽被乡亲　335

第二节 义薄云天,山高水长　340

附录　345

道可道,非常道。道生一,一生二,二生三,三生万物。人法地,地法天,天法道,道法自然。

附录一:老子文化,熠熠生辉　347

附录二:以文为魂,文旅融合　359

附录三:歌曲楹联,增彩增辉　374

附录四:山水有灵,诗词生辉　383

创作札记:青山巍巍,奋斗者的人生满怀荣光　387

这是我见到的又一群奋斗奉献的人,他们感人至深的奋斗历程,跌宕铿锵,可歌可泣。

老君山成为河南旅游走向全国的

一张精彩而厚重的名片

成为全国亿万游客心向往之的

一座天下名山、道教圣地

老君山

一

岁月若流星划过，璀璨绚丽而短暂。

生命如沧浪之水，奔流向前而激荡。

庄子云：人生天地之间，若白驹之过郤，忽然而已。

对于杨植森老人来说，他没有辜负自己这一生，他将自己平凡的生命，根植于故乡栾川的这片土地之上，不负时光，用自己的拼搏与奋斗、创造与奉献，成就了他这个农民企业家一生的光荣与梦想。

有时他也感叹时光的短暂。干着，干着，少年人就变成了一个白发苍苍的老汉。昨日还是跨青骢马的美少年，转眼已是白头翁。有时他在心里祈祷，愿老君爷多给他时间，让他在故乡的这片山水之上，像老黄牛一样继续干，继续干，继续给栾川的子孙后代们创业奉献，将老君山这场事干到最好，给栾川人留下一座真正的"绿水青山，金山银山"。

一辈子也不会忘记，那年是 2007 年，正值他的花甲之年。六旬老翁的他，已经是栾川县数一数二的亿万富翁了。也是在这一年，栾川县老君山林场的负责人孙欣欣找到了他，栾川县委、县政府的领导找到了他，希望他能带头支持县里提出的"工业反哺旅游"的号召，希望他能接手负债累累的老君山，在旅游开发上蹚出一条路。

老君山景区国有林业单位老君山林场，于 1992 年开始开发建设，算得上是栾川旅游的"元老级"景区；2000 年栾川县决定将老君山作为栾川旅游业发展的龙头，决心用 3 至 5 年时间，将其打造成为中原地区王牌龙头景区；2001 年至 2003 年，栾川县先后筹资 2800 余万元，开山修路，建设景区，但终因建设资金不足、旅游服务设施落后、经营机制滞后等问题，致使景区一年的门票收入不足 30 万元,外欠债务难以偿还,困难重重,甚至连职工的工资都不能正常发放,景区的经营逐步陷入困境。

面对老君山景区如此境况,杨植森考虑再三。以前,搞工业,开矿山,他一路摸爬滚打,干一场事,成一场事,栾川人说他是"常胜将军",是"不倒翁"。可是这干旅游,他真不懂,是外行,是地地道道的"门外汉",这场事到底该咋办?

路是人走出来的,事是人干出来的,哪儿有天生的"百事通"?面对困难,他思虑再三,最终决定接手老君山,一是为栾川县委、县政府分忧解难,二是不负家乡父老对自己的信任和期望。

从此,他放弃了日进斗金的工矿业,以一腔赤诚,倾尽所有钱财,投身于"工业反哺旅游"的事业。他先是替老君山林场还清了所有外欠的债务,然后以大气魄的投入、大格局的情怀,全力以赴开发老君山。

十五年间,老君山先后投资近 20 亿元,建设大小项目百余个,硬是将一个年收入只有 30 万元的景区,干到了年收入 3.6 亿元的 5A 级景区。

岁月不居,时节如流。杨植森劈波斩浪,创业奉献。杨植森精诚所至,终得大道。

十五年来,老君山的旅游开发阔步发展、跨越发展;老君山人走过的道路,激荡而壮丽,他们创造了令中国旅游界惊叹的一个又一个的辉煌,收获了一项又一项令人骄傲自豪的荣誉。今日的老君山,已经成为栾川旅游发展中的一张最亮丽的名片,成为河南旅游走向全国的一张精彩而厚重的名片,成为全国亿万游客心向往之的一座天下名山。

今日的老君山,是一座令人向往的仙山,是一座风光无限的奇山,更是一座具有浓厚老子文化底蕴的圣山。

老君山,已经成为栾川人民的绿水青山、金山银山。

二

杨植森是 1947 年出生的人，2022 年已经 75 岁。如果按中国人"虚岁"的风俗，他就是 76 岁的老人了。

年近八旬的人了，要说是该服老了，可他有点儿不服老。几十亿身家的富翁了，家里还没有请保姆，早上 5 点多自己就起床了，自己给自己做饭，又是烧米汤，又是煮鸡蛋，早饭最少能吃两个鸡蛋。"廉颇老矣，尚能饭否？"杨总能做饭，能吃饭，起得早，饭量好，不算老！

早上 7 点，吃过饭的他，必是第一个赶到老君山的人。年复一年，日复一日，春夏秋冬，刮风下雨，就算是下雪了，他也一直都是这样坚持，已经成了一种习惯。老君山人都知道，那个身材高大、满头白发、精神矍铄、走路生风的老人，就是杨总；那个穿着朴素、说话随和、待人亲切的老人，就是杨总；那个每天都要上山走一遍、看一遍，不怕苦、不嫌累的人，就是杨总。

其实，对杨总的称呼不止"杨总"一个，除了他的大名杨植森，这些年对他的称呼各有叫法：有人叫杨总，有人叫杨主席，也有人叫他杨森，叫他老杨，还有不少人叫他老杨总。每一个称呼都各有含义，或因他的工作职务而称呼，或因人们对他特别的爱戴而称呼。而老杨总的称呼，则饱含了老君山人对他的爱戴和尊敬。

老君山位于栾川县城东南，是秦岭余脉八百里伏牛山的主峰，海拔 2217 米。老君山巍峨挺拔，雄险奇秀，气势雄浑，有"北国张家界"之美誉。老君山面积有 26.66 平方公里，层峦叠翠，森林覆盖率高达 97%，空气中负氧离子含量平均每立方厘米 3.6 万个，拥有国家保护植物 66 种，国家保护动物 31 种，1982 年被河南省人民政府批准为省级自然保护区，1997 年 12 月晋升为国家级自然保护区。现在的老君山，还是伏牛山世界地质公园核心园区、国家 5A 级旅游景区、省级风景名胜区、省级文物保护单位。

历代文人对老君山崇拜有加。明代诗人谢榛曾感叹老君山"兼泰山之雄伟，华山之险峻，庐山之朦胧"。驻足老君山峰巅，放眼四顾，可"西瞻秦岭，东望龙门，南极武当，北收熊耳"。明代著名诗人高出盛赞老君山："巍巍奠秦楚，渺渺接昆仑。"

东周末年，朝廷内乱，李耳辞官，驾青牛西去，云游天下，在函谷关写下《道德经》，几经辗转，最终隐居老君山，并在此炼丹修道，传播道家文化，成为中国的圣贤大哲。

历史资料记载，老君山北魏时就建有庙宇，唐贞观年间修建"铁顶老君庙"，明万历十九年，老君山被御封为"天下名山"。每年四月初八，是老君山庙会，八方香客，云集此地，顶礼膜拜。

杨植森就出生在栾川县老君山脚下的七里坪村。

因为家里很穷，少年时代的杨植森就因家庭困难而辍学，成了生产队的放牛娃……而苦难又早早地磨砺了他，成就了他。

从放牛娃到生产队长，从种庄稼的农民到农民企业家，从"万元户"到栾川县数一数二的大老板，从一个名不见经传的山里娃到一个深受当地各界关注的风云人物，老杨总的这一生，干出了惊天动地的事业。

老杨总虽然文化程度不高，但激情澎湃时，也会禁不住拿起笔，写他心中的感受感悟。他在《我心中的老君山》一文中，这样叙述自己的大半生：

> 我在这座大山脚下的村落降生，这方水土养育了我。极度贫穷的家庭，磨炼了我的意志；体弱多病的父母，迫使我过早地理事当家。
>
> 改革开放，我半步都没落下，万元户的牌子就挂在了我家。栾川第一

个引资建起了工厂，上海"鸭子"飞到了老君山脚下。

我认为，富贵不可独享，资源怎可据为己有？我积极响应县委、县政府"工业反哺旅游"的号召，把毕生的心血和积蓄投进了老君山的建设与开发中。

集北山之财，建设秀美栾川；汇南山之灵，再造二次资源。简短数语，道出了我的内心所想，但更是我今天践行诺言的表达……

有旅游专家这样评价杨植森：

在老君山董事局主席杨植森的带领下，在全体老君山人的共同努力下，老君山景区经历十余年的发展，从无A到5A，从年收入30万到超亿元的跨越式发展，景区品牌效应得到业界认可，老君山也成了众多旅游专家研究的对象……

杨植森这一生，所经历的事情太多，有太多的传奇，有太多近乎神话的故事，要多传奇，有多传奇，要多神话，有多神话。

万物皆有命，得失由天理。万事万物，皆由缘起，绝非偶然。

作家说，世有其人，必有奇举。老杨总这一生，足够写一本厚厚的大书。

三

一个人一生赚多少钱，并不是最重要的事情；一个人一生最重要的事情，是要有情怀。一个有家国情怀的人，一个有慈悲之心的人，他的人生才最有价值，生命才最值得人们尊敬。

　　杨植森这一生，许多人说他情怀如海，大德如山。不了解他的人，或许觉得这样的评价是不是太高了？栾川人了解他、敬重他，栾川人发自肺腑地说：也许论钱的多少，杨植森并不是栾川最有钱的人，但论对栾川的贡献，论人的德行，无人能与他相比。

　　他办企业这些年来，除了给国家上交税款4个多亿之外，修桥铺路、孝敬老人、捐资助学、支援灾区、建设栾川博物馆……他在这些公益事业上，从来也都是慷慨豪迈。有人给他算了一笔账，他花在社会公益事业上的钱，足足有两亿多元。

　　一件一件的好事、善事，花去的都是真金白银，而且是大把大把的。如果一个人没有情怀，没有品德，那又如何能做这些事情呢？对于杨植森来说，现在已经是年近八旬的人了，还在领着大家伙干，绝对不是为了赚钱，更不是为了自己赚钱，他是在干一份事业，一份能够造福子孙后代的事业。

　　按照杨植森老人的话来说，老君山这场事儿，是一场大事儿。老君山这个事儿比哪个事儿都有干头，是值得他一辈子去干的事儿，这辈子没其他的想法了，就是要为栾川人留下一座绿水青山、金山银山，要对得起栾川的子孙后代。

　　杨植森，绝对称得上是一个有家国情怀、有大慈大爱的人！

　　当年县里号召"工业反哺旅游"的时候，主抓旅游、时任栾川县委宣传部部长兼栾川县旅游领导小组组长的黄玉国，一次又一次找他喝茶聊天，给他拉话"讲故事"，让他这个旅游业的"门外汉"最终下了决心，接手了老君山的旅游业。

　　接手是接手，他又怕干不好，毕竟自己对这方面一窍不通。于是他就喊来了儿子，商量了一个方案，老君山林场开发老君山旅游，不是欠下了巨额债务无法偿还吗，他和儿子们按下手印，愿意无偿划拨6300万元给县政府，用以归还老君山林场的债务和用作流动资金，然后让老君山林场继续去管理老君山。

黄玉国对他说，杨总啊，别说你这 6300 万，你就是无偿划拨一个亿，也没人敢收。大家都盼着你来领头干老君山这件事，你就弄吧，赶快上任吧！只有你来了，老君山才有希望。

此时此刻，杨植森才彻底明白，县委、县政府是看准自己了，老君山这件事，不是自己无偿贡献 6300 万元钱的事，而是栾川县的主要领导希望自己亲自领着干的事。既然县里领导看得起自己，那就干吧！

于是，他果断放弃了自家非常赚钱的矿业公司，率人马移师老君山，在此安营扎寨。

这件事，当时栾川很多人不理解，都非常吃惊。

因为当时市场上钼精粉的价格居高不下，他的矿业公司实在是太赚钱了，可谓日进斗金。放着熟悉的行业不做，放着大把大把的钱不赚，果断转行，就是为了全力以赴开发老君山。

其实让栾川人吃惊的何止这一件事！还有一件事，让大家既吃惊又佩服。接手老君山开发时，山下的两个村庄七里坪村和寨沟村还很穷。多穷呢？一个村里有一二十个光棍汉因为贫穷娶不到媳妇。杨植森每一次到村里去，心里都不是滋味。

杨植森经常对人说："我自己现在是富起来了，可是父老乡亲还没富起来，看到他们还在过苦日子，心里感到很不是滋味儿！"

后来，他不仅出钱给村民们盖起了农家宾馆，还低价承包给他们经营。更大手笔的是，他开领导班子会，说服大家同意，把两个村里老百姓的山坡林地全部承包下来，一下子给农民补偿了几千万元。

人们都知道，这是杨植森心疼山下的老百姓，在帮他们脱贫致富。如果他是一个单纯的商人，出不出那笔钱，山上的林坡地一样在山上啊！

杨植森曾经这样说："我是栾川人，老君山是我的家，是我的福山，更是我心中的圣山，把它建设好，是我这一生的责任。"

这是何等的气魄？这是何等的情怀？这又是何等的格局？人生至此，堪为楷模。

四

三国曹操，曾把酒临风，以歌咏志："老骥伏枥，志在千里。烈士暮年，壮心不已。"此诗用来形容杨植森的二次创业历程和他所创造的辉煌成就，十分恰当。

2007 年 8 月 23 日，杨植森的矿业公司与老君山林场正式签下了战略合作协议。不久之后，老君山生态旅游开发有限公司（后更名为老君山文化旅游集团有限公司）成立。

如果说开发矿山是他的第一次轰轰烈烈的创业，那么这次开发老君山，就是他在花甲之年第二次更加轰轰烈烈的创业。

站立在老君山的最高峰马鬃岭之上，只见重峦叠嶂，长空高远。杨植森回想自己从前一步一步的创业历程，想到从此之后就要在这老君山再次创业，而且只许胜，不许败，他深感自己肩头的责任重大。

无论如何要对得起栾川人民对自己的信任呀！

"集北山之财，建设秀美栾川；汇南山之灵，再造二次资源。从今往后，任重道远。"

这是杨植森花甲之年最壮怀激烈的人生宣言！

此言令人生敬。

他还对大家说："要干，就得干出点样子来！我们不干则已，干就大干，把这场事儿干到完美。"

高瞻远瞩，谋划长远。从此，老君山高起点、大格局、大规模的开发建设，在杨植森的运筹帷幄之下，轰轰烈烈地拉开了大幕。

为了争创国家一流景区，杨植森十分注重景区的整体规划和高标准开发，他不惜重金聘请同济大学城市规划设计研究院有限公司编制了《老君山风景名胜区总体规划》，并报呈河南省人民政府批准实施；请清华大学古建研究设计院编制了《老君山老君庙修建性详规》，请北京绿维创景规划设计院有限公司编写了《河南老君山景区提升全案策划》。

在杨植森的主持下，老君山人编制完成了《河南老君山旅游建设专项规划》，该规划科学定位了老君山的生态优势和文化优势，指明了老君山旅游开发的发展方向，制定了"以山水旅游为主体，深度挖掘历史传承，保护生态环境，文化深度融合旅游，实现可持续发展"的景区战略远景。

杨植森心中有一个宏大的目标，那就是要把老子归隐地老君山建设成为集山水景观游览、老子文化体验、道家修学教育等功能为一体，吃、住、行、游、购、娱配套齐全的中国旅游文化圣地和道教文化圣山。

他首先划拨 6300 余万元，偿还了原老君山景区欠下的所有债务，补发老君山所欠员工的工资，并安排所有职工重新上岗；再投资 9000 万元，建设了占地面积达 26000 平方米、建筑面积达 8800 平方米的游客中心；又投资 1000 余万元，购置了 26 台柯斯达、猎豹等旅游车辆，用于游客上下山的转运、接送。

为了保证游客的安全，紧接着继续投资 1000 多万元，在景区上山道路的两旁，重新安装了高弹性安全防护栏，重新建设了舍身崖、石林等高标准观景台，重新铺设了 10000 余米防腐木游客步道。

2008 年 10 月，老君山景区在已拥有国家自然保护区、省级风景名胜区两项殊荣的基础上，开始争创国家 4A 景区。

2010 年 7 月，老君山景区顺利通过联合国教科文组织的"中国伏牛山世界地质公园"验收组的验收，成为世界级的地质公园。

2008 年 9 月 23 日，投资 9000 万元的老子文化苑奠基动工。历时一年零八个月，2010 年 5 月 16 日，老君山人举行了盛大的老子圣像落成祭拜大典。

2011 年 5 月，投资 1.47 亿元的老君山金顶道教建筑群奠基动工。

2013 年 9 月，占地 1.1 公顷，南北长 350 米，东西宽 300 米，建筑面积 1 万多平方米，包括老君庙、亮宝台、玉皇顶、五母金殿、道德府、钟鼓楼、南天门、紫气院、会仙桥、夷希廊等 10 多个项目的金顶道教建筑群正式竣工。

老君山金顶的成功复建，不仅使老君山之巅屹立了一组规模宏大、古朴凝重、构建精妙的国内一流道观建筑群，更使老君山景区"文化旅游胜地"之名远播神州大地。

2012 年 1 月，老君山景区在创建 4A 打下的坚实基础上，又更上一层楼，顺利晋升为国家 5A 级旅游景区。国家旅游局领导在北京为杨植森颁发了 5A 级旅游景区的证书。

在晋升 5A 级旅游景区的同时，老君山景区按照高规格规划方案，不仅重建了灵官殿、元辰殿、救苦殿、菩萨殿、三官殿等重点景观，更是大手笔建设开发了以潭瀑原始林为主题的追梦谷生态观光区和寨沟景区，开发建设了世界一流的云景索道、中灵索道、峰林索道，修筑了穿云、步云、飞云三条 1 万余米的绝壁悬空栈道，建设了栾川地质博物馆……

一些旅游专家这样总结老君山景区的成功经验：老君山景区在新经济形势和用户需求不断变化的时代背景下，转变思路、统筹规划，走实现旅游发展方向转换的必由之路。2007 年 8 月成功改制，组建老君山生态旅游开发有限公司。在开发过程中，保持核心旅游资源原貌，开展旅游设施建设，明确核心景区与旅游服务功能区的界限并严格遵守界限，实现向一个传统加现代、旅游加服务的复合型景区的成功转型……

一年又一年，大格局，大情怀，大投入，科学规划，开拓进取，艰苦奋战，老君山人打造出了"一轴两翼七大功能区"的老君山旅游大格局。一轴，即从游客中心至金顶的一条核心旅游中轴线；两翼，即寨沟和追梦谷；七大功能区分别是游客中心多功能服务区、老子文化苑文化体验区、中天门舍身崖游览区、金顶庙宇道观群朝圣区、十里画屏核心观光区、追梦谷原始生态探险区、寨沟养生休闲度假区。

想当年，为了让老君山的旅游营销能够打开局面，年过花甲的杨植森，不仅亲自率队到河南省十八个地市与旅游部门对接，还率队到全国各地的景区考察，率队到武汉、南京、上海、杭州当地宣传老君山，最终打造了一支精诚团结、开拓进取、朝气蓬勃、所向披靡的营销团队，被赞誉为河南旅游行业最精锐、最强悍的"王牌军"。

扎根中原，花落八方。老君山的营销突飞猛进，老君山的服务好上加好，老君山的旅游越来越火。老君山的游客量年年直线攀升，节假日里，游客更是一次一次爆满，出现了一票难求的局面。

这些年来，游客口口相传一句话，那就是"老君山，山美水美人更美"。他们亲戚传亲戚、朋友传朋友，吸引了四面八方的游客奔老君山而来。许多人来了一次又一次，甚至年年来，他们呼朋唤友、携家带口来游老君山，虔诚膜拜老君爷。有不少游客很有文采，他们还写诗写文章，赞美老君山，赞美老君山人……

2020 年，虽然有新冠疫情的影响，但老君山旅游收入依然逆势增长，突破了 2.9 亿元；2021 年，克服疫情的不利影响，继续实现逆势增长，收入达到

3.6 亿元。从当初年收入不足 30 万元，到如今实现 3 亿多元的年收入，老君山15 年来发生了翻天覆地的沧桑巨变，成为红遍全中国的旅游胜地。

"要干，就得干出点样子来！"

十五年来，杨植森脚踏实地、一步一步用实际行动践行着自己的"集北山之财，建设秀美栾川；汇南山之灵，再造二次资源"的诺言。

十五年来，老君山景区获得了伏牛山世界地质公园、国家 5A 级旅游景区、国家级自然保护区、国家级老子文化与生态旅游标准化示范单位、全国文明旅游先进单位、国家旅游服务最佳景区、河南省风景名胜区、河南省级文物保护单位等近百项荣誉，成为道教文化体验圣地，国内著名、国际知名的最佳旅游目的地，全国养生休闲度假区。

十五年来，在老君山人的共同努力下，老君山正在一步一步成为全国最具影响力的道教文化圣地、最具吸引力的养生度假胜地、最具亲和力的旅游目的地。

十五年来，老君山人在杨植森的带领下，在建设开发老君山的历程中，携手并肩，劈波斩浪，奋斗开拓，创造辉煌，他们创新创造了"老君山模式""老君山速度""老君山精神"，留下了无数可歌可泣的传奇故事。

五

生命不息，奋斗不止。这是对杨植森的人生写照。

他常对人说："人活一世，草木一秋，不能混日子，不能白活这一场。老君山这场事儿，我一定要干成它，把它干到最好的时候，交给栾川的子孙后代。"

每天，大家都能看到老杨总早出晚归、不辞劳苦地在老君山跟大家一起工作。无论是村庄里的老百姓，还是老君山的员工，对他既是敬重，又是心疼。

七里坪村的徐来福等年轻人，按辈分应该叫老杨总叔伯，有时见了他，会给他搬个凳子请他坐下，然后就跟他聊天：伯，您老人家已经70多了，还干呀？赚那么多钱干啥呀？你赚的钱，几辈子也花不完了，咋不知道享清福哩？

老杨总这时候往往是一脸笑意，然后又一本正经地看着徐来福和其他年轻人，说："娃子们，你们知道不知道，我可不是为我自己干呀，我可是为你们娃子们干哩。老君山这场事儿发展好了，你们在老君山的生意就好了，赚钱就多了，日子就越过越得劲了，是不是这理儿？你们自己说，现在的日子是不是比过去好多了？娃子们，我还告诉你们，老君山可不是我杨森一个人的老君山，老君山可是咱全栾川人的老君山，甚至是河南的老君山，是全国的老君山，我领着干，干好了，那是咱栾川人的骄傲。我现在干或不干，我的财富吃他几辈子也吃不完，可是娃子们，你们想了没有，我杨森一个七八十岁的老头，就让我天天吃香喝辣，我一天能吃多少？我一年能吃多少？我现在干呢，就是给娃子们你们干的，知道不知道？以后你们好好干，把日子过好，过幸福，才是我想看到的，算我没有白忙活老君山这场事儿。"

老君山下的老百姓说，人家这老爷子，说得好，干得好，你不服不行，咱全栾川哪儿能找到他这样的人？他的功德太大了，老君爷肯定要保佑他寿比南山！

老杨总知道大家夸他、赞他，心里也高兴。

他对人说："娃子们，我干这点事可能是天意。如果没有我老杨，还有老李、老张、老王，只是老天爷非要让我杨森给大家干这场事，那我就一定要在老君山干好。老君山今天的成功，不是我杨森一个七八十岁的老头多有本事，是天时地利人和的产物，是全体老君山人努力的结果，你们每个人都有一份功劳。好好干吧，老君爷看着哩，不会亏待大家。"

中国古语说，积善之家，必有余庆。75 岁的杨植森，现在早已将个人的荣辱和财富置之度外了，他一心想的都是将老君山的事情做大做好做完美，给后世留下一座名山圣山、金山银山，造福栾川的子孙后代。

栾川的老百姓都说，老杨总一辈子干好事、干大事，是慈悲善良的大好人、大善人啊！

六

老子《道德经》云：上善若水。水善利万物而不争，处众人之所恶，故几于道。居善地，心善渊，与善仁，言善信，正善治，事善能，动善时。夫唯不争，故无尤。

老子的话翻译成现代白话文的意思是：最高境界的善行就好像水一样。水善于滋润万物而不与万物相争，停留在众人都不喜欢的地方，所以最接近于"道"。一个人善于选择好的地方居住，心胸善于保持沉静，待人善于真诚、友爱和无私，说话善于恪守诺言信用，为政善于有条有理，办事善于发挥能力，行动善于把握时机。正因为与世无争，所以才没有过失。

用先贤老子的这段话，去对照杨植森的一生，真是恰如其分。

2014 年 5 月 26 日，中国道学论坛、中国道教论坛鉴于杨植森在开发建设老君山、弘扬道学文化中所做出的巨大贡献，评选他为"当代中国弘道人物"，特授予他"弘道大德勋章"。

评委会给予杨植森的颁奖词这样称颂道：道祖老子归隐地，大道煌煌老君山。杨植森的名字与老君山永远连在一起。几年间他倾其所有，慷慨投资十亿多元，铸老子铜像，建太极广场，修主峰金顶，复老子道场，全身心投入到道教名山老君山的修建之中。

建筑专家王铎先生对杨植森非常钦佩，曾挥笔题诗赞颂：

北山积财南山施，昆仑伟业君手提。
造福天下人敬仰，时代福祉春风煦。

台湾著名学者余光中先生，2014 年在老君山特意赠言杨植森：令尹能留道德典，杨公力辟老君山。

国防大学政委李殿仁也为老君山题词：行大道于天下，造万福于众生。

2014 年，杨植森被洛阳市委、市政府授予"特大贡献奖"。

2017 年，栾川县委、县政府决定授予杨植森"旅游功臣"荣誉称号。当年在栾川县隆重举行的颁奖大会上，给予杨植森的颁奖词这样写道：

年过花甲，一肩扛君山；披星戴月，一心兴旅游。
十年光阴，您用脚板丈量出一座山的高度。
呕心沥血，您用坚韧书写了一座山的传奇。
倾尽毕生心血，造福一方百姓，
最可敬可亲的长者，栾川旅游的发展史一定会记载您的英名。

2019 年 5 月 1 日，中共河南省委、河南省人民政府授予杨植森"河南省劳动模范"荣誉称号。

2020 年 12 月 28 日，栾川县各界群众给杨植森送来了一面锦旗，锦旗上面赫然写着两行金黄色的大字：旅游拉动经济复苏，一山带火一城繁荣。

老杨总激动地说："这是栾川人民对老君山发展的最高评价、最高奖赏、最高荣誉。老君山人一定不会辜负栾川人民的信任和希望。"

　　每一项荣誉的获得，都是对杨植森奋斗的褒奖，他当之无愧。然而早已看淡名利的他，现在只把老君山的事业看作最大的追求和梦想。

　　他说："我现在最大的梦想，就是把老君山好好开发利用保护好，给栾川人民建一座世界上最好的花园，给栾川 30 多万人开辟一条旅游开发的致富路，给栾川的子孙后代留下一座真正的绿水青山、金山银山。"

　　八百里伏牛山绵延巍峨，五千言《道德经》灿烂生辉。

　　人们相信，现在和未来，"老君山人"的名字，将会与青山同在，与鸾鸟齐鸣，如大河之水奔涌向前，激荡澎湃。

接手负债累累

经营不善的老君山风景区

杨植森的人生命运

突然走到了十字路口

搞旅游

这对他来说是个完全陌生的行业

他绝对是个门外汉

他该何去何从

老君山

第一节　神奇土地，人杰地灵

一座山，因老子隐居，后世名为老君山。

老君山乃八百里伏牛山的主峰，山势巍峨挺拔，高耸入云，层峦叠翠，云海茫茫，成就一方壮美风景。

一条河，因鸾鸟飞翔，古时取名为鸾水。鸾水源于熊耳山南麓，河流蜿蜒东去，时直时曲，时缓时急，滋润栾川，今人称之为伊河，孕育出"伊洛文明"。

这是一片神奇的土地。

壮美的山水，厚重的土地，自古至今，这里产生了许多灿若星辰的人物，老子、伊尹，在历史的长河中熠熠生辉，成为栾川人永远景仰的往圣先贤。

在老君山和伊河的怀抱之中，就是今天的栾川大地。从栾川县城向东不过六七里，有一个山村，名字很有韵律，很好听，就叫"七里坪村"。七里坪村地处伊河之畔、老君山脚下，归属栾川县栾川乡管辖。

七里坪村是个比较大的山村，或者说是一个人口比较多的山村。全村有5000多口人，21个居民组，总面积有6平方公里，唯一不足的是耕地比较少，满打满算，能打粮食的耕地不足600亩，大概八九口人才能平均分到一亩耕地。

七里坪村却有一大优势，拥有老君山大片大片的山坡林地。村民靠山吃山，老君山自古至今养育着山下这些纯朴的山民。因为老君爷在此隐居修炼，老君山自古就成为道教名山，吸引八方香客前来朝拜。

从七里坪村入口处，直到老君山的山顶，建有黄花观、太清宫、玉皇宫、十方院、灵官殿、淋醋殿、牧羊圈、救苦殿、传经楼、观音殿、老君庙、道德府、亮宝台、玉皇顶、朝阳洞等，大大小小的庙宇道观有十余处之多。

由此可见，七里坪村虽是一个山村，却是一个难得的灵秀之地、神圣之地。此方水土，人杰地灵。杨植森就出生在这个叫七里坪村的山村里。

中国古人说，农历十月为寒月，冬月为农历十一月，腊月为农历十二月，这三个月是一年中最冷的月份，有"寒冬腊月"之称。

1947年，农历十一月十九日，正值寒冬时节，刺骨的寒风一阵一阵带着尖厉的哨声，"呼呼"地从老君山上吹下来，吹过山坡，吹过树林，吹进村庄，吹进农家的院落和房屋，惊扰了村头大树上的寒鸦，它"呱呱"叫着飞来飞去，不忍心离开树林和村庄这个可以觅食的地方。此时此刻，因为寒冷，一家一家的农户都在屋里用干柴树枝生起了火，蹿动的火苗，霎时给冷冰冰的农家小院带来红通通的光芒和温暖。人们把冻得麻木的手伸到火苗上边搓边烤，火苗的热量很快将周身的寒冷赶走。此时此刻，人们往往会很自然很舒服地忘掉烦恼。在火堆旁，男人抽上一袋烟，女人继续纳鞋底，时不时说上几句话，说到高兴处，还会哈哈大笑。农家的生活就是这样朴素而简单，山民们没有太多的欲望，并不会因为生活的贫困而过多地抱怨。一团在寒冬里燃起的火，让他们感到幸福。

就是在这样一个寒冷的冬天，在七里坪村一户农家的屋子，随着一阵"哇哇"的哭声，一个男孩子就来到了这个世界。燃着的火苗和冒着青烟的煤油灯，将这户人家的屋子映得一片温馨、一片光明，将刚出生的小男孩的小脸映得红扑扑的，一家人都因为这个男孩的出生而喜气洋洋。

七里坪村又添丁增口了。

这个出生于寒冬时节的男孩，是家中的第一个男孩。他上有四个姐姐，他排行老五。父亲杨培丛后来几经斟酌，甚至查找典籍，最终按照族谱给儿子取了个很特别的名字，叫"杨植森"。杨植森的父亲上过私塾，算是那个年代比较有文化的人。他之所以给儿子取这样一个名字，两个带"木"字旁的字与"森"合在一起，内含五个木字，不禁让人望文生义，想到郁郁葱葱、林木葳蕤、生命茂盛的景象。在老父亲的心里，他肯定是想借这个名字的寓意，祈盼能给儿子带来吉祥好运。

杨氏族谱记载，杨植森这一脉，是东汉太尉杨震、北宋杨业的后裔，原籍浙江杭州府海宁县四渎村。明朝洪武五年，他们这支族人，从海宁县四渎村迁至河南，落户洛阳南门外马市街路北，后又迁至洛阳栾川县栾川乡七里坪村一带。

杨氏先祖刚毅无畏，代代有英才。杨植森后来在栾川能干出惊天动地的事业，是因为他慷慨豪迈、赤胆忠诚、处事果断、运筹帷幄的智慧和性格，也必定源于先祖优秀的基因和传承，中华民族源远流长的人文力量由此可见。

杨植森的父亲，对儿子寄予厚望，但最大的遗憾，就是没有亲眼看到他的孙辈们在他的儿子杨植森的带领下在栾川轰轰烈烈干出的大事业。如果今天他尚健在，他必定会为长子杨植森和孙辈们光宗耀祖的成就而骄傲自豪，必定会焚香祭拜，告慰杨家列祖列宗。

第二节　故乡情深，永生难忘

七里坪村是杨植森念念不忘的地方，是他魂牵梦萦的地方，这里留下了他太多的记忆。他生于斯，长于斯，这里的一草一木、一街一巷、一房一瓦、一沟一塘、一山一水，早已潜移默化融进了他的血液里、骨子里，让他刻骨铭心、永志不忘。

杨植森说，七里坪村是生他养他的地方，是他干事创业获得第一桶金的地方，自己一生都报答不完家乡的父老。

杨植森常常对人说："我小时候家里穷，上到六年级我就不得不辍学了，给生产队放羊放牛，算是个放羊娃、放牛娃。可是艰难困苦也是经历，也是财富，它磨砺人、锻炼人，'穷人的孩子早当家'，让我这个放牛娃能够成为家里的顶梁柱，一步一步成长为生产队的队长、村里的干部，又一步一步成为企业家，直至开发建设老君山。七里坪村养育了我，成就了我，老君山和老君爷又助我干成了一场大事儿，栾川就是我的福地呀！"

青少年时代的记忆，至今历历在目。在杨植森的心里、脑海里，每每回想起来，就像过电影一样。虽然他生活的年代很苦，可是在少年人的眼里，他的心是纯净的，眼睛是透亮的，他能看到生活中的美好。

　　他感到这里的一年四季都美得很。

　　杨植森记得，村里有各种各样的果树，春天来时，会开满各种各样好看的花朵，空气里到处都弥漫着香气，引得蜜蜂成群结队地飞来飞去辛勤采蜜；各种各样的小鸟也成群结队在村里觅食，时而鸣叫，时而盘桓在枝头；此时的老君山上，知名和不知名的野花次第开放，满山遍野，有时还有好多的松鼠，在树林里跑来跑去、上蹿下跳，它们一个个看上去机灵得很。

　　盛夏时节，阵阵凉风从老君山上吹下来，徐徐吹进村里，给村庄带来阵阵凉爽，空气里也能闻到野花野草特有的味道和清香。到了夜晚，站在村头，能看到满天的星星，能看到月亮从老君山的山顶升起来，然后挂在村中那棵高大粗壮的老槐树的头顶。明亮的月光之下，有风吹来，人影和树影都在月光下的大地上随风晃动，如一幅水墨风景画。

　　秋天的田野五彩缤纷，大豆、红薯、玉米、高粱、谷子这些秋庄稼都在蓬蓬勃勃地生长，空气里弥漫着秋庄稼特有的清香。风吹过田野，饱满的玉米、高粱和谷穗随风舞蹈，一浪接着一浪，摇曳生姿，呈现出一片丰收在望的景象。秋天的老君山更好看，一片一片的红叶，火红火红，像燃烧的火。满山遍野都是各种各样的野果。还有很多时候，老君山上会有云海出现，又好看又壮观，人间仙境一样。

　　冬天来了，从老君山上刮下来的风特别冷，冷得刺骨。这时来到生产队的牲口屋烤火，听大人们讲三皇五帝的事情，讲老君爷的故事，听大人们你一言我一语地讲，小孩子会越听越想听。山里的雪来得早，有时说下就下，飘飘洒洒，整个老君山就都成雪山了，千树万树都成了银白色的雪树，山上山下，村里村外，到处是雪景。小孩子们都跑出来在雪地里玩耍，手脸都冻红了，也不觉得冷，有的只是开心。

　　杨植森下面还有两个弟弟，他在家中排行老五，在男丁中排行老大。作为兄弟三人中的老大，杨植森从小就懂事，经常在家里帮大人干活，放学之后还经常去田野里、山坡上割草。有时，钻进茂密的高粱地、芝麻地、玉米地、豆子地割草，与即将成熟的庄稼在一起，小孩子的内心就会无比欢喜；有时，他也会站在家门口或村头，看生产队的社员们扛着农具、拉着架子车下地干活的热闹情景……

第三节 贫寒岁月，磨砺人生

人生的命运，往往与国家民族的命运紧密相连。

1960 年，我们国家正处于困难时期，农业生产遭遇严重减产，河南、河北、山东、山西受灾较为严重，全国大部分地区都有不同程度的灾害，出现了前所未有的大饥荒。

七里坪村本来耕地就不多，每家每户每年分的粮食都很少。遇上灾荒年，家家户户就更加贫困，大家都吃不饱饭，很多人家只能到地里、到山上挖野菜，甚至剥树皮，用来解决眼前的燃眉之急。

杨植森的父母本来身体就不好，加上孩子多，在生产队挣的工分很少。那时候生产队分粮分钱都是靠工分，工分少，自然分不了多少东西。困难时期，让家里雪上加霜，苦上加苦。

此时的杨植森，已经十三岁了，上初中一年级了。家里因为穷困，已经拿不出一分钱供他上学了，虽然那时每学期的书费只有块儿八角钱。看到卧病在床的父亲，看着母亲辛辛苦苦下地干活挣工分，懂事的杨植森，决定辍学回家，到生产队里挣工分，帮助家里渡过难关。对于此事，父母虽然心里有点儿可惜，但也无可奈何，只好眼睁睁地看着自己的儿子辍学了。

辍学之后，杨植森开始给生产队放羊，算半个劳力，拿大人一半的工分。大人干一天是 10 个工分，他放一天羊，生产队给他记上 5 个工分。一年算下来，他也给家里挣了不少工分，贴补了家用。

杨植森给生产队放羊，每天把它们赶到地里或者山上吃草，他就在旁边看着它们。一年下来，一只羊也没有丢失，反而通过大羊生小羊给生产队增加了羊羔。大家都感觉着杨植森这个孩子人虽不大，但很机灵，很牢靠。后来，生产队就决定让他来放牛，农闲的时候，生产队的几头牛全部交给他放养。

杨植森从放羊娃变成了放牛娃。

杨植森从小就是一个干啥成啥的人。村里的老人说，这孩子，诚实牢靠又聪明，是棵好苗子，说不定哪一天就能干成点大事。

杨植森放羊放得好，放牛放得更好。

那时生产队规定：放牛放到年底的时候，如果老牛生了小牛犊，作为奖励，生产队杀牛过年的时候，就可以分给放牛人两条牛腿。

杨植森为了将交到他手中的几头牛放好，总是把它们领到水草最好的地方吃草，然后把它们领到水源最好的地方喝水。遇上刮大风、下大雨的天气时，杨植森总是早早地把它们赶到安全的地方，躲避风雨，不让他放的牛受到一点儿惊吓，更不让这些牛出一点儿事情。每一头牛，他都将它养得毛色发亮，膘肥体壮，大家都夸杨植森放牛放得真是好。

老君山工作人员杨文，也是七里坪村人，对老杨总很了解。他说："老杨总年轻的时候就是聪明人。他放羊放牛的时候，总是把它们赶到老君山一个好地方，就是今天老君山景区的追梦谷。追梦谷里面水草丰美，里面宽阔，出口很窄。他把羊啊牛啊放到里面，任它们自由自在吃喝，他只在追梦谷的谷口守着，不会丢一只羊一头牛。"

每年，杨植森养的牛都至少能生一头小牛犊。那一年，他放养的牛，先后生下了两头小牛犊。春节到了，生产队开始宰牛过年。杨植森养的牛生了两头小牛犊，按规定，生产队应该奖励他 4 条牛腿，但考虑到其中一头牛被别的生产队借走了，没有养够一整年，决定分给他三条牛腿。

杨植森一个人能够分三条牛腿，当时是爆炸性的新闻，不但七里坪村的人知道了，周围的寨沟村、方村等村庄的人也都知道了。

那时间，一条牛腿大概可以卖 20 多块钱，三条牛腿就是六七十块钱啊！那时间的钱，值钱得很，一毛钱就可以买几个鸡蛋。杨家一下子增加了六七十块钱的财富，真是让乡亲们特别是左邻右舍的邻居们羡慕啊！

眼看着三条大牛腿，真真切切成了自己家的财富，杨植森的脑子里突然有了想法。他跟父母亲商量，决定过年不吃牛腿了，卖了这三条牛腿，用得到的钱买一辆架子车，再用这辆架子车拉矿石赚钱。

就这样，三条牛腿被杨植森卖了将近 70 块钱，这成为他人生的"第一桶金"。杨植森花了 40 多块钱，买回来了一辆崭新的架子车，而且家里还有余钱，真是让人高兴得眼里掉泪。

栾川这个地方，山山岭岭要说都是宝，到处都是矿石，其中钼矿石最多，钼的储量据说是亚洲第一，世界第三，所以国家就在栾川这个地方开了选矿厂。

当时，栾川县城选矿厂所用的矿石，大部分要从 20 多公里外的冷水镇拉过来。因为这里是山区，交通不便，只有崎岖的山路可以通行，而运送矿石，也只能靠一辆一辆的架子车，一趟一趟地拉。

家里买回来了崭新的架子车，此时的杨植森也长成了高大帅气的大小伙，他不再为生产队放牛了，拉上自己用三条牛腿换来的架子车，加入了拉矿石的队伍中，开始拉矿石赚钱。从此，他的家里有了余钱，日子慢慢地好起来。

再后来，山里的路也越修越宽阔了。杨植森拉矿石也攒下了钱，这时的他，更有想法了，他想买一台拖拉机，用拖拉机在冷水镇和栾川县城之间拉矿石。说干就干，那时的他就是雷厉风行的性格。钱不够他就借，东拼西凑，硬是将拖拉机买了回来。

整个七里坪村，杨植森是第一个开上拖拉机的人！

从此，杨植森开上拖拉机，在冷水镇与栾川县城之间，来来回回地拉矿石。杨植森是个不惜力、不怕苦的人，他一天也不愿意休息。春夏秋冬，一年四季，起早贪黑，顶风冒雨，为的是多拉快跑，发家致富，让家里人过上有吃有喝有穿的好日子。

很快，杨植森家成了全村乃至全公社第一个"万元户"。杨植森披红戴花参加了栾川县致富带头人庆祝大会，县里还为他发了一张大奖状和一台黑白电视机，会后还被安排坐着解放牌汽车参加了致富带头人在栾川县城的夸富游街活动。作为栾川县第一批"万元户"典型，年轻的杨植森那时真是风光啊！

回想往昔岁月，在那个最艰苦的年代，年轻的杨植森乐观地看待生活，从未向命运低头，而是靠自己的勤劳，靠自己的智慧，靠自己不怕吃苦的精神，一步一步，顽强地改变着自己的命运，改变着家庭的命运。

第四节　脱颖而出，当选队长

七里坪村有 21 个生产队，杨植森是第十生产队的社员。

"文化大革命"时期，第十生产队在"抓革命，促生产"中，生产搞得比较落后，是 21 个生产队中粮食产量最低的一个生产队，小麦人均只能分到 36 斤，秋粮也分得比较少，是七里坪村的落后典型，引起了县革委会的重视。

为了将生产搞上去，让社员们能够多打粮食、多分粮食，1969 年 8 月 13 日，县革委会派"军宣队"介入七里坪村，会同七里坪村大队党支部，决定免去第十生产队队长的职务，重新选举一位群众信得过的生产队长。

当天下午，在"军宣队"和大队支部的主持下，召开了第十生产队全体社员会议，选举生产队长，要求全体社员必须参加。

杨植森这一天没有开着他的拖拉机去拉矿石，准时准点参加了全体社员会议。军宣队和大队支部书记在会议开始之前，向社员说明了选举的政治意义，并推荐出了几名生产队长候选人。让杨植森没有想到的是，候选人名单上竟然有自己的名字。更让他吃惊的，选举结果，他被社员们共同推举为第十生产队队长。

在社员们的掌声中，在"军宣队"和大队领导的鼓励之下，22岁的杨植森站到主席台上，面对第十生产队的全体社员发言。他向社员们承诺，一定不辜负领导和全体社员的信任，一定要带领广大社员发扬"自力更生，艰苦奋斗"的精神，"抓革命，促生产"，一定把粮食产量搞上去，把第十生产队落后的帽子甩掉，让第十生产队成为七里坪村的先进典型，成为栾川人民公社的先进典型！

杨植森的发言，再次赢得了大家的一片掌声。

群众的眼睛是雪亮的。

他们认定杨植森这娃子一定能当好这个生产队长，让第十生产队的社员们扬眉吐气。

原来是自己一个人干，现在要领着全队的社员们一起干，这让年轻的杨植森感到了自己肩上的责任，同时也感受到了被群众信任的力量。他虽然比不上那些精通农活的老农种地内行，但扬场放磙、扶耧撒子这些农活他也都干过，都会干，他相信自己只要有一颗公心为群众，多付出，多奉献，带领群众大干苦干，就一定能够夺取粮食大丰收，让群众分得更多的粮食。

从此，杨植森这个生产队长开始带领群众搞生产，深耕土地，精选种子，割草积肥。他还从城里买来氨水，上到地里面。第十生产队的社员们在他的带领下，干得热火朝天，眼看着地里的庄稼一天比一天长得好。

当年秋天，他们的秋粮就喜获了丰收，玉米、红薯、大豆，都比往年产量高，社员们一个个喜上眉梢，都夸杨队长干得好。

第二年的春天，由于第十生产队的麦田上足了农家肥，还从城里拉来氨水当肥料，队里的麦子比其他生产队的麦子都长得好长得旺。

五月里，麦子黄。麦田麦粒饱满，麦浪滚滚，看上去一片丰收的景象。割麦拉麦，扬场收麦，一堆堆黄灿灿的麦子，被社员们喜悦地倒入了一只只盛麦子的口袋，然后在场地的一角一层层被垒成了小山。有的社员将金黄的麦粒放进口中咀嚼，满脸是陶醉的表情，嘴里说着"好吃，香"，引得打场的人不由得都从麦堆上捏起几粒麦子放到嘴中咀嚼，大家一时之间都陶醉在收获的幸福之中。

交完了公家的公粮，留够了集体的粮食，各家各户该分粮了。

1970 年的麦天，七里坪村第十生产队的社员，每人分到了 79 斤小麦，比上年翻了一倍还多。

多快好省，力争上游。第十生产队的社员们在杨植森的带领下，以"赶、学、比、超"的精神，继续"抓革命，促生产"，誓言要在全村当先进典型。不仅如此，杨植森还带领社员们，在集体的荒坡地上种植黄桃树，发展集体经济。

1971 年的麦收季节又来了，第十生产队的麦子又是大丰收。这一年，社员们每人分得了 148 斤的麦子，比 1970 年又翻了一倍。

1972 年，第十生产地的麦子依然是大丰收。麦子依然是先交公粮，再留集体，然后分到各家各户。这一年，十队的社员们每人分到了 156 斤的麦子！

不仅粮食连年增产，而且还种下了大片的黄桃树发展集体经济，第十生产队一年比一年搞得好。几年之后，第十生产队终于成为七里坪村和栾川人民公社的先进生产队，受到了七里坪村大队、栾川人民公社和栾川县革委会的表扬。

大家都赞扬杨植森，说第十队的杨队长，"呱呱叫"！又能抓生产，又能搞经济，干啥啥中，干啥啥行，领得好，干得好，没人比得上！

1979 年，32 岁的杨植森，光荣地加入了党组织，从一个普普通通的农村青年，成长为一名光荣的中国共产党党员。

　　1983 年，杨植森担任了七里坪村党支部书记。

　　从 1969 年当选生产队长，然后又被组织上任命为七里坪村村干部，杨植森在这个职位上一干就是整整 36 年。在这 36 年的岁月中，他带领大家干了一件又一件令人佩服的事……

第五节 开矿办厂，敢闯敢干

1978年，栾川县属企业栾川机制砖瓦厂，因为制砖所需的土将要耗尽，终于干不下去破产了。县里对砖瓦厂进行拍卖，栾川县乡镇企业局以16万块钱，拍下了这个厂子。

乡镇企业局吴局长是个很有想法的人，他认为城乡建设需要砖瓦，砖瓦厂办好了，效益还是不错的，就决定把这个砖瓦厂重新干起来。要想干好砖瓦厂，首先要选好址，选个有土可用的地方。于是他拉上栾川县城关镇的书记，还有县经贸委的一位领导，有一天就来到了七里坪村。

他们之所以来七里坪村选址，是因为七里坪村有个很大的黄土岭。要是在这个地方建一个砖瓦厂，就不用发愁没有制作砖瓦的原料了。他们来到村里后，邀请大队干部和部分小队干部座谈，杨植森当然也被邀请来开座谈会。

杨植森听说是县里来七里坪村选址，想要在这里建设一座机制砖瓦厂，他心里立刻认为这是一件好事。于是，他在座谈会上大胆发言，说出了自己内心的想法。

杨植森说，七里坪最不缺的就是黄土，一座黄土岭就够砖瓦厂吃多少年的。如果县里把砖瓦厂建到七里坪，那砖瓦厂一定会生意兴隆，红红火火。我是第十生产队队长，我代表我们十队的群众，大力支持县里把砖瓦厂建到七里坪村。

吴局长早就听说过七里坪村杨植森是个干家，是个人才，今天座谈会上一见，果然不俗，让他和在场的人都比较满意。吴局长跟城关镇的书记杨培新商量说："我看十队队长杨植森确实是个人才，现在砖瓦厂还没有合适的人选当厂长，让这个队长出来当厂长咋样？"

"吴局长只要说这娃子中，我就负责说说这事。"

杨培新书记是七里坪村人。座谈会结束之后，他专门找大队干部征求意见，大队认为杨植森有魄力、有思路，当厂长没问题。于是杨培新书记又找杨植森谈话，说明了让他出任砖瓦厂厂长的事情，鼓励他干好这件事。

就这样，栾川县砖瓦厂正式落户到七里坪村黄土岭这个地方，杨植森出任厂长。为了建好这个厂子，县里又抽调周围几个村的支部书记，配合杨植森的建厂工作。

七里坪村砖瓦厂建成之后，由于砖瓦质量好，价格优惠，吸引了全县许多单位和个人前来七里坪村购买砖瓦，砖瓦厂生意果真是红红火火、蒸蒸日上。

杨植森说："因为我是厂长，有的老百姓以为是我自己办的砖厂，其实这个厂是集体的，我是在为公家干活。这个砖厂当年在栾川很有名气，老百姓说起这个砖厂，都称作'杨森砖厂'。"

杨植森还说："1984年，随着栾川县的砖厂越来越多，加上国家对土地资源管理越来越严格，我们就转产，在七里坪村创建了钼制品厂。我们这里钼矿资源丰富，有得天独厚的条件。再后来，到了1986年秋天，我们机缘巧合与上海胶体化工厂联合创办了上海七里坪联合钼选厂，1986 年 9 月份开始合作，1987 年 10 月份就投产了。"

75 岁的杨植森，今天讲起当年联合办厂时所发生的戏剧性的故事，依然让人听得津津有味。

杨植森说，人世间的事情真是说不清，有的事情真是太戏剧性，为什么这样说呢？因为我有亲身经历。我是一个不喝酒的人，我们家几代人都不喝酒，可是跟上海联合办厂的事情，偏偏因为这个酒的缘故，成就了这件事。

1986 年秋天，上海胶体化工厂的厂长程柏良，来栾川准备找人联合建厂，生产二氧化钼，就是钼精粉。我去他住的地方拜访他，听说他出去办事情，我就等他，结果当天也没能等上他。第二天，我就又去找他，算是找到人了。当时他急着去敬老院找人，见我开了个工具车，就让我开车捎他去敬老院。结果到了之后，他要找的那个人喝酒喝多了，醉得一塌糊涂，说话也说不囵囫。见此情景，程柏良就出来了。

从敬老院出来之后，程柏良突然问我："你有没有办厂的地方？"

我说："有，我们村有地方，包你满意。"

程柏良又说："既然这样，你带我去你们村里先看看地方。"

就这样，我带着程柏良厂长来到了我们村，把他领到一个有水有矿的地方。他看了非常满意，当即就问我愿意不愿意合作？我说当然愿意，我马上给领导汇报这件事。

程柏良说："好，你赶快见你们领导，我等你消息。不过要快，时间不能太长。"

我一听心里激动得很，立即说道："您放心吧，我今天就找我们领导汇报。"

于是，送走了程柏良，我就找到我们乡党委的傅西敏书记汇报了情况。傅书记对我很信任，他说："这件事是好事，你全权处理。如果他们确实有诚意，那就争取合作成功。"

与上海的厂家联合办钼选厂，这可不是一件小事情，我决定找县领导再汇报。我来到县政府，找到县长张祝逊，他很热情地接待了我。当我向张县长汇报了这件事情的前后经过时，县长有点激动地对我说："这是好事，这是大好事，继续谈，明天就谈，争取合作成功。"

第二天，我就再次早早地找到了程柏良，将乡里和县里的意见告诉了他。他很高兴，决定跟我一起去七里坪村再次实地考察办厂的地址。

经过一段时间的商谈，两家终于达成了联合建厂的战略合作协议。1986 年 9 月，栾川县上海七里坪联合钼选厂（后更名为"栾川县沪七矿业有限责任公司"）正式成立了。又经过一年的建设，于 1987 年 10 月正式投产……

从此，杨植森开启了与上海胶体化工厂二十多年的战略合作，不但企业办得红红火火，事业蒸蒸日上，而且与上海的多位企业家精诚合作，成了一生的好朋友。

第六节　事业兴旺，无愧栾川

前进的道路不可能一帆风顺，面对艰难曲折和风雨，能够成就大事者，往往需要耐力、韧性、格局和智慧。

实践证明，杨植森是一位智者，是一位干事创业的人，是一位能成就大事的人。

1987年钼选厂刚刚投产的时候，他们的产品按照"国拨价"，每吨只有200多块钱，利润很薄；后来"国拨价"上调到300多块钱一吨，还是利润很低。有人对杨植森说，价格这样低，我们忙来忙去几乎不挣钱，每年还需要往里边投资，不如不干它。

杨植森很果断地说："我们看着好像不赚钱，其实我们是赚钱了。我们村的老百姓在这儿干活，他们赚到了钱，这就是收益，这就是赚了。我们坚持下去，有利没利常在行，总有一天我们会赚到大钱，不信你们等着看。"

杨植森说过这话没几年，随着国际国内金属价格的上涨，钼精粉的价格慢慢开始涨起来，钼选厂的效益越来越好。到了 2003 年 10 月，钼精粉的价格开始飞涨，简直是一天一个价，很快涨到了每吨 2000 多块钱，最高每吨价格飞涨到将近 3000 块钱，开启了钼矿开采的暴利时代。

这些年来，钼选厂在价格低迷时囤积了大量的钼矿石，遇到这样的"红利时代"，钼选厂终于熬出头来，开始躺着赚钱，进入了日进斗金的好时代，完成了资本的积累，有了再干大事再创大业的雄厚资金。于是，他们在 2003 年趁势将一个小厂改造成为栾川县振凯矿业公司。

紧接着，国营栾川县绣凤绢丝织制品厂经营不善破产，县有关部门负责善后工作，想让杨植森收购这个厂。这个丝织品厂有几百亩大，厂院子里也有一座山可以开发钼矿。杨植森考虑之后，决定收购这个厂子，一来解决几百号工人的吃饭问题，二来可以发挥这个厂资源的优势创造财富。很快，在这个厂的基础上，杨植森成立了栾川县富森合金有限责任公司，很快让这个厂子产生了盈利，让已经失业的工人重新有了稳定的经济收入。

与此同时，杨植森为县里招商引资，合资成立了"栾川县钼都矿业公司"，自己参股成立了栾川县富川矿业有限公司，还收购了栾川县陶林铁选厂。

让人佩服的是，杨植森无论是收购破产的企业，还是建立新的公司，都能很快赢利，而且效益特别好。

栾川人说，杨植森懂经营，会管理，不管多亏损的厂子，到了他手里，都能成为日进斗金的企业。

栾川县有一家国有企业，名字叫栾川有色金属公司，早两年因为经营不善破产，某商业银行牵头进行拯救，结果回天无力，到了 2005 年再次破产。为了救活这家公司，栾川县委、县政府主要领导再次找到了经营有方的杨植森。

县领导对杨植森说，这家企业牵涉到几百名工人的饭碗，牵涉到县里的安定大局，已经破产整治过一次，现在看来是彻底失败了，成了县委、县政府的一块心病。如果企业下一步没有好的拯救方法，恐怕就会引起工人的骚动。在此危难之际，县政府已经开会研究了几次，认为只有交给你老杨，才有可能救活这个公司，让工人们保住饭碗。

听了县领导的话，杨植森沉思了良久。他作为栾川的企业家，栾川的企业他哪个不知道？这个企业的情况一清二楚，正如县领导所说，已经是第二次破产了，负债累累，危机重重，就是个火坑。想到县委、县政府的为难之处，想到工人们的饭碗，杨植森动心了。他认为自己之所以有今天，有今天的成就和财富，得益于天时地利人和，也得益于县委、县政府给予企业发展的政策和支持。回报家乡，支持家乡的建设，本身就是企业家应该做的事情。

这些年来，他创办了一家又一家企业，救活了一家又一家企业，除了给栾川上缴了数亿的税金外，他还捐资 3000 多万元，用于修桥铺路、支持教育等多项社会公益事业，在栾川赢得了人们的尊敬。

杨植森始终认为，一个成功的企业家，不能仅仅把眼光盯在赚钱上，要把赚来的钱更多地回馈社会、回报家乡。自己能创业成功，赚下大笔的财富，那是天时、地利、人和的产物，不是他杨植森一个人的能力，而是得益于家乡父老的支持，得益于县委、县政府的支持。

自己作为栾川的一个有名的企业家，面对这个破产了的企业，面对县委、县政府的难题，面对那么多工人的期待，哪能见死不救？哪能袖手旁观？

也许在别人的眼里，这看上去就是一个大火坑，一般的企业家，无论如何是不会往这个火坑里跳的。杨植森想的是，如果自己把这个火坑的大火灭了，那不就能造福那么多的工人，同时也能解决县里的困难了吗？一个人，一个企业，一个企业家，总应该有所担当，才对得起上天和社会馈赠给自己的财富和名誉。

沉思良久的杨植森，下决心要干这个事儿。他后来对县领导说了心里话：

"我是一个企业家，也是一个老党员了，既然县领导信任我杨植森，那我就听组织的话，接手有色金属公司这个烂摊子，再干一场，再搏一搏，争取救活这个企业，解决工人们的吃饭问题，给县里交一份满意的答卷。"

杨植森的话，掷地有声，铿锵有力。

"全栾川的人都知道，你老杨是干事的人，是能干事、会干事的人，你是干啥事成啥事，没有你干不成的事，没有你干不好的事。你今天不计个人得失，危急关头替县里接手这个烂摊子，是大贡献，相信你一定能够办好这件事！"

县领导真的很感动，竖起大拇指称赞。

"我杨植森会尽全力干成这件事！"

此时此刻，杨植森的话，相当于对县委、县政府发了誓言。

2005年春天，杨植森投资400多万元，正式接手了两次破产的栾川有色金属公司。杨植森首先安排工人的生活问题，然后清偿公司所欠债务，紧接着安排工人们全部重新上岗就业，还在栾川招收了一批新工人上岗。

为了做大企业，在栾川县政府的主持下，杨植森的沪七矿业有限公司联手洛阳钼都矿业有限公司、栾川县恒源电力有限公司，在改组栾川有色金属公司的基础上，创立了栾川县唯一的一家政府控股企业——栾川县瑞达矿业有限公司。

一个两次破产的企业，就这样在杨植森的努力下，生机勃勃地重新站立起来了。

在杨植森的运筹之下，公司募资1.25亿元，从2005年4月18日开始，经过十个月的拼搏，开挖土石方54万多立方米，垫地复耕60余亩，建设了一座现代化的钼选厂，在栾川创下了栾川企业建设史上的工程质量第一、建设速度第一、设备先进程度第一的"三个第一"。

杨植森说："我接手这个破产企业后，等于新建了这个厂子，刚好又赶上钼价格上涨，第二年我们这个企业就收回了一个多亿的成本，彻底改变了这个企业的命运。"

　　值得再次说明的是，杨植森救活了这个企业后，第二年就把这个企业交还给了县政府，而他自己又创立了两个新的公司，那就是在栾川很有名的栾川县瑞丰工贸公司和栾川宏发矿业公司。

　　正当两个公司蒸蒸日上、生意兴隆之时，栾川县委、县政府又一次找到了杨植森，让他响应栾川县"工业反哺旅游业"的号召，接手负债累累、经营不善的老君山风景区。

　　杨植森的人生命运，突然走到了十字路口。搞旅游，这对他来说是个完全陌生的事业，他绝对是个门外汉。

　　他该何去何从？

既然开发老君山是好事情

我作为一个土生土长的栾川人

老君山人，我不干谁干

我不带头谁带头

这是必然的事情

老君山

第一节　天下名山，道教圣山

秦岭余脉伏牛山，绵延横亘八百里。

八百里伏牛山的主峰，就巍然耸立在栾川境内，名曰马鬐岭，海拔 2217 米。伏牛山绵延入栾川，古人最早称之为景室山。

据史料考证，西周晚期，周朝"守藏室之史"李耳，即老子，目睹朝政日渐荒废，决定辞官，周游天下。老子经函谷关时，受到函谷关关令尹喜的盛情款待，遂作《道德经》赠予尹喜。然后，老子辞别关令尹喜，驾青牛腾云而去，最终在入古鸾州境内时，发现了峰峦叠翠、紫气升腾的景室山，顿觉此地甚好，决定在此修道，遂留下万千传奇故事。

景室山因老子在此归隐修炼，北魏时在山中建庙纪念老子；唐贞观年间，由李唐王朝敕封，修建了"铁顶老君庙"，太宗李世民特赐名为"老君山"，此名沿袭至今。明神宗诏谕老君山为"天下名山"。老君山因老子在此归隐修炼，成为享誉全国的道教名山、道教圣地。

除了河南洛阳栾川的老君山，中国还有很多地方有"老君山"，而且大都与老子的传说有关，其中比较著名的有陕西商洛老君山、河北怀来老君山、四川屏山县老君山、云南丽江老君山、四川新津老君山、湖北红安老君山、甘肃武山老君山。据国际国内老子文化研究的众多学者研究考证，栾川老君山是老子的真正归隐地，称之为老君山，当之无愧。

老君山因老子在此修行，留下了丰厚的道教文化遗产和众多的庙宇道观。从北魏至今，历朝历代在老君山建有太清宫、十方院、灵官殿、淋醋殿、牧羊圈、救苦殿、传经楼、观音殿、三清殿、老君庙、玉皇顶、道德府、亮宝台、朝阳洞等庙宇道观十多处。

随着朝代更迭，这些庙宇道观虽然毁毁修修，兴兴衰衰，但八方香客慕名而来，膜拜老君爷，香火始终很旺，历千年而不衰。尤其是顶峰处历史悠久的老君庙道观群，蔚为壮观，在中国众多道教庙宇中屈指可数，享有盛誉。

查阅《卢氏县志》，可知道老君山上的老君庙最早建于北魏年间，距今已1600多年；大唐王朝，将老子追封为李氏先祖。太宗李世民，加封大将尉迟敬德为钦差大臣，在老君山监工重修"铁顶老君庙"，古碑至今犹存，碑文可见证历史；宋朝时，道教画师绘就了《老子八十一化图》，其中五十二化，讲的都是老子在景室山布道之事，堪称历史文化之经典。

老君山顶峰处的庙宇道观，历来香烟缭绕，石墙厚重，铁瓦锃亮；炼丹炉、大铁钟、红铜牛，可谓盖世无双。历史上老君山与武当山齐名，被誉为"南北二顶"。民间赞曰："南有武当金顶，北有老君铁顶。"

值得提及的是，老君山上老君庙内，完整保留了宋代文物"六丁六甲神像"。六丁六甲神像，铸造精湛，人物传神，神态各异，栩栩如生，具有重要的文物价值。

清代《卢氏县志·文艺卷》记载，明万历十九年，即1591年，洛阳、宜阳、汝阳等地信士百名，集资筹造大铁钟，安放于老君庙南天门。此钟铸造精美，历经风雨侵蚀而不锈，至今犹在。钟上铸有十六个大字：皇帝万岁，太子千秋，风调雨顺，国泰民安。

明万历二十三年春，即1595年春，万历皇帝遣中使，发帑金，敕建金顶太清观；万历三十一年，即1603年，万历皇帝颁赐《道大藏经》，藏贮于山顶的"道德府"。

据《栾川县志》记载，清末民初，每年农历四月初八，是老君山庙会。庙会历时10天，上香朝拜者、游山玩水者，每日多达万人。白天，山道之上，熙熙攘攘，人潮涌动；夜晚，火龙蜿蜒，连绵不断，盘旋直达金顶。如今，老君山每年四月初八的庙会，已被列入河南省非物质文化遗产名录，令世人瞩目。

由上述可见，老君山在历史上久负盛名，既深受八方百姓敬仰，又备受历代帝王膜拜，其地位十分高贵。

老子在老君山修炼布道，留下了许多遗迹和传说。

除了古代碑刻等重要文物遗迹外，从栾川漫子头至老君山山顶一带，以老君为名的民间遗存和历史遗存甚多，有老君磨、老君窑、老君凹、老君怀、老君炭、老君砖、老君碓、大铁钟等；在老君山古道上，有老君悟道石、老君传经楼、老君亮宝台、老君炼丹炉、老君打坐石等，可以说文物古迹，随处可见，比比皆是。

老子在老君山修炼的传说，更是神奇无比，流传千古。

据司马迁《史记》记载，老子姓李，名耳，字聃，楚国苦县（今河南鹿邑东）人，做过周王室管理藏书的官员，后辞官不做，归隐山林。

传说当年李耳辞官之后曾告诉元始天尊，他欲云游天下，择名山大川隐居修炼。元始天尊点头同意，并赐他青牛坐骑助其成行。

从此，老子骑着青牛，遍寻九州四海，却一直未能寻见理想之地。

这一天，他云游至八百里伏牛山，只见此山三大主峰东西排列，分别为西鼎、中鼎、东鼎。老子便驾青牛降落中鼎的山峰。谁知青牛落地太猛，老君又是九鼎之体，落地之时，压得山峰轰隆巨响，摇摇晃晃，立刻坍塌下陷（此地现在名为"压塌坪"）。见此情景，老君赶快让青牛腾空飞起，来到西鼎落足，然后拔出宝剑插入山峰，以此作为标记，然后转回天宫，向元始天尊拜别。

当时，王母娘娘得知太上老君占据伏牛山西鼎，就拨开云雾暗中查看西鼎，发现此处鸾鸟飞翔，祥云袅袅，气象万千，是一处难得的圣地。王母娘娘霎时对此地心生羡慕，有意据为己有，于是，她心生一计，拨开云端，来到西鼎，将老子的宝剑拔出，把她的绣花鞋埋到山上。回到天宫后，她问老君，为何把宝剑插在她的绣花鞋上？老君明知是王母娘娘看中了西鼎这个风水宝地，便不与她争辩了，算是把西鼎让给了王母娘娘，而他自己来到伏牛山东鼎，开始隐居修炼。

从此，伏牛山东鼎开始叫"老君山"，中鼎叫"压塌坪"，西鼎叫"娘娘垛"。后世的人们说，"垛"与"夺"两字同音，之所以叫西鼎"娘娘垛"，意思就是说，西鼎原本是太上老君的，是娘娘从老君爷手里耍了个心眼儿夺过去的。这个神话故事，说明了老君的与世无争和宽怀包容。

景室山，即老君山，是八百里伏牛山主峰，古代位于京畿洛阳之西南，老子作为周朝官吏，对景室山必定熟悉，知道此山是隐居修炼的不二选择。

老子隐居景室山，虽不见正史，但地方志却多有记述。《南阳府志》记载，老君山在内乡县北，突峰悬崖，隐现云表。世传老子学道于此，药灶、丹炉遗迹俱存。《内乡县志》亦有相同记载。《卢氏县志》记载，老君修炼于景室山，在县治东南二百里许，老君仙山是也。

方志所载，可补正史之缺漏，更有历代口头传闻、众多遗迹，此足以证明，老君山是老子真正的归隐修炼之所，亦是他传经之重要道场，被世人称为道教圣地，无愧"道教之圣山""天下之名山"的美誉。

第二节　鸾鸟振翅，奉天承运

　　栾川大地，处处是好山好水。直到 20 世纪 90 年代，栾川人才如梦方醒，意识到如此好山好水的道教圣地，有无穷的开发潜力和能量。

　　栾川县委、县政府审时度势，于 1992 年春天，正式开始研究开发建设老君山风景区这一造福栾川人民的事业。

　　栾川县位于河南省西部，东与嵩县毗邻，西与卢氏接壤，南与西峡抵足，北与洛宁摩肩，素有"洛阳后花园"和"洛阳南大门"的美誉。栾川县总面积 2478 平方千米，山多田少。

　　栾川属典型的深山区县，是全国扶贫开发重点县，海拔在千米以上的面积占总面积的一半还多。境内有四条较大河流，分属黄河流域和长江流域。三条横亘东西的山脉将县境分为南北两大沟川，栾川人也称之为"北山南山"，"四河三山两道川，九山半水半分田"是对栾川地貌生动而精准的概括。

　　历史上的栾川，建制几经变迁。夏商时栾川为有莘之野。汉至北魏置亭。

唐，置镇。宋元祐二年，即 1087 年，置栾川镇。宋徽宗崇宁三年，即 1104 年，始置县。至金海陵王贞元二年，即 1154 年，废县改镇。此后，元、明、清一直置镇。

民国时期，置区，隶陕州卢氏县。1947 年，栾川解放，再置县，先后隶属豫鄂陕边区四专区、豫陕鄂边区三专区、陕南一专区、豫西七专区、陕州专区和洛阳专区。

1986 年 4 月，栾川正式划归洛阳市。

栾川古称鸾州，盖因此地有鸾鸟栖息而得名。

鸾鸟是古代中国传说中的神鸟。《广雅》曰：鸾鸟，凤皇属也。

由此可见，鸾鸟自古即是祥瑞之鸟。

鸾鸟飞舞，祥瑞降临。栾川有壮丽山河，还有道教圣地。

老君山气势磅礴，雄伟壮观；山势奇峻，峰高谷深；悬崖峭壁，鬼斧神工；飞瀑流泉，草木茂盛；云海飞腾，一步一景。老君山雄奇壮丽，赢得历代文人的喜爱。

明代诗人谢榛登临老君山，感慨万端，赞曰："兼泰山之雄伟、华山之险峻、庐山之朦胧。"后人又赞曰："西瞻秦岭，东望龙门，南极武当，北收熊耳。"

明代卢氏县令高出，诗赞老君山："溟滓中天矗，遥邻五岳尊……"

国家文物局古建筑专家组组长罗哲文教授登临老君山，慨然赞曰："天下名山，道教圣地，山景雄奇，生态完美。"

中国现代著名作家李準先生登临老君山，感慨不已，挥毫题词："秀压五岳奇冠三山。"

…………

老子归隐，修身养性；道教圣山，恩泽众生。

仰望老君山，俯察鸾州城，自然景观与人文景观共辉映。

1992年3月31日，中共栾川县委、县政府，决定成立栾川县旅游资源开发工作委员会，在栾川树立"大旅游观念"，老君山这个好山好水的地方，终于从沉睡中被唤醒。

1992年7月6日，栾川县召开常委会议，重点研究老君山风景名胜区开发建设问题。会议决定，要先修一条从山下七里坪到山上灵官殿的旅游专线公路，然后逐步把路修到山顶老君庙，让狭窄而危险的山路，变成盘山而上的水泥公路，为人们登临老君山提供交通方便。

栾川这个曾经鸾鸟飞舞的吉祥之地，有如此得天独厚的自然和人文景观，果断发展旅游业，实在是造福35万栾川人民的明智之举，是泽被后世子孙的宏图事业。

第三节 旅游富县，人民期望

层峦叠翠，金阳高照；百花盛开，飞鸟翱翔。

1993 年 5 月，老君山开发建设的大幕正式拉开。

为了提升老君山的知名度，为了凝聚栾川人民开发建设老君山的人心和干劲，1993 年 5 月 28 日，栾川县举办了首届老君山旅游节，邀请了省、市、县三级领导参加，开幕式后举行了大型舞蹈《君山情》的表演，吸引了不少游客和山下百姓前来观看。

1993 年 6 月，栾川县人民政府动员县直各个单位的领导和员工，支援老君山的开发建设。于是，栾川出现了千人万人靠手拉肩扛，搬砖送瓦，为老君山建设工地运送材料的感人场景。

老君山下的老百姓至今记得，当年千人万人支援老君山的情景。

他们说，当时，听说县里发动各个单位的人，不计报酬，无私支援老君山的开发建设。那些领导、职工，成千上万人一有时间就上山运送材料，特别是星期天，运送材料的干部职工，从山下排到山上。他们有的送砖，有的送石头，还有送其他的建设器材，大家一个个累得汗流浃背，衣服湿透，但大家没有一个人有怨言，栾川人那时真是团结一心搞旅游，那场面真是感天动地啊！

原老君山林场场长，现栾川县委常委、宣传部长孙欣欣说："当时在县委、县政府的发动下，各个单位的干部职工建设开发老君山的热情和积极性被调动起来，各个单位的干部职工自觉到山上干活，有的开车，有的骑自行车，有的步行，采用人拉肩扛的各种办法往山上运送材料，那种战天斗地、不怕困难、无私奉献的气魄和精神，真是令人感动，令人难忘。干部职工们的行动，感动了山下的很多老百姓，有不少人也自觉加入了支援开发建设老君山的队伍。人们说，人心齐，泰山移。正是靠着这种携手并肩、齐心协力、无私奉献的精神，靠着干部职工和老百姓这种真干、实干、苦干的精神，栾川旅游开发建设的步伐铿锵有力，卓有成效。至今回想起当年的建设热潮和情景，历历在目，令人感怀。"

1993年冬天，在栾川人的共同努力之下，老君山旅游专线从七里坪至灵官殿公路从无到有，正式修通。

1994年1月25日，栾川县又召开四大班子联席会议，专题研究老君山上山道路的修筑问题，继续勘测路线，筹集资金，进行老君山旅游专线2期的工程建设。

1995年5月7日，老君山宾馆落成并举行开业典礼，老君山从此有了接待游客的地方；当年11月7日，老君山旅游专线公路2期灵官殿至淋醋殿一线，举行了竣工通车典礼。

1996年5月，老君山旅游专线公路第三阶段，淋醋殿至救苦殿竣工通车；当年12月，老君山高压电线正式接通并举行接火仪式，从此，老君山有了电力保证。

1997 年 10 月 28 日，由时任栾川县委常委、宣传部长张记与梁石山等共同编著的《栾川风景名胜纪游》出版发行，成为栾川县第一本系统宣传介绍老君山旅游的图书。

1998 年，栾川县组织有关部门人员，考察调研老君山旅游资源，并提出了规划设计方案。

1999 年 5 月 22 日，农历四月初八，老君山庙会在道教圣地老君山山门举行，不少游客和香客以许愿还愿的方式，为灵官殿、淋醋殿、老君庙捐款，其中福建一位商人慷慨捐款 1 万元，当时共收入 10 多万元的善款。当年 6 月，栾川县文化馆组织石匠技工，用青石雕刻了老子 81 章《道德经》，镶嵌于老君山山顶"道德府"的东西山墙上，成为当时的一项重要文化工程和人文景观。

2000 年 4 月，老君山荣获"洛阳市十大旅游景区"称号；同年 8 月，中共栾川县委县政府，专门下发了关于进一步加快旅游业发展的决定，做出了将老君山作为栾川旅游业发展龙头强力开发的重要决议，并制定了 3 到 5 年时间打造王牌龙头景区的目标；11 月 3 日，栾川县委常委、宣传部长张记，代表栾川县委、县政府，会同省旅游协会、省文物局、省博物馆、省文物考古研究所等部门的领导和研究员，讨论老君山开发的诸多问题。

2001 年 10 月，栾川县争取到省公路建设资金 1000 万元，用于老君山上山道路的扩建；同年 11 月，"河南伏牛山国家自然保护区栾川老君山管理分局"正式成立；12 月，河南省林业设计院园林所编制的《老君山生态旅游区总体规划》，在郑州通过专家评审论证。

2002 年 1 月 14 日，老君山道教文化区规划研讨会在老君山召开；4 月 30 日，老君山一期工程竣工及开园典礼，在七里坪山门前举行，省市领导及栾川县四大班子领导及各界群众共 12000 多人参加；9 月 10 日，河南伏牛山国家级自然保护区老君山管理局正式成立；12 月，从七里坪至救苦殿 10 公里公路硬化、龙君河 9 公里生态观光步道建设等工程竣工。

2003 年 1 月 14 日，栾川县旅游发展研讨会及老君山道教文化建设评审会在郑州举行；4 月 18 日，全国政协副主席陈奎元到老君山景区视察指导。

2004 年 3 月 10 日，参加河南省旅行社工作会议的代表 400 人，应邀到老君山考察并在灵官殿栽植纪念林树木 660 株。

2004 年 8 月 24 日至 26 日，河南省文联、河南省文学院作家吴长忠、孙广举、李佩甫、郑彦英、王保民、孙方友、孟宪明、郑旺盛一行来到老君山采风，并在老君山举行了“河南省文学院作家创作基地”揭牌仪式；作家郑旺盛采风后创作了随笔散文《老君山感怀》，刊发于百万发行量的《大河报》上。

栾川县政府一直试图将老君山风景区作为栾川县龙头风景区打造，但限于财力，很多规划设计中的项目一直不能落地，影响了老君山风景区作为旅游龙头企业开发建设的进度。其实，此时栾川县的旅游行业，不仅仅是老君山风景区存在资金短缺的问题，而是普遍存在着这个问题。

2005 年，2006 年，老君山建设因为负债累累，资金出现严重缺口，老君山开发建设工作遇到了前所未有的困难。具体负责老君山风景区开发的栾川县老君山林场，出现了在建项目停工、工人发不出工资、负债还不上等严峻问题。

旅游开发建设是烧钱的事情，而栾川县又是贫困山区，经济欠发达，这是一种矛盾。老君山风景区的开发建设，除了从 2001 年到 2003 年从上级有关部门争取来的 2000 多万国家政策性扶持资金外，老君山风景区现在已经再无资金可投资了。

老君山的旅游开发，该如何破局？这成为摆在栾川县委、县政府面前的一个重要而棘手的问题。

第四节　反哺旅游，造福栾川

逆水行舟，不进则退。

栾川县委、县政府面对全县旅游企业所面临的开发资金不足的问题，四大班子领导召开了一次又一次会议，研究解决办法。

栾川县有丰富的矿藏资源，尤其是钼矿，储量亚洲第一，世界第三，被称为"中国钼都"。这些年来，栾川依靠钼矿资源，发展了大小矿业公司 100 多家，工矿业发展比较靠前。栾川不仅仅有丰富的矿藏资源，栾川还有发展旅游得天独厚的自然资源和人文资源，坚定"旅游强县，旅游富民"的发展方向才是长远之计、富民之策。

县委、县政府经过多次讨论后，统一了意见。县四大班子领导认为，这些年来，栾川县一直存在"重工业发展，轻旅游开发"的不足，现在有必要在全县倡导"工业反哺旅游业"的大政策，让整个栾川县的经济由"黑色经济"转变为"绿色经济"，引导工矿企业的老板投资栾川的旅游业，以国有加民营的合作形式，共同开创一条栾川绿色经济发展的新路子。

2007 年初，栾川县在全县开始大力宣传"工业反哺旅游业"的政策，号召全县有责任有担当有实力的企业家，积极投身于栾川县的旅游开发事业。与此同时，栾川县有关领导也积极深入基层，与企业家交朋友，交流工业反哺旅游的有效办法和发展前景，在全县营造出了一种旅游大开发的良好局面。

此时的杨植森已经将破产的栾川有色金属公司，建设成了年盈利一个多亿的瑞达工贸公司，另外他自己还创办了宏发矿业公司，又逢国内外钼精粉价格飞涨，两个公司都是日进斗金，生意兴隆。

也正是此时，栾川县有关部门的负责人和县领导开始登门拜访他，找他喝茶聊天。来者不仅有时任老君山林场场长孙欣欣，还有时任栾川县县长谷树森，栾川县委常委、宣传部长黄玉国和时任栾川县旅游局局长孙小峰。他们登门拜访，目的只有一个，那就是想说服杨植森响应栾川县委、县政府的号召，投身老君山的旅游开发建设。杨植森认为自己一直搞工矿业，不懂旅游，下不了这个决心。

亲历此事的孙欣欣说，当时谈了几次，杨总对接手老君山这件事有点儿犹豫。这中间杨总因身体有疾到上海治疗，黄玉国部长、孙小峰局长和我三个人知道后，商量了一下，就决定一起赶到上海看他。杨总当时很感动，这么大老远的，领导们赶来看我，太感谢了。我这次从上海回去后，咱就说事儿。

为此事奔波的栾川县旅游局局长孙小峰说："为了给老杨打气鼓劲，我给老杨认真分析了老君山在全国山岳旅游资源中的重要地位，特别指出老君山峰林在国内可与黄山、张家界媲美，旅游价值非常难得。不仅如此，山上还有丰富的道教文化，是兼有自然资源和文化资源的不可多得的景区，前景十分广阔，不参与开发十分可惜。为了进一步坚定老杨参与开发老君山的决心，我跟他表态：如果老君山今后经营方面缺乏人才，我可以放弃公职，帮助他经营景区。"

直到今天，75 岁的杨植森老人还记得黄玉国、孙小峰、孙欣欣等领导找他喝茶聊天并到上海看望他的情景。

杨植森说，领导们一次又一次找我喝茶聊天，态度诚恳，就是劝说我参与旅游开发的事情。他们都特别有办法，他们不是硬逼你搞旅游开发，而是耐心做工作。特别是黄玉国部长和孙小峰局长，他们找我喝茶，跟我讲老君山的优势，讲企业家如何如何将钱用到更有发展前景的旅游事业上，最后谈着谈着就谈到了让我接手老君山干旅游的事情上。

黄玉国对我说："这么多年走过来，你是在栾川县最有担当最有责任心的企业家，每一次县里有困难都是你出手相助，这一次你还要带好这个头，做好这个榜样。为了咱栾川的子孙后代，为了咱栾川能够早日跳出黑色经济，开创绿色经济发展的大局，这副担子你要挑起来，可以说，县委、县政府、全县人都看着你老杨哩。我是给县领导打了包票的，'工业反哺旅游'这面大旗，你无论如何要扛起来，插到老君山上。"

杨植森说，说实话，人家一个是县委常委、宣传部长，一个是旅游局局长，一个是老君山林场场长，又不是为了自己，而是为了栾川县的事情，一次一次不辞辛苦地找我，我很感动，就决定干老君山这件事。

我对黄玉国部长表态说："我也是个老共产党员了，既然县委、县政府这样看重我，那我没有啥选择的，就听组织的话，扛起这面旗干吧！我是个门外汉，不一定能干好，今后希望县里多支持。"

黄部长见我答应了，非常高兴，非常激动："放心老杨，栾川县委、县政府和各个部门，一定会大力支持你干老君山这件事。只要你接手，我们就相信一定能够干好这件事，栾川人都相信，你老杨是干事创业的人。"

当时负责开发老君山风景区的是国有老君山林场。此时的老君山林场，已经是负债累累，并因债台高筑，经营陷入极其困难的局面。一年的营业额也就是二三十万元，连银行利息都不够。

当听说我要接手老君山的消息后，有几个好朋友都劝我：杨总，老君山是个烂摊子，可不敢接手啊。搞矿业，你是专家；可是搞旅游，你是门外汉啊。矿业方面，你能接手一家厂，搞活一家厂，搞好一家厂；可是老君山接了，那可就不好说了呀！旅游这家伙是烧钱的事情，无底洞啊，你开矿赚多少钱，全投进去都不一定够啊，还是放手为好，免得将来钱也投了，事也做了，结果也不是那么回事，那可就丢大人赔大了！

我说："我已经给县里领导都点过头了，拍过胸脯了，咋能说不干就不干。我一辈子信诺如金，跟上海人在一起做生意，有时连合同都没有，可从来没有红过脸，从来没有因为钱的事情发生过纠纷。生意也做了，朋友也交了，靠的是啥？就是做人要诚实守信，一诺千金，一言九鼎。"

朋友们看我态度坚决，也就不劝了。他们都知道我这个人的性格，一旦决定的事情，肯定会一往无前，即使前面是水是火是坑，我也会跳，就是老百姓说那话，我是八头牛也拉不回来的人，认准的事，非干不行！

其实，我后来躺在床上也是辗转难眠，就老君山开发的事情，想了一遍又一遍。想想朋友们劝我的话，都是有道理的，我确实是个门外汉，从来没有搞过旅游这件事。唯一比较有感觉的是，我生在老君山，长在老君山，我家就住在老君山下的七里坪，从小就在山上山下玩，也知道老君山上有老君庙，有灵官殿等，知道山上有树林，有瀑布，有小鸟，有各种动植物，是非常神奇的山，值得开发，让全国各地的人都来看看。

后来我又想，既然老君山缺钱，既然老君山林场欠债，不能发工资，不能搞开发，我把钱的缺口拿出来，然后让他们懂旅游的人来干，岂不是更好？

我以栾川县瑞丰工贸有限公司的名义，与老君山林场接触之后，进行了资产清算。要想在老君山风景区重新开发建设，包括给工人补发工资、注册公司、还债、流动资金，至少需要6000万元钱。

钱不是问题，重要的是要干好这件事，作为旅游开发的一个完完全全的门外汉，我有顾虑和担心。于是，我将儿子们喊到面前商量，决定将6300万元无偿划拨给县政府，自己就不再参与老君山风景区的开发了，让老君山林场继续去做，或者让县里找懂旅游的人来做。

为此，我写了承诺书，自愿拿出6300万元给栾川县政府，作为开发老君山风景区的前期费用，而且签上了我和儿子们的名字，摁上了红手印。

我拿着承诺书找到黄玉国部长，将情况向他诚恳地做了说明。我说："我和家人都同意无偿出这笔钱。为了老君山的长远发展，我这个搞旅游的门外汉就不掺和了，我只出钱，不出人。如果钱不够，我再支持。"

听完我的话，明白了我的意思，黄部长说："杨总，这事是大事，是县政府定下的事，我一个人当不了家，县里领导也没谁愿意当这个家，敢当这个家。你别说是给县政府无偿拿6300万，你就是拿再多的钱，我也不敢要，县里也不会要。一句话，你这6300万元的承诺书，没人敢收。弄吧，弄吧，老杨，大家都看好你，这件事也只有你才能干好，别推辞了，别推辞了，干吧、干吧、干吧……"

一听黄玉国的话，我就知道退是退不出来了，没有退路了。

于是，我对他说："既然这样说了，那我就再拼上一次！"

就这样，我接手了老君山。

我曾经这样说："集北山之财，建设秀美栾川；汇南山之灵，再造二次资源。这就是我心里的话，也算是我报效家乡的诺言吧。"

人生能有几次搏？

杨植森人生的二次创业从此开始，"雄关漫道真如铁，而今迈步从头越。"

第五节　二次创业，"偶然""必然"

冥冥之中，一切皆有缘。

佛家说：人生际遇，皆有定数。

杨植森常对人说："老君山这场事儿，有时看似偶然，其实也是必然的事儿。"

他说，2007 年县委、县政府把我赶鸭子上架，赶上了老君山，这看似是偶然的事，为什么说也是必然的？一方面，当时栾川县大力发展旅游的事情，符合县里产业发展的规划，也符合国家提倡的从发展黑色经济转变为发展绿色经济的大局，搞旅游这事虽说是政府引导着我干的，但实践证明是对的。2007 年我从干工矿业转行干了旅游业，到了 2008 年下半年开始，钼精粉的价格就开始了下跌，如果不转行，如果不把钱投到老君山，干工矿业就要走下坡路，甚至要赔钱，至少日子不好过了。另一方面，我是土生土长的老君山人，一辈子跟老君山有不解之缘。我靠国家政策开矿赚了这么多钱，这钱不是我个人赚的，是国家政策给的。既然赚了钱，就要为报效家乡服务。既然开发老君山是好事情，我作为一个土生土长的栾川人、老君山人，我不干谁干？我不带头谁带头？这是必然的事情。

杨植森在他的《我心中的老君山》一文中，这样写道：2007，多么简短的几个数字，对于一个满头白发、勤奋的长者，却意义非凡，耐人寻味。这一年对于我来说又是一个从"黑色"到"绿色"转型发展的开端。足足一个轮回，人生几何？

其实，作为栾川县优秀企业家的杨植森，应该说他从 2006 年就已经跟老君山结下了既是"偶然"又是"必然"的善缘。

2006 年，栾川县有关老君山和老子文化的两次大型活动，杨植森作为栾川县的知名人士，都被县政府隆重邀请参加了活动。

2006 年 4 月 29 日上午，32 辆轿车、33 名形象大使、128 名成员组成了从鹿邑太清宫采集老子文化圣火的火种，和从灵宝函谷关恭迎老子《道德经》的东西两路大军，浩浩荡荡地来到了老子归隐地——栾川体育场，并在这里隆重举行了"老子圣火，《道德经》传递"庆典仪式，由专人宣读了赞扬老子一生功德的颂词。

老子文化圣火的火种被点燃，火苗映红了栾川的天空。

点燃之后的火种，由礼仪人员交给了杨植森等 10 位慷慨捐资支持此项活动的爱心企业家，并由杨植森带队，手捧老子圣火和竹简本《道德经》，走上老君山的山顶，由杨植森在老君庙前率先点燃了老君山山顶的圣火。

此后，老子文化圣火的火种，被长久存放于老君山顶的老君庙中；5.8 米竹简本《道德经》长卷，也被安放在老君山的专用展柜中，供四方游客观瞻膜拜。

当天下午 3 点，老君山、函谷关、太清宫和洛阳上清宫四地联合签署了

"共同宣言"：由鹿邑太清宫、灵宝函谷关及栾川老君山，组织专人考证典籍、考察历史遗迹，共同得出的结论，使老子归隐老君山的千古之谜得以解开。老子出生地、著经地、归隐地三家达成共识，分别为鹿邑太清宫、灵宝函谷关、栾川老君山三地。这三地有着共同的老子文化的起源和深厚渊源。

老子圣火，熊熊燃烧。从此，一座道教圣山的传奇故事，让更多的中国人知晓。

时隔数天，2006年5月5日，即农历四月初八老君山庙会日，栾川县人民政府盛邀全县各界人民代表、特邀嘉宾，满怀虔诚敬仰之情，齐集老君山下，举行了隆重盛大的仪式，祭拜道家始祖、道教之尊老子，并宣读颂词。颂词曰：

　　太上老君，尊讳李耳。生于鹿邑，归隐景室。春秋末期，生逢乱世。辞官归隐，揖别周室。坐骑青牛，莅临函谷。著述高论，道德宝书。五千余言，哲理超凡。大智大慧，中国先贤。慧眼识道，以道观天。人法天地，道法自然。大道玄真，宇宙本源。顺道吉昌，逆道灾难。天人合一，和谐平安。修身治国，以道为鉴。贯通古今，至理名言。中外扬名，举世称赞。

　　告别函谷，出关东南。虢国驿道，曲折蜿蜒。越灵过卢，直趋栾川。择居善地，隐身修炼。景室山水，灵气冲天。民感圣德，尊称君山，茫茫昆仑，向东绵延。气势磅礴，气脉源远。松青竹翠，彩云弥漫。来斯修道，脱俗成仙。布道传经，烹炼金丹。济世度人，益寿延年。道教鼻祖，誉满人寰。道深德厚，万古承传。今逢盛世，恭敬庆颂。老子功德，福泽栾川。道教圣地，首推君山……

　　巍巍君山，迢迢伊水。改革开放，栾川巨变。与时俱进，日新月异。

地灵人杰，风水宝地。道德真君，于斯隐居。惠及八方，万民受益。功德无量，千秋永垂。祈福太上，齐颂道德，千秋升平，万世和祥！

颂词昂扬，震动苍山。

颂词声声，感动人心。

杨植森被邀请参加这次盛大活动，颂词的每一句、每一声，都震撼着他的心，润泽着他的心。

或许从那一刻起，他的生命就紧紧地与老君山连在了一起，机缘深邃，神秘而不可解。

第六节　格局高远，战略发展

一个人要干成一番轰轰烈烈的大事业，离不开时代的大环境。杨植森最终能够入主老君山风景区，并最终将老君山风景区开发建设成为国家 5A 级旅游景区，离不开栾川县委、县政府制定的"工业反哺旅游业"的大环境好政策。

在杨植森与老君山林场正式签订协议之前，栾川县委、县政府就数次召开会议研究这件大事。在此，照录栾川县人民政府县长办公会议纪要之第七号文《关于老君山景区合作开发的县长办公会议纪要》：

2007 年 8 月 9 日，栾川县县长谷树森召集县政府办、发改委、旅工委、财政局、林业局、建设局、宗教局、国土资源局、栾川乡、老君山林场和瑞丰工贸有限公司等单位负责人，就老君山景区改制有关问题进行专题研究。县委常委、宣传部长黄玉国，县人大副主任杨召军，副县长陈珍出席会议。现纪要如下：

一、县政府把老君山合作开发作为全县旅游产业升级转型的龙头项目来抓，对老君山林场同瑞丰工贸有限公司合作投资开发老君山景区的意向予以肯定，专门成立"老君山景区合作开发领导小组"，加强对此项工作的组织领导和协调服务。相关部门要委派专人负责，切实提高服务质量和服务效率，为景区合作开发创造良好的外部环境。

二、为了保证有序开发，对方皮路南，东至十方院河，西子岭根，南至后庙的土地，在新的规划出台以前维持现状，不得审批新的用地手续。规划出台以后，由政府对上述土地进行征用，交由景区使用，进行配套设施建设；对现景区售票房以内土地，根据规划由政府进行严格控制，杜绝私搭乱建行为。今后景区发展需要征用现景区售票房以内土地的，由政府负责征用，交景区开发建设，征地费用由新公司承担。

三、为保证景区开发的顺利进行，由县政府组织于年底前按新景区规划对景区售票房附近有碍观瞻和影响规划的12户群众实施搬迁；如按申报世界地质公园的要求，对景区内再需搬迁的居民，由县政府负责组织实施。

四、老君山景区合作双方应充分认识老君山开发的重要性和紧迫性，尽快签订合作协议，并根据伏牛山生态旅游发展规划和全县旅游发展规划，紧扣老君山提升全案策划，编制出高起点的开发规划，上报县旅游领导小组评审和县人大批准。景区内新建庙宇必须实行统一规划、统一建设、统一管理，现有庙宇需要改建、扩建的，由县政府负责协调解决有关事宜。

五、县旅工委、发改委、水利、林业、财政等部门，在政策性资金使用方面继续对景区给予重点支持；老君山林场要确保争取到的政策性资金用于景区开发建设。

六、县政府将对景区开发过程中的资源保护、资金投入及规划实施情况等实行有效监督；投资方应牢固树立环保意识，严格按照规划进行科学、合理开发，保证两年内投资不低于 1.5 亿元，尽快实现老君山景区做大做强的目标。

参加会议（各单位负责人）人员：杨栋梁、张保杰、石建伟、吴明杰、崔跃彤、杨保国、张向阳、孙欣欣、杨富申、杨植森、杨海波、谷毅恪。

栾川县人民政府办公室

2007 年 8 月 10 日

此次县长办公会议之后，由中共栾川县委、栾川县人民政府组织成立了栾川县老君山景区开发建设工作领导小组，组长由县委常委、宣传部长黄玉国担任；副组长由县委常委兼人武部政委袁祖家、县人大常委会副主任杨召军、县政府副县长陈珍、县政协副主席郭二毛担任。

老君山景区开发建设工作领导小组，由县政府办公室、县委组织部、县委宣传部、县委统战部、县民族宗教局、县发改委、县公安局、县财政局、县安监局、县林业局、县水利局、县建设局、县环保局、县交通局、县卫生局、县国土资源局、县地矿局、县旅工委、县城东开发办、县质检局、县物价局、县市政局、栾川乡政府、老君山林场、县电业局、县移动公司、县网通公司和新成立的河南省老君山生态旅游开发有限公司负责人组成；领导小组下设办公室，办公室设立在旅工委，由游工委主任杨保国兼任办公室主任。

由此可见，栾川县委、县政府对老君山风景区开发建设的重视，已经上升到战略发展的高度齐抓共管、全力支持……

2007 年 8 月 23 日，注定是一个不平凡的日子，注定将载入老君山壮丽的发展史中。

这一天，深思熟虑之后，花甲老人杨植森以超人的胆量，与老君山林场签订了七十年合作开发老君山风景区的战略协议。双方此前共同注册成立了河南省老君山生态旅游开发有限公司（后更名为河南省老君山文化旅游集团有限公司），栾川县老君山林场以现有景区内的实物资产林场林木、旅游公路以及土地投入新公司，占20%的股权；杨植森以6300万元货币资金投入新公司，占80%的股权。

从此，杨植森与老君山风景区结成了命运共同体。他将用脚步丈量老君山的山山水水，用心血与智慧引领老君山人创造出辉煌卓越的成就。

这一年，杨植森投资6300万元，偿还了老君山林场所欠的全部债务，安排了所有职工。老君山风景区开始步入了大开发、大发展的新时代。

杨植森说："要干，就得干出点样子来！"

接手老君山之初，杨植森就立志要把老君山建设成为最具影响力的道教文化圣地、最具吸引力的养生度假胜地、最具亲和力的旅游目的地。

他说："老君山的旅游开发建设是世纪工程、功德工程，可以说是功在当代、利在千秋的大事儿。老君山这么好的资源，一定得利用好、建设好，真正造福栾川百姓，造福子孙后代。"

古人云：不谋万世者，不足谋一时；不谋全局者，不足谋一域。

旅游发展，规划先行。景区大开发伊始，杨植森十分注重整体规划。他邀请上海同济大学、清华大学、北京大学的知名教授，来到老君山实地考察指导，为老君山的深度开发指明方向。

在他的主持下，编制完成了《河南老君山旅游建设专项规划》。规划科学定位了老君山的生态优势和文化优势，并据此规划了老君山未来高品位旅游开发的方向，制定了"以山水旅游为主体，深度挖掘历史传承，保护生态环境，文化深度融合旅游，实现可持续发展"的旅游开发建设的长远战略。

在老君山旅游开发建设中，杨植森以慈悲善良之心，特别重视生态保护。在灵寨公路建设中，为了保护山上的古树，减少对环境的毁坏，他不惜增加600万元资金，将原设计的开山修路方案改为隧道穿行。

他说："旅游开发是为了让老君山更好地发展，绝对不能以省钱为理由，以破坏生态环境为代价搞旅游。我们不能因为发展旅游而破坏了老君山的古老生态和文化遗存。我们要把老君山开发建设得越来越美越来越好，才对得起老君爷留给我们的这座道教圣山，也才对得起栾川人民的信任。"

从2007年杨植森接手老君山风景区开始，老君山的旅游开发步入了快车道。大格局，大战略，大投入，大营销，让老君山跻身全国一流旅游景区的宏大目标，在老君山人携手并肩、共同追求之下，一步一步从最初的梦想和愿景，变成了美好的现实。

第三章

道行天下，《道德经》熠熠生辉

老子是道教的开创者

被尊称为太上老君

《道德经》对中国的

哲学、科学、政治、宗教等

产生了深远的影响

体现了古代中国人的

一种世界观和人生观

老君山

第一节　传奇经典，玄妙无穷

为什么杨植森接手老君山风景区后，能以大格局、大情怀、大战略、大投入、大营销开发建设老君山？

为什么杨植森说要把老君山开发建设得越来越美越来越好，才对得起老君爷留给我们的这座道教圣山？

这一切都源于杨植森与老君山的生命之缘和他与生俱来的对老君山的崇敬之情。他生于老君山，长于老君山，对老君山的一草一木都那么熟悉。群峰耸立，庙宇威严，香烟袅袅，祥云飘飘，这片圣山的一点一滴，早已植入了他的内心深处、灵魂之中。从小小少年，到白发老翁，老君爷都是他景仰的至圣先贤，神一样的存在。

虽然他从小因为家贫而未能很好地读书，但老君山厚重的老子文化，一直滋养着他，成就着他。他始终认为，如果没有老子文化的滋养护佑，他一个放牛娃，胸怀就不会像今天这么大，事业也不会做得这样大。

杨植森接手老君山时，就把已经退休的，曾担任过栾川县委常委、宣传部长，县人大副主任的张记请到集团来，聘请张记为老君山开发建设的文化总顾问，原因就是张记这个老牌的河大毕业生，懂历史，懂文化，是个对老君山开发建设有深厚情结的文化人。

杨植森曾非常诚恳地说："老子文化太厚重了，太神奇了，写老君山，就要写老子文化；写老君山人的创业历史，也要写老子文化。没有老子文化，就没有老君山的今天。"

因此，本书在书写老君山大开发大建设的事件时，也将老子文化作为本书的重要内容用心书写。

老君山因老子归隐修炼而得名，道教文化因《道德经》而厚重如海，源远流长。

老子所著《道德经》，是道家哲学思想的重要来源，分上下两篇。上篇《道经》，下篇《德经》，共81章，全文共5000多字，是中国历史上首部完整的哲学著作，在世界哲学史上也有着重要的地位。

中国道教自立教以来，一直尊奉老子为道祖，以老子所著《道德经》为基本经典，2000多年来《道德经》注本众多。中国道教协会所编著的《中华道藏》，汇集历史上的《道德经》注本近70种。

老子《道德经》对中国乃至世界传统哲学、宗教、政治和科学都产生了深刻影响。《道德经》是《圣经》之外被翻译成外国文字传播量最多的文化经典，老子也因此被列为影响世界的历史文化名人。

北京大学哲学系教授王中江说："老子是中国古代伟大的思想家、哲学家和道家学派创始人。他的传世名作《道德经》，虽短短五千言，内容却被后人尊奉为治国、齐家、修身的宝典。"

《道德经》每一章，都蕴含着无穷的智慧；每一句话，都充满深邃的哲学思想。《道德经》以"道可道,非常道"开篇,阐述了涵盖宇宙、自然、生命的大"道"哲学,老子也因此成为道家的始祖。

老子《道德经》说:"人法地,地法天,天法道,道法自然。""道",是先于天地生成的,是天地万物之源。他的这种天人合一的哲学思想,2000多年来对中国的政治、经济乃至人文思想,产生了特别深远的影响。

老子思想中最伟大的闪光点,就是他的朴素的辩证法思想。他认为天地的运行是自然而然,人应该和自然万物一样消除执念,自然发展。老子还观察到宇宙间的万事万物,互相矛盾,相互对立,世间万物皆有阴有阳、刚柔相济。

老子认为,有无相生,难易相成,长短相形。如:"物壮则老""兵强则灭,木强则折""祸兮福之所倚,福兮祸之所伏""善为士者不武,善战者不怒,善胜敌者不与""将欲弱之,必固强之""将欲夺之,必固与之"。

《道德经》语言极为精辟,多为至理名言,很多话已经演化成为今天的成语,如:"天长地久""上善若水""少私寡欲"。有的原句,后世已演变为警句,广泛流传,如:"功成,名遂,身退",现为"功成身退";"知其白,守其黑",现为"知白守黑";"大巧若拙,大辩若讷",现演变为"大智若愚";"天网恢恢,疏而不失",现为"天网恢恢,疏而不漏";"知足之足,常足矣",现为"知足常乐";等等。

老子提出了"无为而治"的哲学思想。他认为天下的饥荒、贫困,是统治者横征暴敛的结果,主张用"天之道"来取代"人之道",这样才能天下太平,长治久安,安居乐业,国富民强。

在信仰上,他是道教的开创者,被尊称为"太上老君";在修身上,他"功成身退",不求名利,归隐修炼;在为人处世上,他主张"以柔克刚",影响了古今多少人;在艺术上,他提倡"道法自然",成为书法家、绘画家、诗人遵循的理念;在哲学上,他的《道德经》,蕴含天地宇宙、自然人生之哲理。

　　《道德经》是中国历史上最伟大的名著之一，对中国的哲学、科学、政治、宗教等产生了深远的影响。

　　为深入研究老子文化中蕴含的科学思想和精神，指导老君山可持续性发展，2010年9月，老君山文旅集团特聘请老子文化研究的专家学者担任"老君山老子文化研究学术顾问"。他们是洛阳大学老子哲学研究所所长杨中有先生，北京大学哲学系教授陈鼓应先生，北京大学哲学系主任王博先生，北京大学哲学系教授王中江先生，中南大学哲学系教授吕锡琛先生，河南省社会科学联合会副主任孟繁华先生，全国哲学社会科学规划研究中心研究员董京泉先生，河南省社会科学院信息中心研究员丁巍先生，清华大学哲学系教授曹峰先生，中国社会科学院哲学研究所研究员陈静女士，中央民族大学哲学与宗教学学院教授严志华先生。

第二节　道行天下，世人敬仰

两千多年来，老子伟大的哲学思想，一直深刻地影响着中国历代的哲学、伦理、道德、政治、经济、文化。他的哲学思想不仅为战国时代的庄子等后人所继承，形成道家学派，也被全世界的人所研究、所景仰。

老子是影响并改变中国乃至世界的人类历史上最伟大的圣贤先哲之一。后世诸多名人，对老子景仰崇拜之至。

至圣先师孔子说："老聃，真吾师也！"

孔子还说："鸟，吾知其能飞；鱼，吾知其能游；兽，吾知其能走。走者可以为罔，游者可以为纶。飞者可以为矰。至于龙，吾不能知，其乘风云而上天。吾今日见老子，其犹龙邪！"

西汉史学家司马迁之父司马谈在《论六家要旨》中说："道家使人精神专一，动合无形，赡足万物。其为术也，因阴阳之大顺，采儒、墨之善，撮名、法之要，与时迁移，应物变化，立俗施事，无所不宜，指约而易操，事少而功多。"

司马迁在《史记》说："道家无为，又曰无不为，其实易行，其辞难知。其术以虚无为本，以因循为用。"

晋代哲学家王弼说："老子之书，其几乎可一言而蔽之。噫！崇本息末而已矣。"

唐玄宗李隆基说《道德经》："其要在乎理身理国。"

宋真宗赵恒说："老子《道德经》，治世之要。"

苏辙说："言至道，无如五千文。"

清末思想家魏源说："盖老子之书，上之可以明道，中之可以治身，推之可以治人。"

鲁迅说："不读《道德经》一书，不知中国文化，不知人生真谛！"

范文澜说："老子是杰出的无与伦比的伟大哲学家。"

胡适说："老子是中国哲学的鼻祖，是中国哲学史上第一位真正的哲学家。"

林语堂在《老子的智能》中说："老子的隽语，像粉碎的宝石，不需装饰便可闪耀。"

尼采说："老子思想的集大成——《道德经》，像一个永不枯竭的井泉，满载宝藏，放下汲桶，唾手可得。"

黑格尔说："中国人承认的基本原则是理，叫作'道'；道为天地之本、万物之源。中国人把认识道的各种形式看作是最高的学术……老子的著作，尤其是他的《道德经》，最受世人崇仰。"

美国著名学者威尔·杜兰特说："或许除了《道德经》之外，我们将要焚毁所有的书籍，而在《道德经》中寻得智慧的摘要。"

爱因斯坦去世后，人们在他的家里，发现了他的一个书架上，有一本已经被翻烂的德文版的《道德经》。

美国学者芭莉娅说："老子的智能是人类的智能，在美国历史上，似乎很难找到像老子这样大彻大悟的哲学家。"

英国生物学家、科学家，两次获得诺贝尔奖的李约瑟说："中国人性格中有许多最吸引人的因素，都来源于老子的道家思想。"

第三节　老君传说，令人神往

传说当年老子骑青牛出函谷，西行到大散关，只见关山重重，风沙弥漫，老子大失所望，于是折返，经灵宝，过卢氏，入栾川，从追梦谷上了老君山，修道养生终老。

老子到老君山归隐后，沿路留下了众多与老子有关的传说、地名、民俗等。抱犊寨，传说是老子牧童成仙而化；栾川附近的老君洞、老君堂及老君钻、老君灶等，都与老子有关。

从卢氏到栾川一线，敬祖上坟日为老子出生的二月十五日。那里家家户户敬老君爷，不论烧砖瓦、开矿等，都要祭拜老君爷。

本书从栾川当地民间故事中，择其几则，以飨读者。

老子归隐传奇

老子看到周朝衰败，礼崩乐坏，民怨四起，遂辞官归隐。他骑着青牛离函谷关还很远，守关的官吏尹喜就看见远远地有一团紫气从东而来。尹喜大喜，知道必有圣人到。尹喜素来仰慕老子的学问，见老子来到关前，亲自出关迎接，盛情款待老子。关令尹喜见老子将隐，向其问道并求其著书。老子遂著《道德经》五千言。

老子骑着一头青牛，经灵宝、卢氏进入伏牛山区。一路东行，但见山清水秀，林木葱茏。这时他才真正体味到了无官一身轻的惬意，信牛由缰，欣赏起沿途的风景来。

这一天，他来到景室山下栾川七里坪村，只见眼前奇峰嵯峨，重峦叠嶂，烟云缭绕，林深木秀，真是一个修身的好地方。青牛似乎知道了主人的意思，掉头向南，沿小路向山脚走去。一条小河从深谷里欢快地流淌出来；满山青翠，鸟语花香。老子有了一种归属感，这正是他心向往之的隐居之地。老子决定在此归隐，作为自己的终老之乡。

他向山脚下的村民说明了情况，纯朴的山里人用简单的礼节表示欢迎。第二天，在山民的帮助下，老子搭起了简单的茅屋，从此开始了修身炼丹的生涯。

老子一百多岁时，鹤发童颜，一派仙风道骨。这以后，在山崖边，在密林里，在溪流旁，在山顶上，到处都有他练功的身影。他与虎豹为友，与仙鹤为伴，与青牛为侣，自由自在，无忧无虑。他在这里研究并反复试验，研制并炼成了"九鼎神丹"。自此后，他日服一粒，数十年从不间断。

他在这座山上生活了数十年，与这里的一草一木、一石一水结下了深厚的感情，与山下的村民们结下了深厚的情谊。有叫他爷爷的，有叫他仙翁的，也有叫他寿星的，人们亲他、爱他、敬他，是因为数十年来他为周围的老百姓治病消灾。他帮助村民们改制农具和生活用具，减轻了老百姓的劳动强度，促进了生产力的发展，提高了人们的生活水平。

他是一位哲人，也是一位智者。据说数十年后他羽化的那一天，一群群仙鹤从域外飞来，盘旋于高山上空，祥云笼罩着山顶。老子与众乡亲道别后，在仙鹤的护卫下徐徐乘风而去。有人说他活了一百六十岁，有人说他活了二百余岁。从此，人世间少了一个圣哲，天界多了一个神仙。

他归隐的这座山就是景室山，也就是今天的老君山。

老君炼丹炉

老君在老君山炼的是长寿还魂仙丹。病人吃了，能起死回生，病愈康复；常人吃了，能强身健体，延年益寿；善男信女吃了，能长生不老，得道成仙。所以，人人都想得到老君仙丹，但炼仙丹非常难，每炼成一粒得七七四十九天。老君炼丹数十年，炉旁的五个葫芦也未装满。

这一天，齐天大圣大闹天宫，醉后误闯老君庙，却不见老君，原来老君在三层高阁朱丹陵台上讲道，众仙童、仙将、仙官、仙吏，都侍立左右听讲。这大圣闯到丹房里面，但见丹炉左右安放着五个葫芦，葫芦里都是炼就的金丹。大圣喜道："此物乃仙家之至宝。老孙自得道以来，识破了内外相同之理。今日有缘，撞着此物，趁老君不在，让我吃他几丸。"

大圣就把那葫芦里的金丹都倒出来，如吃炒豆似的都吃了。吃完后，恐怕老君见罪，大圣赶快跳出天门。老君回来一看，痛惜不已。悟空偷吃金丹的故事就发生在老君山顶。如今在山顶老君庙后，有一个小石崖，高约四五尺，直径约两尺，不管远看近看都像一个炼丹炉。炉顶有石坎，坎下有个石窝，窝内能盛粮食三四升，这就是老君的炼丹炉。

炼丹炉神秘莫测。据传说，明末时贾道人在山上守庙。有一次，贾道人从山下背回三四升谷子，没处放，就倒进炼丹炉中。他用手扒扒，正好满满一石窝。过了几天，他去磨粮，就去取了三四升，所剩无几。过了几天，他去看看，还是满满一石窝。他知道了老君炼丹炉是个"聚宝盆"。

贾道人转动了心思，第五次也是最后一次，他把石窝的粮食取了个精光。他想炼丹炉虽然是个"聚宝盆"，只是容量太小，若再大些，能盛几斗、几石，不是更好？若是盛上大米白面，取之不尽，用之不竭，既不用下山背粮，也不用下山去推磨，岂不两全其美。

贾道人下山背来大米白面，请来石匠，把炼丹炉凿大，增加容量。石窝凿大后，他把大米白面倒进石窝里。一天、两天、三天，他去看看还是原来的数量。

他把石窝内的米面取出一部分，过了三五天去看看，还是留下的那些，没有增加。他想大米白面不中，又下山背来三四升玉谷，倒进石窝内。过了三五天去取几升，又过了三五天，窝内的玉谷没有增加一点。"聚宝盆"不灵了，贾道人百思不得其解。

后来，他把此事告诉了道友。道友们说："这是你贪心所致，凿大炼丹炉，凿去了炼丹炉的灵气。"道长指责他不遵守道规，损坏了老君遗留的神器，令他反省自己，面壁思过。

贾道人终日思过，悟出了一个道理："道贪不成道，人贪难做人，官贪落骂名。"

舍身崖

唐贞观九年，洛阳龙门镇有一户庄户人家，家有薄田十余亩，草房三间，母子二人相依为命，勤俭持家，生活尚能过得去。孩子长到十八岁，娶郑氏为妻。郑氏通情达理，心灵手巧，过门后夫妻恩爱，家庭和睦，小日子过得称心如意。遗憾的是，郑氏过门五年不育，婆婆抱孙心切，甚为焦虑。

听人传言老君山老君爷甚为灵验，婆婆即与郑氏商量，上山求子。四月初八，婆媳俩翻山越岭，长途跋涉，上山来，诚心求拜。心诚则灵，郑氏第二年果然生了一个男孩儿。自此开怀，郑氏一连生了三四个子女，人口倍增，使这个小家庭更加和睦幸福。不幸的是婆母忽然全身瘫痪，一病不起。本来欢乐的家庭，笼罩在了忧愁的气氛中。郑氏卖掉家中所有值钱的东西为婆母请医买药，但不见好转。

婆母卧床三年不起，丈夫忙于地里的活，家中事务全由郑氏包揽。郑氏对婆母细心照料，喂药喂汤。夏天扇风驱蚊，冬季烤火取暖，三年如一日，无一句怨言。郑氏心想，婆婆的病不能就这样熬下去，要想办法治。她想起了老君爷，何不求助于他老人家。

征得婆婆、丈夫同意后，郑氏只身上老君山朝拜老君。她瞒着婆婆，许下"舍身"大愿，为婆婆赎罪，并与道长约定："婆婆今年病好，明年四月初八上山还愿。"拜过老君求了药，回到家中，喂婆婆喝了求来的仙药。七天过后，婆婆的病情已见好转；三个月后，婆婆能够下床活动，生活逐渐能够自理，全家欢喜万分。

第二年四月初八庙会的前三天，郑氏向婆婆和丈夫告别，要上山还愿。婆婆和丈夫殷切嘱咐，让她一路小心，早去早回。郑氏晓行夜宿，四月初八这一天来到了老君山上。朝拜老君后，向道长说明来意。道长问："你可是真心为婆母舍身？"郑氏坚定地说："弟子愿婆婆早日康复，决心已定，不惜一死，决不后悔。"道长说："施主真乃罕见贤孝之媳，必有好报。"说罢命道姑领入道房，好好招待，当晚让其沐浴净身，第二天早上于救苦殿羽化。

第二天，道姑引领郑氏来到救苦殿。朝拜毕，郑氏走进舍身洞府，穿过洞口，站在悬崖上，下临万丈深渊。道姑手持拂尘，口中念念有词，不知说了些什么，郑氏跃身跳下悬崖。郑氏自觉一阵昏晕，醒来却坐在一个院子里，心想：难道这就是西天吗？仔细一看，原来是自家的后院，不禁惊喜万分。她起来活动活动，走出后院来到院中，只见婆婆、丈夫和孩子正在院中吃早饭。婆婆见了她，说道："回来得这么早呀！"

郑氏向婆婆和丈夫说了实话，全家人惊喜万分，对老君爷感恩戴德，到处述说老君爷的无量功德。从此之后，老君山上有了"舍身崖"的传奇故事代代相传。

第四节　崇敬圣哲，建功立业

圣哲老子，恩泽后世。

杨植森从内心深处充满了对老子虔诚的敬仰。接手老君山之后，他全力以赴，倾尽身家，以大格局、大投入、大情怀开发建设老君山，誓言要把老君山打造成中国的"五大名山"之一。

2008 年，农历四月初一早上，为表达对圣哲老子的虔诚之心，早日实现建设老君山的宏图大业，他率长子杨学吉、次子杨海波，登临老君山金顶的老君庙，恭诵表文，为老君山开发建设、为栾川后世子孙祈福。

表文曰：2700 余年来，老君占据伏牛第一峰，每时每刻都呵护着山民，保佑着众生，教化着大众。历代帝王崇拜您，为您修祠建庙，供世人祭拜，南来北往香客信众，更是无限敬仰，顶礼膜拜。道教圣地老君山的老子文化，内涵深厚，源远流长，教化着一代又一代的民众。我们生在老君山下，感到自豪和欣慰。

　　杨家上溯几代，以耕种为本，以本分、善良、诚信为处世之本，传之我辈依然秉持祖训。党的十一届三中全会以来，改革之风使杨家得以受益，得到实惠。三十年来，靠党的政策支持，凭吃苦拼搏之精神，走遵纪守法之正道，遵厚德待人之准则，牢记圣哲教诲，从烧一砖一瓦起步，脚踏实地干事业，先后建成沪七、富森、瑞达、振凯、瑞丰、宏发等厂矿企业。我杨氏父子被推选为市、县人大代表、政协委员，我深知荣誉信任至高无上，资产财富来之不易，更应珍惜感恩，回报社会。

　　2007年8月，我杨家父子顺应潮流，受栾川县委、县政府引导，委以开发老君山、弘扬老子文化之重任，义不容辞，责无旁贷。这项以工兴旅的宏伟大业，是我一生中转折性的工程，它意味着杨家子子孙孙、世世代代将一如既往心系老君山，传承道教文化，全身心投入到建设发展之中。诸如庙宇道观重修，老子铜像铸造，索道、游客中心、平行环步道的建设等，需耗资数亿元。今列其重点工程项目，是想告知老君，这些都与道家有缘，不胜感激。

　　今择良辰吉日，我们父子叩拜朝圣，不求荣华富贵，不求升官晋爵，不求发不义之财，只请求老君您教给我们做事之道，保佑全社会和和谐谐，杨家父子平平安安，全家和和睦睦，身心健健康康。吾辈将许下诺言：誓将老君山打造成具有道家文化特色的精品景区、天下名山，不辜负老君神明之期盼。

　　杨植森虽然文化程度不高，但阅历丰富，后来写过一篇文章《我心中的老君山》，那种烈士暮年壮心不已、两度创业造福桑梓的赤子之情，溢于言表，读来令人感动。在此，照录全文。

我心中的老君山

　　2007，多么简短的几个数字，对于一个满头白发勤奋的长者，却意义非凡，耐人寻味。这一年对于我来说又是一个从"黑色"到"绿色"转型发展的开端。足足一个轮回，人生几何？

我在这座大山脚下的村落里降生，这方水土养育了我，极度贫穷的家庭，磨炼了我的意志，体弱多病的父母，迫使我过早地理事当家。

改革开放，我半步都没有落下，披红戴花大游行，万元户的牌子都挂在了我家，"党员干部带头富，不富不是好干部"，铺天盖地的宣传，可能是改革开放的风向标，也会是市场放开、搞活经济的信号。

东西部合作，栾川第一个引资建起了工厂，上海鸭子飞到了老君山脚下。二十年的深度合作，铸就了坚实的千秋伟业，豫沪联袂的矿山改制，为我未来事业的发展打下了基础。我认为，富贵不可独享，资源怎可据为己家？我积极响应县委、县政府"工业反哺旅游业"的号召，把毕生的心血和积蓄投进了老君山的建设与开发。

"集北山之财，建设秀美栾川；汇南山之灵，再造二次资源。"简短数语，道出了我的内心所想，但更是我今天践行诺言的表达。

老君山是座"名山"，它虽没黄山、张家界的显赫名声，但它雄、险、奇、秀的自然景观，敢与黄山比秀美，敢与张家界比雄险。

老君山是座圣山，它虽没有泰山、武当山之圣名，历代少有君王的光顾，但它以老子文化、道家思想传承数千年的五千言《道德经》而圣，老子归隐于老君山，太上老君在此炼丹修行。七十二行朝拜，百业祖师家喻户晓，无人不敬，世间传为神话，古往今来世代传颂。朝廷拨款"敕建"，敬德亲自监工，八方贤士捐款，百姓没钱自发出工。

四季香火不断，十方香客意愿不同，生意人烧香求发财，学子烧香求功名，居官者上香问仕途，女子烧香多为求子、问婚姻，同烧一炉香，都想叫神灵。

百姓烧香不多想，只求四季享安宁，消灾少有病。风调雨顺五谷丰，六福兴旺人丁兴。

"秀压五岳，奇冠三山"，文人之言虽有过奖，但老君山花岗岩滑脱峰林地貌，实属国内罕见，被联合国教科文组织评定为"世界地质公园"。外国专家点赞，老君山花岗岩峰林地貌，举世无双。

老君山，八百里伏牛山主峰，气势雄伟壮观，海拔两千多米，群峰佛手朝拜，居东峰朝西，居西峰朝东，四方祭拜圣人，老君庙修建在两座山峰正中。群峰云雾缭绕，时有佛光普照。隐约可见那数万米悬空栈道气势壮观，曲曲弯弯修建在悬崖峭壁半腰，真乃是国内一绝，建筑史上巧夺天工之奇迹，无愧为"人间天路"，老君山人敢为人先之创举。

追梦谷生态探险，四五十里没有人烟，游客进山需三五结伴，单人独行难保安全。野兽时有出没，葫芦包、长虫（蛇）足以致人伤残。原始古树蹿天，枝繁叶茂遮天，遍山野果累累，路边随处可见，古藤缠绕古树，数百上千种中草药材遍布山峦，不愧中原之宝山。

数亿年前造山运动，上天造就了这座大山，赐予了栾川人民这座宝山。神奇的玉皇顶、亮宝台，两座山峰形态相似，海拔高度不差一点。南天门对应的老君庙，不偏不正修建在双峰正中间，神奇至极。

几时双峰出奇观，何人取名老君山？先贤捐修老君庙，经典山岳誉中原。

秀压五岳，美不胜收，站在马鬃岭南北眺望，但见群峰壁立，千姿百态，透过云雾依稀可见，无处不秀美，无处不妖娆，实则放大的盆景。浏览不尽的奇花异草、青松、翠竹，千年高龄的景观树，栽植在峰尖岩缝。叹无回天之力移走这座大山，恨无如来之神功，搬回这一盆景。

上天奇迹般地造就和赐予了栾川人民这座圣山，政府、社会成就了这座宝山，敢为人先的老君山人用他们的创业拼搏精神和超常的"老君山速度"，打造了今天的老君山。天意难违，顺其自然，老君山人不辜负栾川人民的愿望，在栾川县委、县政府的正确领导下，集全县人民之智慧，凝聚老君山人之全力，众志成城，把老君山——人们多年向往的龙头高高抬起，使它真正能够造福一方百姓，让它真正能够带动栾川经济的发展，提升栾川旅游品牌知名度，使栾川尽快成为向上向善的旅居福地。

让老君山跻身于中国五大名山、圣山，这就是未来的栾川，这就是我心目中的老君山。

第四章

烈士暮年，壮志雄心展宏图

老杨总绝对称得上是一个

高瞻远瞩的人

一个有责任担当的人

十五年来

老君山人锻造磨砺了自己

拥有了一种永不言败

永不厌战、敢打敢拼

敢攀高峰的奋斗精神

老君山

第一节 以山为命，践行诺言

"要干，就得干出点样子来！"

这是杨植森接手老君山之后常说的一句话。

把办企业赚的钱，投入老君山的开发建设上，杨植森不觉得可惜。他认为，在栾川的景区里，重渡沟、鸡冠洞都已开发了十多年，硬件建设比较到位，管理上也积累了一定的经验。老君山开发较晚，知名度还不够，要得到社会的认可，必须加大加快老君山软件、硬件的建设，才能让老君山尽快超越其他景区，成为栾川旅游的龙头。

以杨植森的眼光来看，老君山现在有着巨大的发展空间，目前的困难，是挑战，也是百年不遇的机遇。既然政府把老君山交给自己，那就得破釜沉舟、一鼓作气把这件事情做好。

杨植森觉得，他一个地地道道的农民，一个从小放羊放牛的孩子，后来能发家致富，完全得益于党和国家的好政策。如果没有当时栾川各级政府的支持，他一个农民怎么能够开采矿山，连续办了八九家企业，成为栾川数一数二成功的企业家？如果没有党和国家的好政策，也许，他杨植森今天还是七里坪村一个种地的农民，不可能挣大钱，又怎能有钱来开发老君山？

杨植森非常感恩地说："栾川的矿产资源并不是个别人的资源，更不是我杨植森一个人的，而是属于栾川 35 万人的资源。只是我们这一少部分人遇到并抓住了好时机，依靠这些资源赚钱，但是这些钱不能用来挥霍和享受，应该用来为所有栾川人做些什么。今天我就把它用到老君山的开发建设上，投上全部身家，轰轰烈烈地再干一番，花多少钱，都值，因为我认定这是一件造福子孙后代的事情。"

如何让老君山的名声走出栾川、走向全省、走向全国？头等大事，就是景区的等级评定问题。杨植森说："老君山自林场改制以后，我们就立志要打造中国最优秀的景区，把老君山打造成为 5A 级景区。为了将老君山的深度开发做好，我们一开始就聘请了同济大学和清华大学的专家教授，为老君山的大开发把脉问诊、绘制蓝图，与之相配套的是大笔资金投入。从接手老君山，我们每年都投入一个多亿的建设资金。人们都知道搞旅游开发是烧钱的事情，但认定的事情就要做，而且一定要做好它。"

"要干，就得干出点样子来！"

接手老君山之初，杨植森就下定决心，此生要把老君山打造成为中国最具影响力的道教文化圣地、最具吸引力的养生度假胜地、最具亲和力的旅游目的地，真正把老君山开发建设成为栾川旅游业的龙头，给栾川的子孙后代留下一座绿水青山、金山银山，实现自己"集北山之财，建设秀美栾川；汇南山之灵，再造二次资源"的诺言。

从此，老君山景区的开发建设踏上了崭新的征程。

首先，投资 6300 余万元，偿还了原老君山景区欠下的所有债务，安排了所有职工重新上岗。紧接着，投资 9000 万元，建造占地面积达 26000 平方米、建筑面积达 8800 平方米的老君山游客中心；2008 年 10 月，投资 1000 余万元，购置了乘坐舒适的 10 台柯斯达、5 台猎豹及其他车辆共计 26 台，用于方便、快捷、舒适地转运、接送前来老君山旅游的游客上下山；改造景区上山道路，在路两旁重新安装高弹性安全防护栏，保障游客的人身安全；建成追梦谷休闲区等三处总面积达 4 万平方米的停车场；新建了舍身崖、石林等高标准观景台；重修铺设了 10000 余米防腐木游客步道。

在杨植森的带领下，人人争做主人公，携手并肩共创业，经营业绩不断攀升。到 2008 年底，景区接待游客人数迅速增加，比 2007 年增长了 10 倍之多，实现综合收入近 400 万元，是原来收入的十几倍。

为把老君山建设成为全国集山水景观游览、老子文化体验、道家修学教育等功能为一体，吃、住、行、游、购、娱配套齐全的旅游目的地和国内知名的道教圣地，杨植森从 2007 年开始，就率领老君山人打响了创建中国 4A 级景区的战斗。

杨植森面对全体员工发出了动员令，他说："创建国家 4A 级旅游景区，是做大做强老君山旅游事业的必要条件，更是栾川县旅游业发展的战略需要。我们老君山人要有奋斗的理想和目标。现阶段在搞基础建设的同时，要把争创国家 4A 级旅游景区作为首要任务来抓，按国家 4A 级旅游景区等级要求，轰轰烈烈地开展创建工作。"

老君山景区董事长杨海波说："当年，为争创 4A 景区，在杨总的带领下，老君山专门成立了创 4A 工作领导小组，成立了创 4A 工作办公室，制定了创 4A 工作方案，并召开了创 4A 工作动员会，不惜人力、物力、财力，采取一系列强有力措施，按照'硬件更硬、软件不软'的原则，认真推进、强力推进争创活动。"

老君山景区营销总经理徐雷说："为使创建 4A 各项工作学有榜样，标准过硬，真正达到高标准、高质量的各项要求，在杨总的号召下，老君山景区分三批到三清山、黄山、井冈山等景区考察学习，并组织全体员工到张家界、云台山等景区，按照相应部室对口学习经验。考察云台山等地时，杨总亲自带队，与大家一起观摩学习人家景区开发建设的长处，回来后又组织大家讨论学习，学人之长，补己之短。"

老君山景区总工程师张央说："老君山景区山美水美，是老子的归隐地，是道教圣山，这是发展旅游的优势，但老君山发展旅游也有不足，那就是因为地理位置等问题，这里没有机场，没有高铁，没有码头，只有一条高速公路，这些在创星级景区当中是要被扣分的，总计会被扣掉 15 分。要想弥补这些不足，我们就需要在其他硬件、软件上下功夫，才能达标 4A 级景区的考核分数。除了那些无法达到的标准外，我们在其他能做到的地方，全部按高标准完成，最终在 2008 年创 4A 成功，在 2012 年元月创 5A 成功。老君山人有这种干事创业的劲头，有不达目的不罢休的劲头，与我们有一个灵魂人物、有一个有魄力有威望的掌舵人分不开，这个人就是杨总。老君山有今天，老君山人都知道，就是因为这个掌舵人领得好、干得好。全体老君山人有目标，有理想，有信心，把老君山的事情当成了自己的事情、当成了大事在干。"

老君山景区财务总监望广发说："杨总从小吃苦，也从小练就了吃苦耐劳、干事创业的韧劲和精神。他后来办砖厂、开矿山，先后干了七八家企业，干一场事，成一场事，靠着国家的好政策和他自己的能力，成了亿万身家的大老板。为了响应县委、县政府的号召，说转行就转行了，不干工业干旅游了，把大把大把的钱投到了老君山。我是财务总监，看着几千万几个亿的钱投到老君山，心里有点怵，可杨总说干旅游就是烧钱的事情，你不先投入，咋会能有收入？你不舍得投钱把景区搞好，搞成一流的景区，那人家全国各地的游客能来？北山赚钱南山花，投到老君山不亏，早晚要干成这件事，把老君山干成全国的一流景区。杨总他这个人有这个信心。大家有这个毅力。大家跟着他干了一辈子，就佩服他这劲头。整个栾川县，不管是不是老君山人，提起杨总干事业的劲头，没有不服气的。"

老君山景区文化总顾问张记说："杨总没有接手老君山时，我们就认识。老君山前期开发时，我还在栾川县委宣传部工作，后来又到栾川县人大工作，曾经因为老君山的开发建设多次到老君山组织会议，陪专家领导考察老君山。杨总接手老君山后，诚心诚意邀请我到老君山工作，聘请我做了老君山景区的文化总顾问。杨总说，老君山开发建设不能光靠好山好水好风景，还要把老君爷留下的老子文化好好地挖掘整理，发扬光大。老君山景区要做大做强做成一流，就要把'天下名山'和'道教圣山'结合起来开发，这样我们景区才有自己的特色和吸引力，才能把全国的游客引到老君山。"

老君山景区副总经理赵大红说："老君山当年争创 4A 的活动，非常细致、严谨、认真，景区将创建工作量化，根据评分细则将内容逐项落实到各部室及个人，对服务质量与环境质量评定细则的 8 大项 216 小项进行了分解，将创建各项任务细化到项目，量化到分值，责任到每个人。对急需建设的 26 项硬件工程项目进行细化，采取包质量、包时间、包任务的办法分解到公司领导，每一分值都量化细分到第一责任人、经办人、实施人，并提出了严格质量要求和时间要求，实施严格奖罚措施。在杨总的带领下，老君山人为了打好这一仗，真是拼上去了。老君山人最终在杨总的带领下，经过一年多的努力，老君山景区投入一亿多元资金，使景区在交通、安全、卫生、综合管理、资源和环境保护等各项旅游要素方面的建设，均达到或超过国家 4A 级旅游景区要求的等级标准，最终争创 4A 成功，后来又成功夺得了国家 5A 级景区的金字招牌。"

路虽远，行则至；事虽难，做则成。

2010 年 7 月，老君山风景区顺利通过联合国教科文组织"中国伏牛山世界地质公园"验收组的验收，成为世界级的地质公园。

2010 年 10 月，老君山景区在拥有国家级自然保护区、省级风景名胜区两项殊荣的基础上，终于成功迈入国家 4A 级景区的行列。老君山人为第一战的胜利欢欣鼓舞，信心满怀，干劲倍增。

从此，老君山人在杨植森的带领下，又开始向 5A 级景区迈进。2012 年 1 月 9 日，老君山景区更上一层楼，晋升为国家 5A 级旅游景区。

从"无 A"到"有 A"，从"4A"到"5A"，这是栾川旅游界两个具有历史意义的胜利，必将载入栾川旅游富民、旅游强县的光荣历史。

以山为命，拼搏奋斗。从 2007 年到 2022 年，在 15 年的时间里，老君山人为老君山的开发建设蹚出了一条光明的大道，为老君山景区走向全国铺就了一条光明的大道。

杨植森和他所带领的老君山人，不负时光，不负时代，不负栾川县委、县政府"工业反哺旅游业"的经济发展大局，不负栾川 35 万人民的信任，将老君山打造成了栾川旅游业的龙头。

以山为命，老杨总时时刻刻心系着老君山。

在这里，讲讲有关老杨总和老君山的几件事，特别感人。

2012 年 7 月 3 日上午，老杨总同张记、张央等人一起来到老君山金顶的"晒人场"勘察基础设施建设的选址事宜。"晒人场"，传说是上古时期女娲娘娘用泥捏人并"晒人"的地方。这里山高崖险，不易攀登，工程人员用两根实木杆绑成梯子，腰里系着绳子往上爬。当时大家都不想让老杨总上去，可他执意顺着简易的木梯爬到了山顶，然后跟大家一起丈量四址边界。那天干完工作下木梯快要落地时，老杨总突然脚一滑，手一松，就从木梯子上滑下来摔倒了，脚脖子被崴了一下，立时就疼得不能走路，最后被大家搀扶着坐索道来到中天门。

当天下午，栾川县旅游领导小组组长宗玉红，要上山实地察看老君山建设项目的选址，老杨总知道后就又拄着拐杖上了山。结果那天回来后，晚上脚脖子肿得比碗粗，老杨总动也不能动弹了。请来医生看了看，开始用中药治疗，老杨总在老君山竹溪园整整治了一个多月。

当时，张记、张央他们都埋怨老杨总，说他不应该脚崴了，还硬撑着第二次再上山去。他却说，这事儿重要，不办好它是我的一块心病。领导不顾山高路险来指导支持咱们的工作，我就是爬也要爬到现场，就怕别人关键时候说不清楚，误了大事儿，影响了老君山的工程进度。

2019年4月22日早上7点，大家上山时，突然看见老杨总正在追梦谷的河道查看施工的堰坝。当时大家都大吃一惊，心里十分不好受，因为在此之前，大家都知道杨总因病在北京住院，医生交代至少半个月后才可出院。这才刚刚过了6天，今天是第7天，他就不顾病体而提前出院了，而且一出院就来到老君山追梦谷，查看堰坝施工的进度。要知道，他是一个70多岁的老人啊，而且刚刚住过院！他这种"以山为命"的精神，怎不令人感动和心疼?!

他曾多次在会上讲，我杨森生在老君山下，长在老君山下，现在又接手老君山这件事，这一切都是天意，天意不可违。我说过要"集北山之财，建设秀美栾川；汇南山之灵，再造二次资源"的话，也请各位老君山人监督我杨森。

我杨森这一辈子，会谨记老君爷的告诫：持而盈之，不如其已；揣而锐之，不可长保。金玉满堂，莫之能守；富贵而骄，自遗其咎。功遂身退，天之道也。我只要认准的事，就要一门心思干到底。我把身家性命都押到老君山上，不管投入多少，就是把骨头磨成"面儿"，也要把老君山这场事干成干好！

2021年末，省里某领导来老君山调研之后，非常感慨，在评价老杨总坚守老君山15年所干的事业时，他概括了两个字："舍得"。

他说:"这15年来,老君山之所以能大发展,老杨做到了'六个舍得':舍得在老君山基础服务设施上投入,舍得在文旅融合上不断提升,舍得在营销活动中造势创新,舍得人才队伍的建设培养,舍得钱财恢复重建残破庙宇,舍得对老君山品牌形象重点打造。舍得的大胸怀,成就了杨总,成就了老君山,也成就了老君山的未来。"

第二节　一梁四柱，人尽其才

人生于世，想要干成一件大事，并不容易。

中国人讲，众人拾柴火焰高；一个篱笆三个桩，一个好汉三个帮。

老子《道德经》说：天下难事，必作于易；天下大事，必作于细。《道德经》还说：合抱之木，生于毫末；九层之台，起于累土；千里之行，始于足下。

老杨总自己说，这十多年来，我能干老君山这场大事，不是我有多大本事，除了占天时和地利，我沾的最大的光，就是有人和。

栾川人都知道，老杨总之所以能成功，一是他本人的格局大、境界高、会用人，二就是老君山有"一梁四柱"的同心协力。栾川市委宣传部部长孙欣欣说，老杨总是老君山的开路人、领航者，是义不容辞担当大梁的人。火车跑得快，全靠车头带。在老君山的开发建设中，老君山的"四柱"在工作加压和任务分担中立了起来，成为他干事创业的左膀右臂和老君山开拓进取的基石。

老君山人都知道"一梁四柱"的含义。老杨总是"大梁",张记、望广发、徐雷、张央是"四柱",他们携手并肩的创业故事和奋斗精神,感染和鼓舞着老君山人。

柱石之一,张记,任老君山文化总顾问,是老君山 15 年来文化发展的策划者、创意者和实施者。他坚持以文为魂、以文塑旅,创意并实施了老子文化苑等一系列文化工程,使文化元素成为老君山持续发展的灵魂,为景区品牌形象和文化软实力的打造,发挥了不可替代的作用。

柱石之二,望广发,任老君山文旅集团财务总监,是景区管财管物、理财聚财的高手。多年来他手握亿万钱财,不谋半分私利,多年如一日,为景区科学理财,精打细算,节流开源,被大家交口称赞为老君山文旅集团的"红管家"。

柱石之三,徐雷,任老君山文旅集团营销总监。多年来他带领一支精诚团结、勇于开拓、创新进取的营销团队,奔走八方,推广宣传老君山景区,使老君山的客源地不断扩大版图,营销工作开创了"扎根中原,花开八方"的喜人局面,先后被有关部门授予"河南旅游创新人物""河南旅游领军人物"的光荣称号。

柱石之四,张央,任老君山文旅集团副总经理、总工程师。他秉承规划先行、保质保量、精细建设的原则,多年来所负责的老子文化苑建设项目、金顶庙宇群建设项目等诸多亮点工程,质量全部达到业界一流,被授予"栾川旅游工匠"荣誉称号。

老君山人是一个由高层、中层和基层员工共同组成的精英团队,构成了层次化的阶梯形架构。经营管理层面的人才有赵大红、杨佳厚、高红、郭海涛等几位副总经理,他们勤勉负责,敢于担当,乐于奉献,为老君山的蓬勃发展发挥了重要的作用。老君山还有一批年轻有为、敢于创新的人才,李琼、潘苗、张鹏远、吴楠、谭优等，个个年轻有为，独当一面。15 年的创业发展，老君山人实现了"老中青"相结合的精英团队模式，既能层级互补，又能取长补短，始终保持着决策的先进性、前瞻性，在现代旅游业发展中成为名副其实的创新型团队、学习型团队、精英型团队，整个团队充满生机和活力。

老君山一直坚持"高层决策，区域管理，业务细化，责任到人"的管理模式。他们将老君山划分为五个大区，分别是游客中心区、追梦谷区、寨沟区、中天门区、金顶区，这几个区的经理如谭双会、李文龙、贾凯、邢珂等，守土有责，忠于职守，为游客提供了良好的服务。在具体业务方面，老君山把工作细化到 18 个部室，人人分工明确，恪尽职守，如云顶索道任平天、中灵索道贺桂文、人事部杨东杰等，他们的工作都做得十分出色。

老杨总成功的秘诀，除了注重队伍建设和锤炼，他还以大的格局和情怀，惜才、爱才、用才。对有用之才，不拘一格，多方招揽；对有才华的人不惜重金聘用；对有事业心能干事的人才，大胆放权使用。高工杨太懂电，老杨总就让他负责全景区的供电技术。在多年的工作实践中，他不断提高自己的专业技术水平，踏踏实实，兢兢业业，把管好电用好电当作自己的责任，为景区的建设、运营、维护做出了突出的贡献；高工洪兴旗，是老君山三条索道的技术总监，他从建设中灵索道开始，10 多年来培养了 8 名徒弟，对老君山三条索道的安全运营、日常维护、设备保养一丝不苟，为索道的安全运营立下了汗马功劳。为此，老君山文旅集团去年奖励了他们每人一辆小轿车。

在人才培养方面，老君山特别注重手把手以师带徒式的培养模式，仅索道就培养出成熟的能独立完成技术工作的赵海龙、董宇航、郭晓拂、贾世林等 8 名技术人员。在软件工程、软件制作等方面，老君山重点培养了一批人才，如软件工程师耿慧琳，是景区智慧旅游技术负责人，考取了高级软件工程师后，一直从事智慧旅游建设和提升工作，针对管理工作中出现的问题，能够用大数据分析指导智慧旅游工作；韩之清，网络部软件技术师，曾获得省市县多项荣誉。在老君山对外宣传中，制作的视频、图文等，受到了广泛的赞誉。在他们的努力下，老君山荣获 2020 年度五钻级智慧景区。

老君山人，是一个忠诚的团队、精英的团队，是一个能打硬仗的团队。

说起老君山的团队来，老杨总就会激情满怀。杨海波是他的儿子，从办工矿企业时，就已经跟着锻炼，现在已经成长为老君山文旅集团的董事长，有思路和帅才，负责全面工作；张央是老君山的总工，老君山上的每一项工程建设，都凝聚着他的智慧和心血；徐雷一直负责营销，他领着手下几十号人走南闯北，十几年来把老君山的旅游营销搞得风生水起、享誉八方；望广发一直在公司负责财务，经手的钱财有多少个亿，没出过一点问题，真是叫人放心；张记是老君山的文化总顾问，老君山的道家文化和旅游宣传能有今天的成就，他功不可没；赵大红、郭海涛、周向毅等一大批人，他们个个都是能够独当一面的人才……

在谈到老君山的团队建设问题时，老杨总说，这座大山不仅成就了我杨森和杨海波，也成就了老君山所有的人。我庆幸的是，在我身边，有四根"柱子"，他们让我放心，让我省心，为我出谋划策，为我冲锋陷阵，撑起了老君山 15 年轰轰烈烈的大事业。如果在老君山发展过程中，少了他们中的一根"柱子"，老君山的"大厦"都不能安然。他们的贡献和奋斗，应该写入老君山发展的历史中，少了这一笔，老君山的发展历程就不够精彩。对于他们 10多年来的付出、奉献，和与我肩并肩创业的历程，我作为老君山的领头人，每一次想起来都很感动，我永远不会忘记他们这些跟着我干事创业的人。

人才济济，德才兼备。老君山人在老杨总的带领下，携手并肩，上下同心；他们日复一日，年复一年；他们付出了智慧、心血和汗水，他们付出了热忱、激情和青春；他们在老君山打拼，在这里成长，在这里与老杨总一起干，

15 年的时间，干成了一件惊天动地的大事业。

他们说：我骄傲，我自豪，我是老君山人！

老杨总对在这个团队里成长起来的年轻人，也抱以厚望，说起他们来，心里是满意，脸上是自豪。他曾不止一次对人说：老君山这个团队，风风雨雨，一路走来，能干事，会干事，敢干事，不容易，不简单。看着他们一个个年轻人在老君山锻炼成长、摔打成才，心里真是又高兴又激动。

栾川县委、县政府的有关领导说，事实证明，老杨在老君山带出来的这个队伍，有向心力，有凝聚力，有战斗力，指哪儿打哪儿，就没有干不成的事儿！

第三节　金顶巍巍，大道煌煌

2013 年 9 月 21 日上午，令人瞩目的老君山金顶落成典礼仪式、神像开光仪式，如期在栾川老君山举行。

与此同时，举办了"全景栾川、十里画屏老君山"全国摄影大赛开镜仪式；由国家体育总局、中国登山协会、河南省体育局、河南省旅游局主办，由老君山风景区协办的 2013 年全国群众登山健身大会暨河南省第三届迎重阳"三山同登"群众登山健身大会，也在老君山喜气洋洋地拉开帷幕，为老君山金顶落成典礼、开光仪式增添了隆重热烈的气氛。

应邀出席仪式的领导、嘉宾有全国政协常委、民族宗教委副主任、中国道教协会会长任法融，中国道教协会副会长、河南省道教协会会长黄至杰，中国道教协会原秘书长袁炳栋，陕西省道教协会常务副会长负信升，洛阳市道教协会会长梁诚玉，河南省道教协会副会长、河南省道教协会秘书长赵忠选，一五〇医院原院长杨中有将军。

应邀参加典礼的有国内武当山、青城山、鹿邑上清宫、函谷关、楼观台等地48位会长、道长、高道大德；河南省各地市道协会长、洛阳市各县道协会长到会祝贺；台湾李星汉大师、台湾高雄九龙八凤宫宫主卢洧延率团80余人与台湾全真道教主巫平仁道长等一行18人专程到老君山参拜。

参加典礼仪式的还有全国数十家新闻媒体和道教之音、中国道教论坛、中国老子文化论坛及全国摄影大赛的多位摄影师。

陕西省道教协会常务副会长贠信升道长在典礼仪式上，代表中国道教协会任法融会长赠送了他特意题写的"道祖归隐地"五个大字；中国道教协会副会长、河南省道教协会会长黄至杰道长和中国道教协会原秘书长袁炳栋、台港澳道教信众代表卢洧延分别致辞祝贺。

中国道教协会黄至杰副会长的讲话摘要如下：

各位道友，各位来宾：

我应洛阳及栾川县道教协会的邀请，专程来到道教圣地——栾川老君山，看了老子文化苑和金顶道观群，感到十分震惊。经查访了解，老君庙修建于北魏时期，供奉道德天尊太上老君。唐太宗派开国大臣尉迟敬德监修老君庙。明万历年间赐《道大藏经》，有碑记"经藏八柜"之多；清康熙年间，敕建太清观。另据老君山现存的几通残缺模糊的碑文推断，老子归隐修炼于老君山，是有历史根据的。

栾川县老君山6年来投入巨资修建了老子文化苑、金顶道观群等项目，这是对中国道教事业的重大贡献，也为信教群众提供了祭拜活动场所，中国道教协会为老君山人热心于道教事业的举动深感欣慰。老君山现在已经拥有雄伟壮观的硬件设施，今后在道教文化方面还需进一步挖掘和提升，虚心向全国其他知名宫观学习，把中国道教文化的精髓做起来，才不愧于道祖归隐地之名。

祝老君山道气长存，老君山人道风常驻！

台港澳道教信众代表卢沘延在致辞中说："今天我非常高兴，从宝岛台湾来到风景秀丽、大道之源的河南老君山，看到大陆人民这么热情，非常感动，非常感谢。期盼我华夏风调雨顺、国泰民安，祝愿老君山道气长存，香火绵延！"

在典礼仪式上，老君山文旅集团董事长杨海波，应邀在老君山金顶道观群竣工开光大典上发表了热情洋溢的讲话：

尊敬的任会长、黄会长、袁秘书长，各位高道大德，各位善男信女：

大家上午好！

今日，恰逢中秋佳节月圆人和之时，栾川县迎来了老君山金顶道观群竣工及诸神开光的重要日子，这不仅是栾川县的一件大事，更是洛阳市乃至河南省道教界的一件盛事。在此，欢迎各位大德大贤前来参加本次大典！

栾川道教主要以全真道龙门派为主，全县大小道观共计 67 处，主要活动场所以老君山为主。老君山虽不能与三山五岳相媲美，但也因自身独有的魅力，在豫鄂陕一带小有名气，更是中原百姓心中的圣山。

老君山因道祖归隐于此而得名，北魏始建老君庙，历代香火鼎盛。贞观年间，唐太宗李世民派开国元勋尉迟敬德监工重修；明万历年间，神宗朱翊钧谕封老君山为"天下名山"，敕建老君庙，形成山上山下共有二十余座庙观的庞大道观群，使老君山道教事业达到顶峰，享誉神州大地，曾与武当齐名，有"南有武当金顶，北有老君铁顶"之称。

丁亥年八月，栾川居士杨公植森，响应政府号召，顺应民意，斥巨资重修老君山。经过六年的努力，老君山已经被打造成中原著名、国内知名的5A级旅游景区、世界地质公园，修建了老子文化苑等文化项目，为弘扬道教文化起到了很大作用，特别是金顶庙宇群的扩建，更是画龙点睛之笔。该项目是依据河南省人民政府批准的同济大学编制的总体规划，和清华大学古建研究设计院设计的方案进行施工，整个山顶庙宇群用地1.1公顷，平台南北长350米，东西宽300米，建筑面积1万余平方米，总投资1.47亿元，建筑项目包括南天门、钟鼓楼、财神殿、玉皇殿、老君庙、道德府、五母殿等十多项工程以及配套设施，全部工程采用明清风格皇家宫殿式建筑做法。今日，一组规模宏大、功能完备、古朴凝重、构建精妙的国内一流道观建筑群已展现在世人面前。老君山金顶的落成，必将在国内产生巨大的震撼力和影响力，不仅为游客、香客提供了祭祀祈福朝拜的最佳场所，更是千秋功德、福泽子孙的标志性点睛之笔。

今天的开光典礼，我们有幸请到了武当山等国内知名道观以及海内外著名道教人士前来参加，你们的到来使栾川老君山蓬荜生辉、仙气十足，这将是栾川县有史以来举行的跨度最大、规模最大、规格最高的宗教活动。此次盛典，具有划时代的里程碑意义，标志着栾川县道教文化事业向全国宗教界迈进了重要一步，此盛况将成为栾川道教文化史上浓墨重彩的一页，必将永垂史册，流芳千古！

我坚信，在中国道协的支持与指导下，在社会各界的关注与支持下，栾川县道协将会以老君山作为道教文化的经典示范圣地，进一步纯正道风，加强人才队伍建设，围绕道教和谐、慈爱、清静、尊道、蓄德、贵生等永恒的价值理念，传承道教精髓，打造一个信仰坚定、严格持戒、精进修行的信仰团体。

栾川老君山与全国各道教宫观一脉相承，同根同源，希望大家今后多交流，多沟通，多指导，共同将中国道教文化光大复兴。最后，祝本次典礼圆满成功，愿诸位身心康悦，吉祥如意！

癸巳年九月二十一日

洛阳市道教协会会长（现河南省道教协会副会长）梁诚玉，在老君山金顶道观群竣工开光典礼上代表洛阳市道教协会致辞：

尊敬的任会长、黄会长、袁秘书长，尊敬的各位高道大德、各位来宾，各位道友：

大家上午好！

云霞变幻耀金秋，金殿欢笑迎嘉宾。在这难忘的金秋时节，我们有幸欢聚，在风景如画的老君山，隆重举行金顶道观群竣工典礼。值此，我谨代表洛阳市道教协会，对老君山金顶道观群的竣工落成表示衷心的祝贺，向莅临庆典的各位高道大德、各位来宾表示热烈的欢迎，向长期以来关心和支持老君山建设的各界人士表示诚挚的感谢！

洛阳是中华民族的文化之源，是华夏文明的重要发祥地，是老子修身悟道、孕育五千言《道德经》的福地。道家创始于此，道教追宗于此。近年来，洛阳市道教协会高举爱国爱教的旗帜，在党和政府的领导下，积极弘扬道教优秀文化，全面开展"和谐宫观"创建活动，在全市的经济和社会建设中积极发挥正能量！

老君山是八百里伏牛山的主峰，素有"华夏绿色心脏，世界地质奇观"的美誉，因道教始祖老子在此归隐修道而得名。近年来，老君山庙管会注重道教文化内涵提升，克服困难，历时三载，投入资金复建、扩建了国内一流的金顶道观群。它的竣工告成并对外开放，是中国道教历史上的一件盛事，是方圆数千里信教群众的民心工程，更是体现了党的宗教政策的德政工程。

今天，各位高道大德不顾路途遥远，远道而来，参加这次庆典，为老君山金顶道观群的落成更增添了一份吉庆和荣耀。我们衷心希望各位高道大德为老君山道教文化的提升建言献策；衷心希望各界人士一如既往地关心支持老君山的发展，通过我们的共同努力，早日把洛阳老君山打造成为中国著名的道教圣地。

最后，衷心祝愿老君山道教文化建设再上新台阶！祝愿各位高道大德、各位来宾身体健康，心想事成，万事如意！

大型庙宇道观工程——老君山金顶道观群，是依据河南省人民政府批准的同济大学城市规划设计研究院编制的总体规划，由清华大学王贵祥教授担任总设计，全国顶级铜工艺装饰公司——杭州金星铜世界装饰材料有限公司负责施工完成的。

老君山金顶道观群恢复重建工程，自2010年开始建设，历经三年时间，终于全部竣工。金顶建筑采用明清风格、皇家宫殿式建筑格局，用地1.1公顷，建筑面积1万余平方米，总投资1.47亿元。已经建成的项目包括老君庙、亮宝台、玉皇顶、五母金殿、道德府、钟鼓楼、南天门、紫气院、会仙桥、夷希廊等十多项工程及配套设施。

老君山文化总顾问张记自始至终参与了老君山金顶道观群的建设，他根据金顶道观群的整体布局，介绍了老君山金顶上五座道观庙宇的具体情况：

亮宝台。海拔2197.7米，传说为太上老君展示宝藏之地，重檐歇山式建筑，铜铸镏金。殿内供奉财神赵公明及利市仙宫、献宝童子铜像，铜浮雕《五路财神献宝》。匾额"亮宝台"由中国道教协会会长任法融道长题书，殿联为：物化仙丹所成文武赫，情缘太极其志圣灵尊。

玉皇顶。海拔2197.9米，因峰顶有玉皇殿而得名，重檐歇山式建筑，全铜装修，殿内供奉玉皇大帝、太白金星、托塔李天王铜像，铜浮雕《玉帝宫外游》。匾额"玉皇顶"由中国道协会会长任法融道长题书。殿联为：地阔天尊一心成仙圣，山诗水赋百姓做好人。

老君庙。老君山为道祖老子归隐修炼之地，北魏时建石墙铁瓦老君庙，唐贞观年间受皇封敕建老君庙，故有"南祖师，北老君"之称。老君庙供奉主神太上老君，左配神药王孙思邈，右配神三霄（云霄、碧霄、琼霄）娘娘。

道德府。道德府原名"老子楼"，明朝万历皇帝颁旨存《道大藏经》，更名"道德府"。恢复重建后的道德府，为三开间重檐歇山顶，府内供奉鸿钧老祖、玉清元始天尊、上清灵宝天尊诸神像，彩绘《朝元图》壁画，府联"道传紫府升玉局以演琅函，德布红尘降瑶宫而颁宝箓"，是台湾中华道教总会理事长张柽所书。

五母金殿。五母金殿位于传说中的"晒人场"处，相传为女娲造人之地。此殿重檐歇山十字脊屋顶，四处抱厦，清式风格，皇宫式建筑，全铜装饰，面积365平方米，殿内供奉"五母"，即天母、地母、人母、无极母、西王母。

董事长杨海波介绍说：老君山金顶道观群的设计构思是根据地形，依山就势，营建一组规模较大、功能完备、造型精致、空间变化丰富的山地道教建筑群。以现有的老君庙为轴线的院落，以及轴线北段的五母金殿、两阙顶的财神殿与玉皇殿，和位于现有老君庙东侧的大道院院落、西侧的文昌阁院落区总体布局建设。为了与山下的灵官殿等现有的道观群建筑风格保持一致，金顶道观群采用了明清皇家宫殿式建筑风格，在建筑空间格局的处理上结合山势地形的自然地理，营造出了高低错落的建筑格局。

老君山风景区总工程师张央介绍说：清华大学古建研究院对金顶道观群设计的出发点，是以现有的老君庙为基础，在南北中轴线上以及两侧布置建筑单体，从而加强空间层次感，并强化轴线的纵深感。此外，在南北轴线的基础上，增加东西方向的轴线，将建筑群充分扩展并形成丰富的空间格局。

老君庙前东西两侧布置钟鼓楼，老君庙正前方，在亮宝台与玉皇顶两阙之间，设置一座单间的石碑坊，从而在老君庙前形成较强的院落感。拆除老君庙以北造型简陋的道德府，新建一座道德府，新道德府为三开间的重檐歇山顶。通过回廊，将道德府与老君庙两侧的钟鼓楼连接起来，从而形成老君庙与道德府两进院落。

轴线上的道德府以北，利用一块突兀的山峰顶部及晒人场的平台，布置一座造型独特的五母金殿。五母金殿与道德府之间用单拱石桥相连接，桥长约40米。在道德府后的小平台上，可以远观殿阁的全景。

张央说：五母金殿的平面是正方形，采用重檐歇山十字脊屋顶，四处抱厦，抱厦都采用重檐歇山屋顶，朝向道德府的抱厦正面朝外，其余三面的抱厦山面朝外，整体上形成重重叠叠的屋顶组合，具有宋代绘画中的景观楼阁的神韵。五母金殿采取混凝土结构包铜处理，形成金光闪闪的金殿造型。相比武当山的金殿，五母金殿的造型更加丰富，更具有可看性。五母金殿位于制高点，不仅是观赏山景的绝佳之处，而且以其独特的造型，成为本建筑群的画龙点睛之处。

此外，在老君庙的两阙山顶分别设置一座三开间的小殿，亮宝台上设置财神殿，玉皇顶上设置玉皇殿，分别代表财运与官运。小殿都采取重檐歇山顶的形式。由于用地条件所限，小殿尺度很小，但是起到与轴线后端的殿阁相互呼应的效果，使金顶道观群的空间关系更加紧密。在南北轴线以东，即道德府东侧的回廊外，营造一组大道院，在老君庙西侧的平台设置规模较大的文昌阁建筑群，并形成建筑群的东西轴线。

既是栾川道教协会会长，又是老君山文旅集团董事长的杨海波说："扩建之后的金顶道观群建筑，金碧辉煌，大气磅礴，充分体现了清式建筑精致与雄浑兼容并包的特点。整个金顶道观群，充分利用老君山巍峨壮观的自然地形，最终形成了错落有致、曲折挺拔的空间效果，而且实现了整体建筑既能满足道教的宗教使用功能，又能满足旅游观光服务，体现了现代庙宇道观建筑的发展方向。"

为了铭记老君山金顶道观群恢复重建这一老君山风景区开发建设中的重大事件，铭记老君山人为弘扬老子文化所做出的重要贡献，河南省道教协会特于当日在老君山金顶老君庙太极广场处，勒碑纪念。

老君山金顶建设记

老君圣山，钟灵聚仙；北魏建庙，老君主殿；唐明敕建，香火绵延。然年久失修，陈旧狭隘。乡贤杨公植森先生，为弘道扬德，承历史之文脉，合道教之规制，融山水之毓秀，纳天地之灵气，以敏锐眼光，超前意识，卓绝胆识，倾其所有，注巨资修建金顶道观群。工程遵上海同济之规划，清华大学之设计，于公元二〇一一年五月三十日奠基开工。施工三载，备尝艰苦，翻山越岭，人抬肩扛，披星戴月，沐雨餐风。如今，老君庙、亮宝台、玉皇顶、道德府、五母殿、会仙桥、钟鼓楼、夷希廊、南天门、紫气院，焕然一新，遥相呼应。三座金顶，翩然凌空，映月辉日，光耀灿灿，傲居伏牛之巅。工艺精妙，浑然天成，此诚惊世之创举也。该传世杰作，省市道协悉心指导，洛阳市列重点工程，栾川县委、县政府统筹督建，栾川乡全力支持。该工程由宏发董事长杨学吉，老君山董事长杨海波及任小敏、赵大红、徐雷、望广发、张剑毅、高红等监管督查，张央工程施工监理，张记文化策划打造。杭州金星铜世界叶华并众技工全铜包装，建筑师贾向东率队土建施工。栾川道协、老君山庙管会同心参与，全体员工倾情奉献，台湾道人乐捐善助。雄伟壮观，金碧辉煌的金顶于二〇一三年九月告竣，为铭记兴建金顶者之丰功伟绩，以志盛举，歌以颂曰：金顶煌煌，道炁必扬；神灵荫佑，气聚财广；祭祀祈祷，功德无量；福寿绵延，子孙永昌；立德于众，善心昭彰；功载史册，万代流芳。

张记撰文　张央监制

河南省道教协会立

公元二〇一三年九月二十一日毂旦

老君山金顶道观群，是老君山人在老君山掌舵人杨植森的带领下，为弘扬老子文化所恢复重建的大型道观建筑群。其规模宏大，雄伟壮观，构建精妙，国内一流，从此成为与武当山、峨眉山并立于世的三大道教金顶建筑群；其屹立于八百里伏牛山之巅老君山上，可谓是金顶巍巍，日月同辉，人间奇迹，甚是壮观。

第四节　十年磨剑，一朝功成

2007年8月23日，是老君山人记忆犹新的日子。

这一天，花甲老人杨植森，以过人的胆识和敏锐眼光，顺应时代潮流，高瞻远瞩，果断决策，义无反顾地接受了负债累累的老君山风景区，让企业发展进入了崭新的时代，从此走上了从发展黑色经济到发展绿色经济的蝶变之路，为栾川"工业反哺旅游"的经济大转型书写了浓墨重彩的一笔。

在签约仪式上，杨植森发出了肺腑之言："集北山之财，建设秀美栾川；汇南山之灵，再造二次资源。"

从此，老君山揭开了大投入、大开发、大建设、大发展的崭新的历史篇章。在十年的时间里，老君山人并肩携手，披荆斩棘，创造了一项又一项惊人而辉煌的成就：

2008年11月13日，国家旅游局正式命名老君山为国家4A级旅游景区。从此，老君山有了新名片。

2009 年 10 月，河南省人民政府《关于老君山景区总体规划（2008—2025）》正式批复，使老君山的大开发大建设有了定盘星，老君山开始阔步发展。

2010 年 3 月 25 日，世界上最先进的中灵索道投入使用；2010 年 5 月 16 日，天下第一高老子铜圣像落成开光，迎接中外宾朋；2011 年 9 月 9 日，老子文化国际论坛成功举行；2012 年 1 月 9 日，杨植森在北京捧回了国家 5A 级旅游景区的金牌，老君山成功跻身中国旅游界第一阵营；2013 年 9 月 21 日，金顶庙宇群开光典礼圆满成功。

2014 年 7 月 18 日，世界教科文组织完成对伏牛山世界地质公园的验收并颁证；2015 年 6 月 1 日，老君山峰林索道正式运营；2016 年 12 月 27 日，"天地人和，大道无疆"晚会在郑州万豪酒店举行，庆贺老君山旅游收入突破 8000 万元之丰收硕果；2017 年 5 月 19 日，正值"中国旅游日"，老君山最先进的云景索道首发启程。

2017 年 8 月 23 日，老君山开发建设整整走过了 10 年的奋斗之路。

这十年，是老君山人追逐梦想、努力拼搏的十年，是飞速发展、追求卓越的十年，是设施完善、文化提升的十年，是日新月异、沧桑巨变的十年，是创造辉煌、书写经典的十年。

2017 年 8 月 23 日，在老君山文旅集团创业十周年庆典大会上，杨植森这位农民出身的企业家，面对 10 年来跟随他打拼的老君山人，感慨万千，感动不已。

这位平常讲话从不用稿子的老人，这一次将心中激动的话写到了纸上，一字一句，发表了他的 10 周年庆典讲话：

过去的十年，是一代老君山人为历届政府、全县 35 万人民，圆老君山旅游"龙头梦"的十年；过去的十年，是一代老君山人人生当中最有意义、最有价值的十年。

过去的十年，是一代老君山人学习、锻炼、提高、进步的十年；过去的十年，是一代老君山人用勤奋和汗水、用青春和才智，穿越历史、跨越巅峰、创名牌、树形象的十年。

过去的十年，是一代老君山人有识有志之士，能力和才华展示的十年；过去的十年，是一代老君山人开发成就了老君山，也是这座大山成就了一代老君山人的十年。

过去的十年，是老君山一代开发建设者用心血和汗水、生命与风险、智慧和拼搏、巧夺天工之创举，为历史、为社会、为后人留下的一张永不褪色的名片。

过去的十年，是老君山老子文化、道家思想传播弘扬、发展的十年；过去的十年，是老君山自北魏以来庙宇建设和神像塑造质量、数量、档次创历史之最的十年；过去的十年，黑色经济萎缩，催生绿色经济发展，是旅游行业蓬勃崛起的十年。

过去十年的开发建设，过去十年的成败功过太多太多，一切的一切只能留给后人、留给明天，让历史去定位，让社会去评判。昨天的已成历史，将永远载入史册，功过是非让后人评长论短。

未来十年，是完善提升的十年；未来十年，是淘汰、洗牌、重新定位的十年；未来十年，是历史机遇前所未有、市场竞争、同行厮杀最具挑战性的十年。无论市场如何残酷，无论形势如何变幻，对于老君山景区和老君山人来说，都是挑战和锻炼。

前十年是一张白纸，一个文盲摸着石头过河走过的十年，成就显著，业绩方方面面，这说明了什么？说明了一代老君山人都不是等闲之辈。只要每个老君山人团结向上、勇于进取，什么样的人间奇迹都有可能创造和实现，只要能想到一定能做到。未来十年总的主导思想是保持一个"稳"字，稳中求进，平稳发展，景区发展要稳，对于这个团队、这个大家庭更要平稳。与时俱进、改革创新、完善提高是未来十年发展的总思路。

未来十年的大项目投入，要保证一个"严"，落实一个"谨"。严格把关是前提，三思而行、充分论证、"慎重"决策是关键，论证财务成本，论证效益收益，论证市场前景，论证回收期限。

企业重在管理，效益最大化是所有企业的最终目的。管理模式、管理制度必须进一步完善，新的管理模式在没探索出之前，现有管理模式非常切实可行，符合老君山现有规模和条件，必须坚持推广，在实践中不断总结、不断充实、不断完善，以适应新形势下老君山发展的需要。未来十年也是管理团队更新交替的十年。现有管理团队是十几年来工作实践中、提升发展中涌现和选拔出来的相对优秀者，今后一个时期必须保持相对稳定，必须不断学习，不断提高，以适应老君山发展及旅游大发展的需要。

应该看到，企业的发展与一支优秀的管理团队是分不开的，因此发现、选拔和培养一批优秀人才对于老君山发展至关重要。未来十年，新老交替、吐故纳新在所难免、不可回避，保持老中青相结合的传帮带将是老君山管理团队结构的核心，以保证它的持续性，用人坚持任人唯贤，而非任人唯亲，能者上，庸者下。职工队伍需要整顿提高、吸纳人才、招纳能人，从招工把关开始，筛选出扎根景区发展、心系老君山发展的老君山人和能立足本职工作的老君山员工，对于真正的老君山人有个新的定义。

未来十年是互联网大数据的应用、普及和不断刷新变化的时代。新思维、新观念、新形势、新市场，一切都在瞬时刷新，天天变幻，互联网、大数据、信息化已成趋势，被动接受只能跟着挨打。如果没有创新，不能与时俱进，再好的资源，再好的条件，只能被"观念"两字淘汰。

　　未来十年是老君山在现有各项基本设施相对完善后，目标创收冲刺巅峰的十年。未来十年能否在今年总收入的基础上，增加五倍或五倍以上，是未来十年的目标，也是未来十年的发展方向。是否切合实际，适应同步发展的规律，下去后还要认真讨论，制定措施，保证目标的实现。

　　未来十年是旅游市场洗牌、淘汰、重新定位的十年，也是旅游市场充满机遇和挑战的十年。残酷竞争将给旅游市场带来诸多不确定性，前十年营销队伍、营销人员在市场低迷、复杂的情况下，积累了经验，增长了才干；未来十年如何在旅游市场上争取主动、占领市场，主要是观念，不学互联网、大数据、信息化的尖端理念，只能淘汰，自我下岗，故步自封不行。做大老君山要有大数据、新理念、大手笔、大气魄。

　　未来十年乃至今后，工资福利、收入也是每个职工及企业领航人共同关心、关注的问题。某种程度上，工资福利是企业老板同职工存在矛盾和鸿沟的焦点，想法各异。我不这样认为，企业发展离不开职工的努力，职工得不到相应回报、合理的回报，才是与老板的矛盾所在，企业利益和员工利益是密不可分的，因此企业效益是根本。

　　今后十年或更长时期，工资将保证每年递增8%—12%，从今年9月1日起，工龄工资在原有每年30元的基础上提至100元，未满三年的按50元，并依据当年收益提取一定的奖金，奖励勤奋有功的人员。在适当机会和条件下，将考虑职工的住房、子女培养等其他待遇问题。总之，预计在未来十年职工收入有望翻一番，或会更高。

　　2017年是老君山旅游收入计划突破亿元的关键年，工作的指导思想是与时俱进，应对挑战，完善提高，平稳发展。公司停止了一切与营销无关的活动，一切工作服从于营销，力争2017年目标任务的实现。礼包大小视其业绩，完成任务，拿出200万奖励职工，超额完成可能还会增加。

过去的十年需要认真总结，我们总结的目的是找出差距，找出短板，争取在今后十年补短补缺，平稳发展。过去十年的成就、十年的辉煌，我们是这样认为、这样总结的：社会是什么看法？把过去十年这一页翻过，让社会、让后人书写这段历史，我们坚信社会和后人会对这一代老君山人有一个公正公平的评判。

老杨总10周年庆典讲话仅仅过去两个多月的时间，老君山人就再创了辉煌的业绩，实现了具有历史意义的跨越性发展：2017年11月12日，在老君山平洋广场，老君山景区员工摆出"一亿我来了"的字样，以此方式庆祝老君山旅游收入突破亿元大关！

2017年11月12日上午9点55分，随着来自重庆的刘小露先生花120元购买一张景区门票后，老君山提前完成2017年度目标任务，实现主营收入超1亿元。老君山成为继少林寺、龙门石窟、云台山、清明上河园之后河南省内第五个年营业收入破亿元的旅游景区，成功迈入中国亿元景区俱乐部。

11月12日上午10点整，河南省老君山文旅集团召开"2017年收入超亿元对外新闻发布会"。栾川县人大副主任郭文华，栾川县副县长张向阳，老君山董事局主席杨植森，栾川县政协副主席、老君山文旅集团董事长杨海波应邀出席。

这次重要的新闻发布会，由栾川县旅工委主任孙欣欣主持。

在这次意义特别的新闻发布会上，董事长杨海波面对社会各界人士，隆重宣布：老君山2017年提前实现主营收入超1亿元！

杨植森则以河南省老君山文旅集团董事局主席的身份，代表老君山风景区向来自重庆的游客刘小露先生，热情赠送《道德经》、画册等礼物，并向其赠送"老君山巡山令牌"，给予他终身免费畅游老君山的殊荣。

在这次新闻发布会上，栾川县副县长张向阳代表栾川县委、县政府发表了热情洋溢的讲话，充分肯定了老君山风景区在栾川经济发展大局中所做出的重要贡献。

他说，2017年是老君山景区成立十周年。老君山人十年磨一剑，以每年1亿元的投资实现跨越式发展。从十年前的年收入不足30万元到今天营业收入突破1亿元；从十年前30人的林场队伍，到今天500人的职工队伍；从十年前的无A到今天的国家5A级景区，这些数字的变化反映出了老君山十年来的飞速成长，更反映出栾川县委、县政府对旅游业发展的重视和支持。

近年来，栾川县委、县政府坚持工矿强县、旅游富县、生态立县、创新兴县的发展战略，牢记抓旅游就是抓栾川经济发展的未来，服务旅游发展就是造福广大人民群众的思想意识，大力度大手笔地扶持旅游业发展，鼓励社会资本投入旅游业发展。引进旅游人才、重奖旅游工匠，为旅游企业固本；成立旅游综合执法大队，为旅游企业保畅；开展农家宾馆"十个一"工程，提高接待能力和服务水平，为旅游企业提质；冠名"奇境栾川"号高铁列车，开创暑期20天高速免费活动，扩大"奇境栾川"品牌影响力，为旅游企业引客。正是这些大大小小、实实在在的主动作为，才有了今天老君山景区提前实现年营收破亿元的目标，才有了栾川旅游20多年来生机勃勃、欣欣向荣的发展态势。

老君山作为"奇境栾川"品牌下的核心产品，能够在十年间实现历史性的突破，不仅代表这一产品得到了市场的认可，也代表着栾川旅游整体品质实现了新的突破。今天，我们看到的是老君山实现主营收入突破1亿元大关，其背后是近年来栾川县整体第三产业水平的不断提升，经济效益的不断提高，山区群众思想意识的不断开放和全县干部群众保护生态、发展旅游信念的更加坚定。通过发展旅游，惠及当代，造福子孙，栾川正用有力的步伐践行着习总书记"绿水青山就是金山银山"的重要思想……

十年如一日，十年磨一剑。

在这十年的光荣奋斗岁月里，老君山人始终坚守着一份热爱、一种信念、一个目标；磨砺着一颗丹心、一份赤诚、一种精神；收获了一次次成功、一项项荣誉，一声声赞颂。

劈波斩浪，扬帆远航；纵横驰骋，信心百倍。老君山十年的创业历程，十年的跨越发展，可歌可泣。

老君山人为自己能够拥有老杨总这样一位领航人、掌舵者而骄傲和自豪，他的大道情怀、格局气魄、运筹智慧，让老君山人无比钦佩和感到无限荣光。

第五节　根植文化，蓬勃发展

在老君山景区大规模开发初期，杨植森曾经多次说：老君山这么好的资源，一定得利用好，真正造福栾川百姓；老君山旅游是世纪工程、功德工程，功在当代，利在千秋；景区的开发与建设，一定要用规划手段提升品位；景区整体建设要高起点规划、高水准建设；景区运营要高效能管理、高质量服务。

为了跟国家一流景区接轨对标，他十分注重景区的整体规划和高标准开发。杨植森不惜重金聘请同济大学城市规划设计研究院编制了《老君山风景名胜区总体规划》，并经河南省人民政府批准实施；请清华大学古建研究设计院编制了《老君山老君庙修建性详规》；请北京绿维创景规划设计院有限公司编写了《河南老君山景区提升全案策划》。

在杨植森的主持下，所编制完成的《河南老君山旅游建设专项规划》科学定位了老君山的生态优势和文化优势，指明了老君山旅游开发的发展方向，制定了"以山水旅游为主体，深度挖掘历史传承，保护生态环境，文化深度融合旅游，实现可持续发展"的景区长期战略。

按照规划方案，在创建国家 4A 级旅游景区和晋升 5A 级旅游景区的同时，老君山景区按照高规格规划方案，开工建设了老子圣像及老子文化苑区；开工建设了山顶水平环形栈道；恢复重建了老君山金顶、老君庙、灵官殿、淋醋殿、救苦殿、菩萨殿、三官殿等代表道家文化的庙宇道观。

老君山景区开发了以潭瀑原始林为主题的追梦谷生态观光区和寨沟景区；先后开发建设了世界一流的云景索道、中灵索道、峰林索道。其中投资亿元建设云景索道，引进奥地利拖挂式索道，全长 3174 米，最大运行速度为 6 米/秒，每小时最大运量可达 2400 人，是目前国内最先进的索道设备，使游客登山时间由一个小时缩短至 8 分钟。

老君山景区投资近亿元，修筑了穿云栈道、步云栈道、飞云栈道 3 条 1 万余米的绝壁悬空栈道，既方便了游客观景，又自成老君山的风景，让游客在云山雾海之中自由穿行，游览老君山神奇俊秀的风景。

2018 年以来，老君山人紧跟时代潮流，投资数千万元，在老君山建成了智慧旅游网络，让全国游客足不出户即可浏览老君山景区的风景，网上预约、网上购票、网上咨询、网上安排自己前来老君山旅游的行程，使老君山旅游跨入了科学化、标准化、人性化的新时代。

十五年的奋战，将近 20 个亿的投入，换来的是老君山风景区开发建设的巨大成功。今天的老君山风景区，可以满足游客的吃、住、行、游、购、娱各种要求。今天的老君山风景区，已经形成了峰林烟岚、鬃岭远眺、宝台晓日、云索览秀、中鼎云涌、金殿沐福、清玄钟声、幽洞天籁"八大胜景"；形成了以老君山为轴线，以寨沟、追梦谷为两翼的游客中心服务区，老子文化体验区，舍身崖观赏区，十里画屏精品区，金顶道观朝圣区，追梦谷生态探险区，寨沟休闲度假区等游览区域。

完美的原始生态，独特的自然风光，丰厚的道家文化，贴心的服务品质，让今日的老君山景区声名远播，享誉全国，成为中原旅游流光溢彩的一张"亮丽名片"；成为全国游客旅游观光、朝圣祈福、休闲度假、科考探险、动植物观赏的理想目的地和梦寐以求的"打卡地"；成为中央电视台、《人民日报》、《中国旅游报》、《河南日报》等上百家媒体经常报道的对象，成为国内许多大学的大学生实践基地、写生基地；成了许多电影、电视剧、纪录片拍摄的取景地。

除了大投入搞基础建设外，杨植森十分重视弘扬老子文化，把文化建设与老君山的工程建设紧密结合。老君山旅游景区从开发建设初期，就确定了"山为基，道为根，文为魂，人为本"的建设理念，把文化作为景区发展的动力。

杨植森认为，文化是老君山旅游的灵魂。一个没有灵魂的旅游景区，这个景区再大、再有花样，也无法真正打动游客的心，无法真正留住游客的魂，自然就很难成为一个成功的、高品位的旅游景区。

老君山有36峰72景，一个个具体的景观，是表达阐释景区老子文化的重要载体；丰富的老子文化，千百年来又赋予了老君山众多自然景观以灵魂。一个旅游景区，如果没有文化的支撑，景观再气魄、再雄伟，也只是缺乏文化价值的空壳；同样，没有天人合一的自然景观这一重要载体，厚重的文化就很难在一个地方存在和发展，或许只是海市蜃楼，过眼云烟；二者在景区的发展中互为依存，缺一不可，是旅游景区发展壮大的根本基础。所以，文化景观建设的成败，直接决定了景区发展的好坏和未来前景。老君山景区文化总顾问张记说："正因为如此，在老君山的开发建设中，弘扬老子文化成了老君山景区建设的核心内容。老君山景区的老子文化苑、老子铜像、灵官殿道观群、中天门、金顶道观群等，每一文化区域的建设，都站在中国文化的高度，构建恢宏壮观的道教文化景观体系，给游客以视觉的冲击、心灵的震撼、艺术的享受、文化的品位。"

文化活动是景区的重要组成部分，是景区最活跃的元素。

十五年来，老君山景区为提高其知名度和美誉度，举办了一系列别具特色、影响深远、内涵深刻的大型文化创意活动。如：老子文化国际论坛、老子归隐老君山祭拜大典、四月初八老君山庙会等几十项内容丰富、形式多样的主题活动，对丰富景区的文化内涵和树立品牌形象起到了重要作用。

文化因素提升了景区的核心吸引力和竞争力。老君山在工程项目建设上，不断注入文化因素，把老子文化、道家文化、庙宇文化根植于景区开发之中、管理之中，把景区文化渗透到全体职工的思想观念中去；各项建筑设施的建设都与文化紧密相连，将特色文化做成文化产品，如壁画、楹联、雕刻等，游客每到一处，都能体验到文化展示，把静态的文化学识、分散的文化元素、高深的文化内涵潜移默化地转化为贴近游客的文化大餐。

老君山经过十五年的开发建设，已形成了独具特点的老子文化、道教文化、庙宇文化，具体体现在三大区域：一是以道文化广场、金顶道观群为代表的庙宇文化；二是以老子文化苑为代表的老子文化；三是以道教祭拜区为代表的道教文化。重点建设了七大文化项目：铸造了59米高世界第一高的老子铜圣像，作为老君山文化的标志；建设了老子八十一章《道德经》书法墙，《道德经》警句、名言雕刻，《道德经》金书；打造了庙宇楹联、匾额文化；打造了庙宇壁画、彩绘文化；恢复重建了具有地方民俗特点、自成一体的庙宇塑像文化；打造了以文化墙为标志的历史文化；以静心、静养为代表的道教养生文化。

老君山十分重视老子文化的挖掘与传播，成立了老子文化研究中心，专门负责老子文化的挖掘与整理。出版发行了《老君山旅游》《老君山》特刊；先后与北京大学、清华大学、浙江大学联系建立老子文化研究实验基地；与洛阳、郑州等老子文化研究会建立联系，成立老子文化研究机构；与中国辞赋学会、河南省辞赋学会加强联系，建立老君山创作基地。

旅游是文化的载体，文化是旅游的灵魂。融自然与文化为一体的老君山，要想在生态旅游中脱颖而出，必须靠文化取胜；同时，生态型景区要想保持长久生命力，必须赋予文化内涵。2009 年，在建设老子文化苑的同时，杨植森就在董事会上同意了一项重大的文化工程，那就是不惜投巨资在老君山风景区打造一台大型的山水实景演出节目，以此提升老君山的美誉度、知名度、吸引力，让这台节目成为弘扬老子文化、提升景区品质的文化平台。

2010 年 5 月 2 日，老君山景区投巨资打造的大型原生态山水实景演出《君山追梦·梦幻大典》隆重上演，这是河南全省旅游界继《禅宗少林·音乐大典》《大宋·东京梦华》之后，再次重磅打造的大型山水实景演出，更是国内首部诠释道家文化的实景演出。

演出分从道、论道、悟道三个篇章，演绎了孔子入周问礼、紫气东来、老子著经等与中原文化紧密相连的经典场景。整场演出从多角度诠释了道教文化的博大精深。游客在欣赏山水美景之中，被传承 2000 多年的老子文化荡涤心灵，深深地感受到中国传统文化的厚重和灿烂，也因此感受到老君山风景区独有的文化品质。

从 2010 年以来，老君山借助独特优越的自然环境和博大精深的老子文化，以文化为魂，强力推进文旅融合，逐步将老君山打造成中原"研学游"的基地。作为老君山董事局主席和老君山的掌舵人，杨植森不仅倡导"研学游"的开拓工作，而且身体力行参与研学游基地的建设。

2011 年 7 月 27 日，清华大学人文实践夏令营活动在老君山举行座谈会。杨植森在百忙之中专门抽出时间参加这次座谈会，做了专题发言。在发言中，他讲述了自己因出身贫寒而早早辍学的事情，认为苦难的人生经历，也磨砺了他坚韧不拔的意志。他向大家介绍了自己，靠吃苦耐劳、诚信守诺先后办了8个厂矿的过程和感悟。他结合老子文化讲述了他这一生成功到底靠了什么，靠的是以老子文化修身养性，靠的是抢抓机遇干事创业，靠的是坚定果敢不畏困难。

杨植森在座谈中向师生们讲述了老君山改制的过程。他说，自己家就在老君山下，从小就热爱老君山，是真正的老君山人。他自己办厂开矿成功后，就决定"集北山之财，建设秀美栾川；汇南山之灵，再造二次资源"，回报家乡社会，造福子孙后代，就是这个理想目标和厚重的老子文化，共同成就了老君山的大事业。在座谈中，杨植森诚恳地对青年学生提出了自己的希望，要学习《道德经》等国学经典，更好传承中华文化，要读万卷书，行万里路，脚踏实地，自强不息，在这个伟大时代成就自己的理想和人生……

作为研学游基地，现在的老君山经过多年的努力，基础设施完善，能够同时接待数千名学生同时开展综合实践教育及研学旅行活动。老君山基地依托丰富的自然和人文资源，结合中小学教学规范，已经打造出了四大类课程，包含地质地学科普系列、自然环境保护系列、非遗手工体验系列、国学文化系列等。其中，《"奔跑"的大山》课程项目，研发注重系统性、知识性和趣味性，教学目标明确，教学内容具体，评价体系完善，促进了书本知识和研学实践的深度融合，最终经评比获得了洛阳市研学游精品课程。

现在，老君山研学游基地已经拥有四大研学区域，分别为栾川博物馆研学馆、老子文化苑国学课堂、体能训练拓展基地、滑脱峰林地质科普区，总占地面积10000平方米，其中室内研学教室6个。

2021年7月1日，老君山投资2亿元建成的地质馆、规划馆、红色馆和研学馆"四馆合一"的栾川博物馆正式开馆。博物馆分别展示了地球形成、老君山滑脱峰林地质演变、栾川矿产资源等内容，同时包含虚拟过山车、虚拟脱口秀、球幕影院等体验项目，已经成为老君山研学游的重要内容。研学馆内的课程，主要以非遗手工及国学课堂为主，包含拓印体验、剪纸体验、琥珀制作体验等手工体验课程和《道德经》国学讲堂等国学课程。

老子文化苑位于老君山景区内部，是集《道德经》国学文化、非遗手工体验、高科技文娱互动、传统游戏体验为一体的国学文化研学场所。课程方向为国学文化、《道德经》文化、书法艺术等内容。

老君山地质科普区位于老君山南侧，实景展示地质遗迹滑脱峰林的地质地貌，通过实地观察、触摸等亲身体验了解滑脱峰林成因，向学生进行地质科普，引导学生感受大自然的鬼斧神工；老君山拓展基地可同时容纳 500 人的研学团队，包含攀岩、空中抓杠、云中漫步、登天之梯、高空速降、丛林穿梭等项目。

老君山研学游基地近年来发展得越来越有特色，影响越来越广泛，先后荣获河南省中小学专项性实验教育基地、河南省科普教育基地、河南省研学旅游示范基地、洛阳市研学旅行基地等荣誉……

这些年来杨植森对老君山历史文化的挖掘整理也十分重视。从 2007 年到 2022 年，景区一直坚持资助热心老君山历史文化研究的各界人士挖掘、整理老君山老子文化资源，编写、出版老子文化研究著作，促进了老子文化的弘扬与传播。十五年来，老君山风景区共出版著述与画册二十多部。

老君山在开发建设中一直十分重视主流媒体的宣传作用，将主流媒体作为旅游宣传的第一推动力，抓住自身的"引爆点"，宣传自己的优势和特色，巧妙地进行策划宣传。2007 年以来，他们先后邀请中央电视台主持人和中央人民广播电台播音员，解说有关老君山的风光片；配合中央电视台《朝闻天下》《午间新闻》等有关栏目，拍摄报道老君山风景名胜区的专题节目。

2007 年，老君山制作了《道教圣地老君山》风光片，由中央电视台国际频道《国家档案》栏目主持人、编导、解说员任志宏解说。任志宏的解说，具有穿透灵魂、感动心灵、启发智慧、浸润心田的独特魅力，能把观众带入到老君山圣地仙境之中。

2012年，老君山制作了《峰林仙境老君山》，由中央人民广播电台原著名播音员、配音演员，中国传媒大学教授李易配音。李易解说浑厚而极富磁性，音质动听，在景区电视屏幕常年播出。

2012年，中央电视台中文国际频道《长寿密码》，走进老君山拍摄专题片。

2014年，中央电视台《地理·中国》栏目组《万象伏牛山·秘境寻金》，走进老君山拍摄专题片。

2014年，中央电视台《远方的家》栏目组，走进老君山，拍摄《百山百川行》之《奇峰秀水老君山》专题片。

2014年，中央电视台在《朝闻天下》和《午间新闻》中，定时播报老君山品牌宣传图片。

2015年，中央电视台《发现之旅》栏目组拍摄了《吴丹带你看故乡·老君山上品栾川》。

近年来，老君山被中央电视台及《人民日报》等全国上百家媒体不断报道；老君山在抖音、短视频上持续受到关注，点击量动辄上百万、上千万，有时一张有关老君山的风景图片，点击量就有数千万甚至上亿。老君山在全国游客的关注下，在媒体的关注下，现在可以说是名播八方，享誉全国。

自2015年以来，随着老君山知名度的不断提高，老君山的品牌价值日益彰显。老君山的品牌价值，就是知名度，就是信任，就是有形和无形资产的价值总和，就是属于老君山开发建设的宝贵的知识产权。为全面提升老君山知识产权的创造、运用、保护、管理和服务水平，充分发挥知识产权在老君山开发建设中的重要作用，老君山文旅集团以超前的战略眼光和行动重视知识产权的注册和保护工作，现在知识产权的保护工作已走在全国旅游业的前列。

老君山文旅集团的商标注册，2017 年之前由广州华狮知识产权代理公司代理，2017 年之后委托河南中原策划有限公司全面负责集团公司的知识产权保护工作。截至 2022 年 6 月，老君山文旅集团商标注册经变更企业名称、商标续展等程序后，目前共成功注册 15 大类 140 小项；现正在申报的版权登记，分别有半仙界、千丈崖、传经楼、五里坡、过风崖、一线天、独尊石、鹰嘴石等，共计 59 个。

由中华人民共和国国家版权局核准，已经成功颁发作品登记证书的版权登记共有老君庙、道德府、玉皇顶、中天门、南天门、崇玄馆、论道台、众妙门、炼丹窑、五母金殿、放光金殿、天界五宫、十里画屏、老学六经柱、老子传经石、道德经石刻墙、伏牛山主峰、长江黄河分水岭等，共计 41 个。

十五年来，文化的力量成为推动老君山蓬勃发展的无穷动力。

第六节　建苑铸像，弘扬大道

2010 年 5 月 16 日，作为弘扬老子思想、传承道家文化重要载体的老子文化苑开苑仪式，在河南洛阳栾川县老君山风景区隆重举行。开苑仪式后，老君山举行了盛大的老子圣像落成祭拜大典，一年一度的老君山文化旅游节也同时开幕。

老君山老子文化苑的落成，为打造伏牛山休闲度假旅游区和国内外著名旅游胜地开了新局。老君山不仅会成为洛阳市和河南省旅游业的亮点，也必将成为中国和世界著名景区。老子文化将成为老君山打造世界文化圣地的根本。

老君山老子文化苑的建设是一项宏大的文化工程。河南省人民政府《实施"旅游立省"战略，做大做强我省旅游产业三年行动纲要》指出："要把老君山作为优化空间布局的组成部分，要着力打造以老君山为重点的伏牛山休闲度假旅游区，培育栾川老君山旅游产业集群。"

老君山风景区深度开发建设项目，一开始就是栾川县县域经济结构调整、旅游产业发展的"头号工程"，栾川县委、县政府高度重视。项目在实施过程中，县委、县政府领导坚持每月带领相关人员深入现场，召开现场办公会议，解决项目推进中的问题。强有力的领导支持和务实高效的作风，创造出令人叹服的"老君山速度"。

这些年来在开发建设中，老君山把弘扬老子文化作为弘扬中华传统文化的责任和使命去做。他们通过建设老子文化苑，把老君山打造成了一座名副其实的文化旅游名山和自然山水名山，提升了老君山作为"天下名山，道教圣地"的美誉度、知名度。

老子文化苑，通过景观轴上的"一心四区"，展示老子尊道贵德、天人合一的思想精髓。一心，即以老子铜像为标志性核心；四区，即平洋广场区（停车场、阙门、照壁等）、崇玄馆区（金水桥、众妙门、得一门、钟鼓楼、上善池）、三重太极和合广场区、石刻《道德经》墙区。

老子文化苑工程是经河南省人民政府批准，根据上海同济城市规划设计研究院《老君山风景名胜区总体规划》确定的建设项目。规划中指出，老君山建设要以展示老子文化为主体内容，安排《道德经》石刻等景点，突出老子文化游赏的特色功能。该功能区内，又分为老子文化纪念园与道家养生园两个组团。

老子文化纪念园，以老子文化轴为核心，建造老子人物铜铸像，成为老子文化集中演绎的载体，配以老子文化书院、道德堂等相关配套设施。老子圣像的地理位置恰到好处，具有第一视觉冲击力，处于各条游览线的交会处，保证每位游客、香客都能接触到；同时可利用场地空间，进行春节期间的庙会、朝拜、撞钟祈福等活动。

老子立像依山就势，坐南朝北，身后为同河岭，圣像处于中轴线的最高处，远处则是老君山主峰。圣像对面，远有案山，前有应山，拱揖相迎，冲阴和阳，左右环抱。右侧龙君河从老龙窝流下，与从灵官殿流入的朱雀河交汇，在金水桥下形成水面，彰显文苑灵秀之气；从老子像右上方的老龙窝广场远视，中鼎山像一只展翅高飞的巨型鸾鸟。

老子文化苑南北长480米，东西宽220米，总面积10万平方米，由河南省文化产业研究院旅游规划研究所设计，分别由湖北殷祖园林公司和林州建设总公司施工。该工程由杨植森统筹、策划、投资；由董事长杨海波指挥领导；由张记负责文化创意；由张央负责工程施工、监管；赵大红等公司高层各司其职，各负其责。

工程伊始，老杨总就立下建设目标："老子文化苑这项工程，意义重大，我们要全力以赴建设好。这项工程，一定要经得起历史检验，经得起子孙后代考验，不留败笔，不留遗憾。"

在整个建设过程中，县四大班子领导多次现场办公解决实际问题；栾川乡政府成立指挥部全力配合，七里坪村两委及21组群众识大体、顾大局，搬迁35户，使工程得以顺利开展。老子文化苑工程从2008年9月23日动工，历时一年零八个月，总投资9000万元。在建设过程中，仅采用的花岗岩，就有福建、河北、河南南阳等17个地方的厂家提供，动用土石方20余万立方米。

在建设中，工程施工人员始终坚持要把"老子文化苑建成一流的精品文化游览区"的指导思想，严密组织，缜密筹划，科学管理，精心施工，保证质量，使整个工程达到了设计规划的总体目标和要求。

老子文化苑中所立的老子铜像，是中国目前最高的老子铜像，也是目前全世界最大的老子铜像。老子铜像呈站立式，像高38米，底座21米，通高59米，锡青铜铸造，重达360吨，由288块特制锡青铜焊接而成，焊缝长度5000米。

老杨总说："老子作为中华圣哲历史人物，道家学派创始人，我们铸造的老子铜像，必须突出他老者、智者、圣者的气质，突显老子宇宙本原、中华大道的思想。"

老子铜圣像由身为董事局主席的杨植森亲自担任总策划，特聘请福建省著名传统宗教艺术青年雕塑家、高级工艺师蔡龙总先生为艺术形象总顾问，由其设计、制作。为铸造好这尊独一无二的老子铜圣像，杨植森先后拜访请教了中国著名老子文化研究专家杨中有老先生、重庆大学人文艺术学院院长江碧波和比利时皇家美院的闫淑芬教授、中国雕塑院院长吴为山教授，最终确定了"萃老君山魂，塑道之德体"的设计方案。

老子铜圣像由洛阳铜缘艺术品公司铸造，于 2009 年 4 月 23 日组装，并于 2009 年 9 月 9 日圆顶，12 月 20 日落成。

圣像造型，气势磅礴，坚毅沉着，厚重灵动，谦恭而不失威严，稳健而飘然出尘，仙风道骨，令人油然生敬。其头饰如意宝冠，面部体现了老子天庭饱满、地阁方圆、额头隆起、长眉祥垂、双耳垂肩等不凡特征；作为道教始祖的老子，身披八卦道袍，内衣则是周朝守藏史之官服，其右手捧着竹简本《道德经》一部，左手食指指天，喻"涵天覆地法自然"。具体形象寓意分述如下：

老子铜像头束如意宝冠，意喻老子由形而上道，成为道德天尊、太上老君。束发戴冠有庄严感，飘逸潇洒，如同老子的思想，包罗万象，然终究不离一个"道"字。面部慈祥、威严，眼神深邃、睿智、温情，充满智慧。作为中国道教鼻祖的老子，身披八卦道袍，道袍以太极阴阳鱼图为中心，八卦卦象沿服装边而走，依太极阴阳鱼图循环而变，线条磅礴、大气、简练；右手捧着竹简本《道德经》一部，教化众生，左手食指指天，探索宇宙真理为"道"，循其规律而行为"德"。

老君山是老子归隐之地。铸造巨型老子铜像，使每位到老君山的人都能领悟老子博大精深的哲理和道行天下的法则，感受老君山的生态自然之美和深邃的道家文化内涵，并为人们提供了瞻仰、祭拜的载体。老君山人十几年来始终不渝地坚守"大道行天下，和谐兴中华"的理念，弘扬老子精神，传承道法文明，将老子文化苑打造成为文化旅游的胜地。

与老子铜像相配套的还有老子生平故事墙，内容包括圣哲降生、孔子问礼、紫气东来、函谷著经、归隐景室等传说故事，以此启发教育人们学道、传德、读经。老子像下刻有"大道行天下"五个大字，每个字高 3.5 米，用 2.5 毫米紫铜锻造。

老子之道是宇宙之道、万物之道、人生之道；老子之道是中华民族哲学的主干，是人类赖以求索的主要精神财富之一。弘扬中华优秀传统文化中的老子文化，成为老君山人开发建设老君山风景区的光荣使命。

老子立像天台第一层直径 36 米，第二层 27 米，第三层 18 米，三层共 81 米，每层高 1 米，通高 3 米。三层圆坛象征三重天，取喻天坛三重，象征宇宙；也象征天道、地道和人道；又象征三界天，即欲界天、色界天、无色界天；又象征无极、太极、皇极或过去、现在、未来三时空。

老子立像天台第一层设置栏板 81 块，雕刻《道德经》中的警句和成语，中轴线老子像前书"道生一，一生二，二生三，三生万物"，背书"人法地，地法天，天法道，道法自然"，另有 40 条成语和 39 条警句，成语阳刻，警句阴刻。

老子立像天台第二层直径 27 米，设计 64 块栏板，因老子思想是以"道"为基础，雕刻历代 64 位书法名家的"道"字，如王羲之、赵孟頫、米芾等书法家书写的"道"字，"道"字为阳刻，高 27 厘米，每个道字释义，有一条含"道"字的四字成语组成，为阴刻，意为"一阴一阳为之道"。

从老子立像天台到一、二层台阶上的栏板，雕刻祥龙图案，主要表达：一是老子曾被李世民尊为"太上玄元皇帝"，明朝朱元璋封其为"混元皇帝"，龙是皇帝的象征；二是孔子拜谒老子时感叹老子"犹龙也！"而且有一种神龙见首不见尾的感觉，可见孔子对老子是何等的尊重。

老子铜像下面是刻有国内 82 位知名书法家撰写的《道德经》的道德墙。道德墙成为老子文化苑最引人注目的亮点。为了弘扬老子思想，传承道家文化，构建和谐社会，在老子文化苑建设过程中，由杨植森策划，特邀沈鹏、张海、苏士澍、孙晓云、宋华平、旭宇、何应辉、段成桂、聂成文、言恭达、吴善璋、陈洪武、毛国典、张建会、刘洪彪等著名书法家，书写老子的《道德经》，书法作品由名匠雕刻。

《道德经》书法墙长 81 米，高 4.8 米，融真、草、隶、篆、行书各体为一身，使老子思想与书法艺术、雕刻艺术融为一体，在国内实属首创。游人墨客，游览于此，驻足品赏，受益匪浅。这面《道德经》墙，作为老子文化的载体，有极高的艺术价值和历史价值，必将载入史册，流芳后世。

老子文化苑另一重要组成部分是老子养生园，它是老子养生之道理论和实践的推广之所。司马迁在《史记》说，老子百有六十余岁，或二百余岁。中国历代著名高道大德修炼有成后大都延年益寿。由此证明，修道养生可以长寿，才可能超越人的生命极限。

有道必有德，长寿必有道。养生先养德是老子养生理论的核心内容。老子养生园集中展示了老子养生的书籍和研究成果，目前已经成为中国长寿文化集大成之所在。

老子文化苑的崇玄馆区有七项景观，分别是金水桥、众妙门、得一门、上善池、钟楼、鼓楼和崇玄馆。在此简介一下钟楼、鼓楼与崇玄馆：

钟楼坐落在鼓楼左侧。盛世和谐钟采用铸铁定做，高 2.7 米，口径 1.85 米，重 4.5 吨。此钟由兽首形钮、云龙纹、铭文等组成，其正面雕刻"老君山和谐钟"六个大字，选用书圣王羲之的书法字体，钟上方由"尊道贵德，道气长存，道法自然，天人合一"四句铭文组成。

钟左侧面铭刻"和谐、和平、和美、和顺、和好、和睦、和解、和善、和气"十八字篆体铭文，表达老君山人追求社会和谐、世界和平、生活和美、关系和顺、邻里和好、家庭和睦、矛盾和解、与人和善、和气生财的美好愿望。

钟右侧面刻铭文八言，表达了世人对杨植森父子开发建设老君山、弘扬老子文化之高尚精神的褒奖：

老君山峰，伏牛奇景。

老子隐地，林藏仙踪。

杨森父子，传承文明。

新纪十年，文苑建成。

铜铸圣像，石雕经墙。

馆阙楼台，和合道场。

今铸此钟，祈福纳祥。

福音长鸣，万代昌盛。

钟楼正面阳刻"钟楼"两个字，左右两旁分别刻"钟灵毓秀，钟鼎山林"八个字。

老君山人间平安鼓坐落在老子文化苑钟鼓右侧。鼓面直径 3.03 米，鼓厚 1.2 米；中间为太极图，鼓两边楹联为"拜天下第一像，擂人间平安鼓"；正面阳刻"鼓楼"两个字，左右雕刻"鼓舞欢欣，鼓润风雨"。

崇玄馆主要展示老子画像及庄子、文子、列子、亢子画像与他们教化世人的名言等。

崇玄馆上方的门额"崇玄馆"三字，采用的是唐玄宗李隆基的书法，古朴大雅；崇玄馆的馆内有一尊老子雕像，高5.9米，宽4.8米，雕像的两侧和两侧的圆柱上，分别雕刻着由著名书法家李德西、赵焱森撰写的代表后人景仰老子的两副楹联；崇玄馆四周共有龙柱12根，每3根为一组，分别为云龙回首、云龙腾飞、云龙呈祥；崇玄馆大门两旁的石刻浮雕，表现的是有关老子归隐老君山讲经布道和济世救民的故事；崇玄馆四周的墙壁上，绘有老子八十一化图；墙壁后面是赵朴初先生题写的"道法自然"四字石雕，和中国道教协会原会长任法融题写的"道生一，一生二，二生三，三生万物""人法地，地法天，天法道，道法自然"的木雕。人们置身崇玄馆内，会触景生情，生发"念天地之悠悠"的感慨。

…………

纵观老子文化苑，林掩其幽，山壮其势，水秀其姿，体现了老子"人法地，地法天，天法道，道法自然"之境界。整个苑区，高屋建瓴，建设完美，可传千秋；大气磅礴，气象非凡，自成一统；其山水之和谐，文化之厚重，令人震撼，令人生敬。

第七节　华彩蝶变，世人铭记

古人云：不谋万世者，不足谋一时；不谋全局者，不足谋一域。

老君山的二次开发建设，在栾川、在河南乃至在中国旅游界，都是一个传奇。在地方经济发展大局和国家经济发展大局中，杨植森放弃了眼前利益，从一条"黑色"经济发展之路，跨越到"绿色"经济发展之路。

杨植森这条路走得波澜壮阔，大气磅礴。

旅游发展，规划先行。一张张图纸，绘就了老君山的宏伟蓝图。老君山人高起点规划，请有关单位编制了《河南老君山景区风景名胜区总体规划》《河南老君山景区提升全案策划》等系列规划，一个集祈福朝圣、道文化体验、山水休闲、度假养生于一体的中国道文化旅游度假聚集区逐渐揭开面纱。清华大学古建研究设计院编写的《老君山老君庙修建性详规》，为山顶庙宇群的深度开发指明了方向，老君庙、道德府、金殿、亮宝台、玉皇顶、钟鼓楼、南天门等十项工程的相继竣工，让山峰、索道、栈道、古树、溪流与老君山的庙宇道观相映成趣，相得益彰，让这座文化名山更加雄浑磅礴，光彩照人。

投资 1000 多万元，进行了七中路（七里坪至中天门）全长 17 公里的路面提升改造，并将道路两旁重新安装了安全防护栏，铺设了防腐木旅游路 7000 米；投资 2000 多万元，修建了灵官殿至寨沟全长 2.89 公里的灵寨公路和中灵隧洞；投资 5000 多万元，修建了方村至寨沟全长 4.5 公里的方寨路。

投资 9000 万元建设的老子文化苑，于 2010 年 5 月举行了开苑仪式。苑区包含老子铜圣像、《道德经》墙、三重太极和合广场、崇玄宫、阙门、钟鼓楼等 20 项建设工程，成了老子文化的重要载体。

投资 3000 多万元复建灵官殿工程；投资 1 亿多元用于方皮路至中灵索道、寨沟口至村部公路升级拓宽，用于景区绿化、供水、排污、拓展、演艺等基础服务设施配套项目的建设。

投资 1.47 亿元，建设了老君山金顶道观群项目，包括老君庙、道德府、金殿、亮宝台、玉皇顶、南天门、朝阳洞、大道院、会仙桥等十项工程以及配套设施，全部采用明清风格皇家宫殿式建筑风格。

老君山三条旅游索道、四条旅游悬空栈道的建设，是老君山开发建设的重点工程。

投资 1.2 亿元的中灵索道，于 2009 年 12 月 20 日正式建成并投入运营，它全长 2713 米，垂直落差 873 米，运行长度 2113.58 米，车厢容量为每厢 8 人，载客量每小时 1200 人，平均运行速度每秒 6 米，该索道全部采用奥地利进口设备，是目前世界上最先进的技术。

投资 6500 万元的峰林索道，2014 年 6 月动工，2015 年 4 月建成营运。峰林索道下站位于中天门，上站位于十里画屏，全长 1070 米，线路高差 209 米，共有 21 个吊厢，每个吊厢乘坐 8 人，最高运行速度每秒 5 米，每小时可运送游客 1500 人，三分多钟从中天门就可到达山顶。峰林索道安全与运营系统全部采用自动化控制，整体性能达到国内一流水平。

投资 1 亿多元修建了云景索道，从奥地利引进先进的技术和设备，2016 年元旦破土动工，2017 年 3 月建成投入使用。云景索道下起寨沟景区，上至老君山中天门，全长 3327 米，最高落差 927 米，运行速度最高为每秒 6 米，每小时可运载 2400 人，是世界最先进的单线循环吊厢式索道。

老君山景区投资 8000 多万元修建的舍身崖、穿云、步云、飞云四条悬空旅游栈道，总长 16100 多米，是目前国内最长的高空栈道。

舍身崖栈道，2008 年开工建设，从抱朴亭到观光索道站，全场 3000 余米，宽 1.5 米，另外建有玻璃观景台一处。

穿云栈道，2008 年 7 月动工，2010 年 7 月建成，从峰林索道上站出口，绕百草坪、一线天、千年枫树王到太白坡，这段栈道位于海拔 2200 米高的老君山顶悬崖峭壁之上，全长 7000 余米，宽 1.5 米，连接老君庙、朝阳洞等景点，成为中原地区第一高环山步道，并增加玻璃悬空平台两处，为游客观景提供最佳位置。这条栈道挑梁全部采用公称直径为 25mm 的三级钢，可承载 25 吨压力，确保游客安全。

飞云栈道，下起连心石，中到拴牛桩，2014 年初春开工修建，2015 年 4 月全部建成，全长 800 多米，宽 1.5 米。这条栈道的修建，极大地减少了游客前往十里画屏的步行距离，缩短了旅游时间，让游客可以近距离领略 800 里伏牛山主峰巍峨挺拔的雄奇景色。

步云栈道，起点弯腰石，终点马鬃岭，为二级悬空栈道，2011 年修建，2013 年完工。全长 8000 多米，宽 1.5 米，与原来的悬空栈道相连形成环线，不仅极大地节省了游客登山的体力，而且由此增加了景点 20 多处，提高了游客的观景质量。

除此之外，15 年的时间里，老君山风景区在老君山上还投巨资修建了 10

座新桥，建成了两条高压线路，修建了竹溪园水坝和多条引水管道，实施了大小绿化工程百余项，建起了污水处理系统、垃圾中转系统，建起了游客中心停车场、办公区停车场、追梦谷停车场、灵官殿停车场、中灵索道停车场。

…………

杨植森当年接手老君山时，曾经这样说："老君山开发建设要一年打基础，二年大发展，三年创品牌；老君山的开发建设必须尊重科学，坚持人性化、生态化并重的原则，要坚持'一流资源，一流建设，一流管理，一流服务'的发展方向，用高标准规划，高质量建设，为子孙后代留下一个经得起考验的精品景区，为栾川人民留下一座实实在在的绿水青山、金山银山，让老君山真正成为享誉中国和世界的'天下名山、道教圣山'。只有这样，才对得起栾川人民的信任。"

杨植森的儿子、老君山生态旅游开发有限公司董事长杨海波说："老君山景区的开发与建设，一定要用规划手段提升品位，要高起点规划，高水准建设，高效能管理，高质量服务，努力将老君山打造成为国内著名、世界知名的风景游览和文化旅游胜地。"

老杨总的奉献情怀，早已深深地感染着杨海波，让他成为父亲干事创业的追随者和支持者。

老君山游客中心、老子文化苑、三条索道、四条悬空旅游栈道、金顶道观群等重点项目的成功建设，使老君山风景区形成了"一轴两翼七大功能区"的大旅游格局。一轴，即游客中心至金顶的一条核心旅游中轴线；两翼，即寨沟和追梦谷；七大功能区分别是游客中心多功能服务区、老子文化苑文化体验区、中天门舍身崖游览区、金顶庙宇道观群朝圣区、十里画屏核心观光区、追梦谷原始生态探险区、寨沟养生休闲度假区。

十五年的时间，老君山景区面貌发生了翻天覆地的变化：伏牛山世界地质公园、国家级自然保护区、国家 5A 级旅游景区、国家级老子文化与生态旅游标准化示范单位、全国文明旅游先进单位、国家旅游服务最佳景区、河南省风景名胜区、河南省级文物保护单位，道家文化体验圣地，国内著名、国际知名的最佳旅游目的地，全国养生休闲度假区……

2017 年 8 月，为铭记老君山开发建设的伟业，褒奖杨植森老人的卓越贡献，中共栾川县委、县政府决定在老君山竖立老君山开发建设碑。碑文如下：

老君山建设记

老君山古号景室山，因道教始祖老子归隐修炼于此，故易名沿袭至今。公元二〇〇七年八月，中共栾川县委、栾川县人民政府审时度势，做出"工业反哺旅游"的决策部署，老君山人杨植森先生高瞻远瞩，集北山之财造福桑梓，汇南山之灵投身旅游，整合林场，改制成立河南省老君山文旅集团。运营伊始，聘上海同济城市规划设计院编制《老君山风景名胜区总体规划》，并经河南省人民政府批准实施。依规划、斥巨资、招贤士、纳高见、聚群英、建精品，使宏伟工程业峻鸿绩，震古烁今。七淋、方寨公路宽畅便捷；穿云、步云、飞云悬空栈道绝壁览胜；中灵、峰林、云景索道舒适安全；灵官殿、金顶道观群巍峨壮观；道学广场、老子文化苑文脉厚重；老子铜像、道德经墙举世瞩目。历时十载，创出了"超越时代，跨越巅峰"的老君山速度，践行了业界认可的"高层决策，业务细化，区域管理，责任到人"的管理模式，塑造了"峰林仙境、天界五宫"的品牌形象。目前，已形成了以老君山为轴线，以寨沟、追梦谷为两翼的游客中心服务区，老子文化体验区，舍身崖观赏区，十里画屏精品区，金顶道观朝圣区，追梦谷生态探险区，寨沟休闲度假区等游览区域，并获得伏牛山世界地质公园、国家 5A 级旅游景区、国家级自然保护区、国家级老子文化与生态旅游标准化示范单位、全国文明旅游先进单位、省级风景名胜区、省级文物保护单位等殊荣，已成为国内著名、国际知名的最佳旅游目的地。道教文化体验圣地。

值河南省老君山开发建设十周年之际，谨立斯碑以为纪念，铭昭后世，期完善发展；锦绣仙境，迎八方来客；文化播衍，传道德文脉，以延千年之繁荣，传万世之福祉。

中共栾川县委

栾川县人民政府

立

公元二〇一七年八月二十三日

老杨总在接受采访时，深有感慨地说："老君山十五年来的开发建设，每一项工程从奠基到竣工，每一项重大事项的完成，无不体现着它的神奇与天意。十多年的发展历程，离不开政府政策支持和社会各界的共同配合；十多年的业绩与辉煌，无不渗透着老君山人及家属的关心与关爱、支持与奉献；十多年的开发建设，精心打造，将近二十个亿的资金投入，成就了老君山从文化建设到硬件设施建设的极大提升，打造成功了'一轴两翼七个游览区域'的一流景区。"

他说："景区从当初年收入不到 30 万元，发展到今天的年收入 3 亿多元的栾川龙头景区；从改制之初的负债累累、困难重重，到如今的蓬勃发展、跨越发展，老君山人 15 年来不怕艰险，团结奋斗，厚积薄发，大有作为，没有辜负栾川人民的期望，用实际行动，实实在在践行着习近平总书记'绿水青山就是金山银山'这一至理名言和重要论断。"

老杨总绝对称得上是一个高瞻远瞩的人，一个有责任担当的人。

他说："旅游行业的发展之路永无止境，老君山今后的发展，还要面临更多的困难和考验，还有更高的目标需要追求和跨越，还需要社会各界和全国游客的支持爱护。15 年来，老君山人磨砺了自己，拥有了一种永不言败、永不厌战、敢打敢拼、敢攀高峰的奋斗精神。老君山未来的路还很长远，老君山人将一如既往，时刻不忘栾川三十多万人民的信任与重托，不负自己的责任使命，将会继续追求卓越，阔步向前，真正把老君山建设成国际知名、国内著名的一流风景区，真正造福于栾川人民及子孙万代。"

杨植森这样一位老人，他的创造与奉献情怀和精神，怎能不让老君山人敬重？怎能不赢得栾川人的敬重？

第五章

一轴两翼，山水有灵藏雄奇

老君山，天下名山

道教圣地，山景雄奇、生态完美

老君山

第一节　雄浑壮阔，天地大美

十五年来，老君山人在开发旅游资源中，特别注重伏牛山生态系统的完整性、生物多样性和地质构造的独特性及老子文化的唯一性，倾力打造"华夏绿色心脏，世界地质奇观"的雄浑壮阔的主题形象；他们以自然山水作基础，以老子文化为灵魂，打造"文化+山水"的旅游景区，正在一步一步将老君山打造成真正的"天下名山，道教圣山"。

地质景观资源

老君山作为伏牛山主峰，是伏牛山世界地质公园核心园区，被中国地质科学院原院长赵逊先生称为"迄今为止世界范围内发现的规模最大的花岗岩峰林奇观"。

老君山花岗岩地貌，堪称秦岭造山带的景观标志。其岩体处于栾川斜向汇聚构造带的顶端，强大的构造力迫使岩体呈"锯片状"向南推覆。2300万年以来，新构造运动所遗留下来的构造岩片、推覆前沿形成蠕动的重力滑脱型峰林景观带（马鬃岭）等，成为解读中国大陆地质演化历史不可多得的史籍档案。

老君山地貌特有的"异趣、刚劲、峥嵘"的新构造运动的印记，可被称为花岗岩地貌的代表。大陆造山运动所形成的老君山巍峨雄伟、拔地通天、气势磅礴与峭壁悬崖交相辉映，其地形之险峻、景观之奇特，构造出大地地貌一幅幅波澜壮阔的场景。

自然生态资源

老君山自然生态资源种类多样，数量丰富，分布广泛，特别是石林花岗岩峰林地貌景观，是游览区自然生态资源的代表。各类资源在空间地域配置较好，山下、山间和山上各个不同的区域内有相对不同的资源，是搭配较佳的旅游产品。

从整体上看，老君山自然风景资源呈现一种面状与线状相结合的分布，其特征主要是独特的花岗岩峰林地貌，构成山地石林奇观；瀑布、跌水、溪流、水潭等水系景观丰富多样；以千年古枫林为突出代表，具有幽雅的森林景观特点。

老君山具有世界一流的山、林、水等自然生态资源。一是老君山作为伏牛山主峰，其地质景观是世界一流资源，是"迄今为止世界范围内发现的规模最大的花岗岩峰林奇观"；二是追梦谷、十里画屏的峰林、奇石、森林、潭瀑景观，堪与张家界媲美，是世界一流的山岳景观；三是完好的森林生态系统是老君山的宝贵财富；四是水资源丰富，老君山为伊河发源地，溪流山涧，瀑落深潭。山、峰、林、水共同构成了老君山壮美的山水长卷。

人文景观资源

老君山相传乃老子归隐修炼之地，北魏时在山顶建老君庙。老君庙为省级文物保护单位，素有"南有金顶武当山，北有铁顶老君山"之称。在原有6处古建庙宇中，复修老君庙、救苦殿、灵官殿等4处，另外新建13处。这些庙宇文化建筑中，经专家组评审，特级4处，一级5处，二级4处，三级2处，四级2处。

老君山有金碧辉煌的道教建筑群，有深厚的老子文化，这些成为老君山在全国旅游界的核心竞争力。连续在洛阳和老君山举行的老子文化论坛，在大力弘扬老子文化的同时，也为老君山景区带来了巨大的影响力。

老君山的文物是人文资源的重要组成部分，特别是铁铸文物，被专家认定具有较高的文物研究价值。这些文物，充分说明了老君山在历代皇帝心目中的地位和在全国道教名山中的知名度，为老君山文化旅游增加了厚重的内涵。

国内的专家、学者到老君山考证后得出结论，"老君山是道家学派的创始人老子的归隐和仙逝之地"，凸显了栾川老君山在国内"老君山"品牌中的独特性。山顶道观历史悠久，道教文化源远流长。著名作家贾平凹赞誉老君山：老君山成千年香火，《道德经》为万世咏诵。自北魏至今兴建不断的山顶道教建筑群，成为寻根的心灵故乡。

第二节　追梦谷中，风景如画

老君山追梦谷原本是一条人迹罕至的大峡谷。

传说老子就是从追梦谷上至老君山山顶，归隐修道，成为千古圣哲、道教始祖；传说明太子朱慈烺隐居老君山时，常到这里寻幽追梦，并从这里上山朝拜道教始祖老子。

追梦谷原名龙君河，总长9公里，奇峰壁立，谷险潭幽，烟波浩渺，瀑布斜飞，景景相连，被称为"中原峡谷，十里画廊"。在此向读者诸君概述其主要景点。

祈福桥（又名啸龙桥）。此桥材质为汉白玉，传说在此桥可以听到龙啸的声音。在此桥祈福，传说可圆心愿。祈福桥是一个很有诗意的地方，在这里，能感受到"小桥流水人家"。

老龙窝和黑龙潭。老龙窝在老君山非常有名。在峡谷中，有深潭叠瀑9处，潭瀑相接，飞珠溅玉极其壮观。潭壁上黑白相间的龙马图，栩栩如生，鬼斧神工。传说老龙窝最早是个大深潭，潭中藏有黑龙，经常变成人形祸害附近百姓，要求村民敬献食物，更甚者还要人们每年献给它一位新娘，否则闹得百姓不得安生。

当年太上老君路过此地，村民们纷纷诉苦。老君闻言大怒，便施展法术制服了黑龙，救出了被黑龙隐藏的姑娘。老君命令白龙留潭护法，黑龙闭门思过。渐渐地，这两条龙被老君感化，还做出了很多善事，造福一方百姓。从此，老君便放心地让它们守卫这座大山，这也就是黑龙潭的来历。

龙吟阁。龙吟阁坐落于半山腰处，势如空中楼阁。

太子洞。有文记载，明末农民起义军攻占北京，明亡，明太子朱慈烺被李自成挟持西行。途中，慈烺乘隙逃遁栾川，后移居老君山脚下。如今在老君山下有这样几个地方：十方院，是他当年居住的地方；朝阳宫，是他会见大臣的地方；太子坟，是他死后安葬的地方；太子洞，是他来老君山时休息的地方。

天外来客。一块重约百吨的光滑圆石卡在白龙瀑之上，任凭水冲雨淋，岿然不动。无棱无角，与世无争，体现了老子的思想。

摩崖石刻。溪水对面崖壁上刻着著名书法家胡秋萍女士游览追梦谷后所写的一首诗："豪雨荡胸襟，仙槎何处寻？林皆添秀色，溪谷奏清音。踏石人烟远，看云梦境深。苍茫天地意，与我共沉吟。"

野趣苑。追梦谷中有一片松林，为20世纪70年代人工栽植。此林原是密不透风的杂木林，20世纪50年代被全部砍光，后来又栽植了松树。过去这里野猪成群，当地群众称此地为野猪林。松树上流出的松脂如玫瑰花朵，晶莹透亮。文坛大师林从龙有诗赞曰："未闻松树也开花，今见含苞待放葩。造物有情施巧术，千红万紫饰中华。"

卧龙桥。此桥是一座汉白玉石拱桥，在青山绿水间格外醒目。

神龟。从碧玉潭往东边看，山顶密林深处，隐约可见一块巨石，像一只巨大的龟在对天长叹，此石名曰神龟。

独尊石。峡谷之中有一个大石头卧立中央，这块巨石周长 38 米，高 12 米，重约 36000 吨，号称老君山第一石，取意老子天下第一。相传老子初到山上正是三伏天气，风雨无常。当他骑青牛到时，天已擦黑，人困牛乏。正想歇息，天又下起了暴雨，趁雷电之光，老子发现有一块巨石可挡风寒，就靠在石头上默默无声。忽一声炸雷轰顶，身后居然出现了一条可容 10 余人的大石缝，老子掐指一算知是天神相助，对天作揖安然进洞。第二天，老子一觉醒来，发现自己躺在一块平平的石板上。石板前的两棵大柳树连根被洪水冲倒，水从石板前流过，衣服连一点儿水汽也不沾。老子心里明白，于是又骑着青牛继续上山。

千年玉兰树（也叫望春木兰，也就是玉兰）。此树完全长在石头上，已有千年历史，俗称看山老。玉兰的花朵硕大，其花高雅莹洁，花香似兰，花形可爱，甚是美丽。春来盛开之时，玉兰满树洁白如雪，清香怡人。

双狮桥。两大块天然石头相对而卧形成的天然石桥。两块巨石像两只决斗的雄狮。传说，两只雄狮是元始天尊送给老子的坐骑。一天，老子得知上山进香的人被洪水围困，即命狮子拱桥相助。狮子后来变成了石头，自然而然也就有了这座石桥。

老君瀑。站在铁栈道上，可见名冠中原的老君瀑。落差 152 米，分 5 叠而下，远观近瞧，大有"飞流直下三千尺，疑是银河落九天"的美感。此瀑从天而降，水质甘甜，如琼浆玉液。在追梦谷中，这样大小不同的瀑布景观达 29 处之多，被誉为"中原奇观"。

老君瀑又被称为道源瀑，上半部隐蔽在石峡中，在谷底很难看见。由于水流的冲击，瀑布之上又形成两个深潭，看其形状一个像酒瓮子，一个像瓶子。传说这追梦谷的水都是从这两个宝物中流出来的，那是天宫的神仙送给老子的寿礼。

　　走过老君瀑，可入追梦谷尽头的原始森林。此处山高林密，飞鸟云集，时而会有松鼠等动物，从林中一闪而过；此处草木葱茏，空气清新，阳光斑驳，溪水潺潺。于清风之中，立山石之上，游客回望追梦谷，风景如画，真乃人间仙境也！

第三节　峰林仙境，十里画屏

十里画屏，又称老君山石林，属花岗岩峰林地貌景观。在近千亩的范围之内，沿途景观星罗棋布，形成了步移景异的神奇景象。独特的地质构造也形成了这一片花岗岩峰林"远眺成林，近观成峰"的罕见奇观，被人们形象地称为"扩大的盆景，缩小的仙境"，有"三十六峰、七十二景"之说。

老君山花岗岩是由"斑状黑云母二长花岗岩"组成，不同于常见的那些花岗岩表面光滑，难存植被，而是刀劈斧削，植被茂盛，所以看上去更加雄伟壮观、挺拔秀丽。

仙境隧道。十里画屏景色绝佳，如临仙境，此隧道被命名为仙境隧道。

千年枫王。树龄已有千年，生长在峰林当中，常年吸收灵气，使其成为老君山中最大的一棵枫树，所以享有"枫王"的美誉。

天门开阖。坚硬的花岗岩在风化过程中垂直延伸所形成的地质奇观，被命名为天门开阖，不宽不窄正好可容一人通过。

老子传经石。巨石上有两块突起的石块，前面的犹如人形，手捧着《道德经》正在讲经，后面小的石块正是老子的坐骑青牛，这是十里画屏景区著名的老子传经石。传说当年老子过函谷关，写下《道德经》之后，就骑青牛上老君山归隐，见此处祥云缠绕，如世外桃源一般，于是便决定每天在此讲经。

独秀峰。站在穿云栈道上望去，独秀峰好似笔直插入青天的利剑。每当云雾乍起的时候，独秀峰像是个身材魁梧的神将，披着战袍，腾云驾雾而来，像是在保卫老君山的安宁。

看山佬。左侧的石峰中有一独立的小石，犹如一位侧身站立的老者。更为绝妙的，在老者的手部还生长着一棵小树，看起来如同老者所持的手杖，这位老者坚定地驻足在此处，仿佛在观赏着身旁的无限美景。

鸾凤和鸣。这里有3座石峰巧妙地组合成了一只鸾鸟的形状。鸾鸟是中国古代传说中的神鸟，据传其形似凤凰，因生长在古时候的鸾州（今栾川县）而得名，是吉祥如意的象征。

八戒访仙。面前的崖壁上，看似八戒的侧身，看上去栩栩如生，耳朵、鼻子以及凸起的大肚皮无不惟妙惟肖，让人忍俊不禁。

伴仙界。相传老君在得道成仙之后，一日在兜率宫中闲暇无事，心血来潮，回到老君山，俯首下望，见下方奇峰林立、云雾缭绕，连连称赞"真乃人间仙境也"。游客身处峰林之中，踩在云端之上，一览众山小，好似在与神仙同行。

仙姑迎客。眼前的整座崖壁形似一位体态婀娜的仙女，而她的脚下即是穿云栈道。只见这位仙女微微低头，仿佛在欢迎尊贵的客人。

太极迷宫。太极是中国文化史上的一个重要概念。《易传》中说："易有太极，是生两仪。两仪生四象，四象生八卦。"此处的栈道沿山峰一周，形成了如太极图般的环形栈道。游客步入此处往往会迷路，这一奇特的景观便被命名为太极迷宫。

老子悟道峰。这组景观为十里画屏的标志性景观。陡峭的石峰顶端有一棵灌木类植物，就如同老子头上略显凌乱的发髻；石壁的左侧突起的不规则石块，恰似老子微微隆起的额头；顺势而下就是他高挺的鼻梁和一张正在传经的嘴巴。更为巧妙的是在石峰的低处，倒长着一棵植物，就像他随风轻飘的银须一样，象征着他永不枯竭的智慧。

天王观海。此处名为将军峰，一改其他诸峰峻拔秀美的姿态，而是显得庄严神圣。传说这位将军是托塔李天王，他笔直地坐在山峰之上，眺望远方，不分昼夜，不畏寒暑，忠诚地守护着这片仙境，此处名为天王观海。

云海。午夜或是早晨，当人们在高山之巅俯首云层时，看到的是漫无边际的云，如临于大海之滨，波涛汹涌。眼前一朵朵雪白的云团像海浪一样在空中翻滚着。没有大海惊天动地的呼啸，有的只是云海的浩瀚与壮观。往云下看，原本一座座小山都隐藏在云海下面，只有几个海拔较高的山顶冲破云海，露出个山尖。青青的山、白白的雾、漫天的云朵，构成一幅奇特的千变万化的云海大观。走一路，观一路，云海一直呈现在眼前，真是云在山顶过，人在云中行。

巨龙巡山。位于将军峰服务区的观景台，依山就势而建，设计新颖。站在这里往南看，远处山峰曲折蜿蜒，如一条巨龙在此盘旋，所以被命名为巨龙巡山。

空灵清虚。淡泊是一种古老的道家思想，老子曾说"恬淡为上，胜而不美"。恬淡能帮助人们在现实的繁杂中虚无空净，能使人们的心恢复平和宁静，此处为天然形成的空灵清虚。

千丈崖。行走在栈道之上，凭栏而望，下方视野极为开阔，使人心情也为之振奋。

观音赏曲。前方山峰上有一个独立的小石峰，形似一尊庄严娴静的观音菩萨，只见她双目微闭，仿佛正在聆听美妙的旋律。

天蓬求道。一块巨石酷似《西游记》里憨态可掬的二师兄天蓬元帅。他正支起耳朵，集中精神听老君讲道。

太白坡。因此坡上长满了太白杜鹃而得名。杜鹃也叫映山红，是我国的十大名花之一。太白杜鹃，花色淡粉红色或近白色，花期每年 5~6 月。

分水岭。栾川与南阳的分界岭，更是长江、黄河水系的分水岭。

马鬃岭。此处为八百里伏牛山之主峰，也是最高峰的位置所在，海拔 2217 米，是观赏老君山自然风光的最佳处。登临山顶，远近山峰皆在脚下，一览众山小。马鬃岭所在的位置有两座山峰，前面的一座山峰就像一匹马的头，而脚下的山峰则犹如马背，因为马背上生长着许多的太白杜鹃及箭竹，看起来犹如马鬃一样，因此得名为马鬃岭。

无为亭。亭上雕刻有汪国真先生的诗歌名句：没有比脚更长的路，没有比人更高的山。

观海亭。为老君山观云海的最佳去处。亭上对联：西瞻秦岭东望龙门百里平川堪跃马，南极武当北收熊耳群峰胜景似伏牛。匾额：观海。对联由陈亮先生撰拟，由蒋兆武先生书写。

雾凇和日出日落。十里画屏的雾凇，大多出现在冬日。老君山的雾凇，是中原大地的一道奇观。老君山的日出日落，光芒万丈，云蒸霞蔚，变幻莫测，动人魂魄，每年都吸引着众多游客登临观赏，更吸引着众多摄影家，留下无数美好难忘的画面和记忆。

十里画屏，神奇壮观，乃大自然之馈赠。沿盘山栈道，盘桓登高，可赏蓝天白云，可望飞鸟凌空，可品森林氧吧，可见峰林之鬼斧神工，真天造地设的人间奇境。

第四节　中天门处，舍身崖上

舍身崖游览区主要包括舍身崖、玻璃观景台、舍身洞、中天门、飞来石、连心石、飞来峰、朝圣峰、老子骑牛石像等景点，以及传经楼、救苦殿、菩萨殿等道教庙宇，是道教文化遗存和自然景观和谐共存的地方。

舍身崖。传说，古时山下石家有一个叫春女的孝媳，她的公公、婆婆身染重疾，久治不愈，听说老君灵验，便登山拜老君求医。在向老君祈祷的过程中，孝媳许愿说只要双亲病愈，愿舍去自己的性命来报答神灵。果然，当返回家中时，公公、婆婆都已康复，且已下地干活。于是，春女还愿来到山上，毫不犹豫地从此处跳下深渊。石老汉夫妇见天黑了儿媳妇还没有回来，便四处打听，后来有人说见她上山了，于是夫妇俩就请了10余个小伙上山寻找，在舍身崖的山谷下边找到了儿媳妇的尸体。用木匣往回抬时，越抬越沉，好不容易抬到家门口，却看见春女容光焕发，端着热茶从屋里走出来，吓得小伙子们撂下匣子就跑了。

此事一传十，十传百，都说石家出鬼了，围观的人很多。这时候一个白眉毛、白胡子的老道士，来到当院对村民们说："此家有孝媳，精诚感天地，黄金赐千两，增寿七十七。"说罢，拂尘一扬，木匣自开，黄亮亮的黄金滚了出来，老道化作一缕青烟不见了。这时围观的人才明白过来，原来是老君显灵。后人为了纪念春女的孝道，就将此处命名为"舍身崖"。关于舍身崖的故事，在本地还有其他动人的传说……

八卦玻璃观景台。此处的玻璃观景台为河南省第一个悬空玻璃观景台。站在观景台上，向西边看，自西向东排列3座山：华室山、中鼎山、景室山。伏牛三鼎，雄伟挺拔。

中鼎山海拔2052米，山顶上可以看到一个透亮的山洞，实际上是崖石形成的一个门状石孔。下面有一堆巨石，当地老百姓叫它乱中鼎。在它的周围，柱状石峰林立，有高有低，上面有苍松叠翠，苔藓挂绿，有极高的观赏价值。再远一点的山峰叫华室山，俗称娘娘垛，海拔2072米，有20多座山峰并排林立，上面石松倒挂，气势非凡。最近的山峰，就是景室山，就是今天的老君山，海拔2217米，山顶之上建有金碧辉煌的金顶道教庙宇群。

舍身洞。舍身洞吊在悬崖峭壁上，为天然造化岩洞。洞内十分宽敞，好像一个大厅。在离洞口三分之二处的中央，矗立着一块1米多高的碑，上刻"舍身洞府"四字。碑前有一石桌，石桌上摆着香炉，缕缕香烟袅袅上升。在碑身后有一缸口大的小洞，仅容一人爬过。钻出小洞，微风拂面，顿觉心旷神怡。一块大约2平方米的平台，坐落在万丈悬崖上。仰望云际，一线天开；俯视脚下，如临深渊。这个洞还有更吸引人的地方，人称"一洞五天"。置身洞中，不仅可以看到钻天洞、舍身洞等5个洞外的蓝天，而且可以看到栾川县城的远景。最为奇妙的是，如果屏息静听，还可以听到舍身洞呜咽的山风，好像为舍生取义的孝妇鸣叫不平；可以听到对面中鼎山传来的松涛怒吼，好似阵阵虎啸雷鸣。

老子骑牛石雕。位于中天门。老子骑牛石雕是根据司马迁《史记》当中对老子的描述而作，在河北曲阳，用青石雕刻而成。像高3.8米，长4.5米，重18吨。因为老子得道成仙了，所以他骑的青牛也是神牛，是有灵性的，因此在这里流传着一句话：摸摸青牛头，一辈子不发愁；摸摸青牛颈，一辈子不生病；从头摸到尾，一辈子不后悔。

中天门。此地海拔1866米，从山下到山顶，从山顶到山下，有云景索道和枫林索道两条索道，此为中转之处，必经之处。无论乘坐索道还是步行上山下山，游客都要途经中天门。中天门处有上下两联，上联"老君山山君老山老君不老"，由文化名人屈金星先生所撰写，由著名诗人汪国真先生书写；下联"玄门道道门玄道玄门亦玄"，为楹联爱好者应征汪国真先生的上联所撰写。

飞来石。每年的三月三，王母娘娘都要开一次蟠桃会。有一年盛会结束，各路神仙在向王母娘娘祝寿的时候，有一只调皮的猴子跑到供桌旁，偷了一个桃子，抱着就跑。不幸的是，被王母娘娘身边的一个仙女发现了，她就顺手捡了一块石头向猴子打过去，而这块石头正好落在了老君山上，构成了老君山小巧玲珑的飞来石一景。

摞摞石。因数石相摞而得名。当地民间传说，远古时太上老君骑青牛驾彩云神游天下，行至景室山，见山清水秀，急忙落下云头，不料坐骑用力过猛，一脚把崖头踩塌，巨石纷纷滚落下山，山崩地裂，惊动了玉皇大帝。玉帝掐指一算："石破天惊，道德天尊驾临景室，乃人间幸事。"言毕拨开云雾，一道金光直射，滚动的石头落回原处。

飞来峰。老君山在这里借用"飞来峰"这一专业术语，用来描述发生于老君山花岗岩体内部的推覆构造现象。

朝圣峰。群峰伏首，拜老君山，所有的山峰都朝向老君庙的方向，人称朝圣峰。

仙人观云海。山峰半山腰有一块风化石，酷似一位头戴唐代帽子和身着唐代披风的大诗人，传说那是老君爷的使者，迎来送往，有文人雅士称其为老君山仙人观云海。

"福禄寿喜财"石雕路。在中天门到金顶道观群的步行道上，分别用石雕刻"福、禄、寿、喜、财"五个字。修建了五条上山的道路，寓意行走此路，可得福、得禄、添寿、添喜、添财。五条寓意美好的路：天官路（福），"走过天官路，福星来保佑"；子房路（禄），"走过子房路，平步青云出"；彭祖路（寿），"走过彭祖路，高寿如彭祖"；伯鸾路（喜），"走过伯鸾路，恩爱到白头"；范公路（财），"走过范公路，财运鸿如牛"。

第五节　寨沟山水，自然天成

　　寨沟景区位于老君山东峰峡谷内，碧波荡漾的胜天湖，翠竹古藤、洞天神瀑水连天的洞天河，奇峰异石、七潭八瀑、原始森林的登天峡，古老沧桑的梨花寨，山、水、洞、涧、林、瀑兼而有之，呈现出秀、险、峻、奇、幽特色。

　　寨沟因唐朝名将樊梨花当年在此安营扎寨而得名。传说樊梨花是薛仁贵的儿媳妇，她和老公薛丁山怄气，一气之下离开京都长安，来到张士贵（薛仁贵的伯乐）的老家寨沟一带筑寨练兵。在这里，游客不仅可以看到大面积的翠竹林园，还有参天的原始森林；不仅可以欣赏到淙淙溪流，更能领略到条条高山瀑布带来的心灵震撼。寨沟景区又分为洞天河景区和登天峡景区两部分。

洞天河景区

　　洞天河。这里自上而下有 8 条高低落差不同的瀑布，其中一条瀑布落差高

达 98 米，瀑布水在悬崖上的流程达 120 米。瀑布顶端好像一个布袋口，水从布袋口处一泻而下，上看只见一个洞，故名"洞天瀑"。洞天瀑流经的这条河就叫"洞天河"。

竹园。传说西王母遥看人间时，先是发现了重渡沟，撒了竹叶一把，后来，又看见寨沟，但别的东西往下撒。七仙女急中生智，说："把您这壶竹叶茶倒下去吧。"西王母一听有理，就把刚沏好的一壶竹叶茶"呼啦"一声倒在了寨沟的上空。从此，一片片被开水泡过的竹叶发了芽，寨沟也就有了一片连一片密密麻麻的大竹园。

御竹林。据说，樊梨花离开寨沟返回朝廷的第二天，唐太宗李世民去看望她，她取出寨沟的竹叶沏了一壶茶。李世民一口喝下，龙颜大悦，问樊梨花："这茶叶你带了多少？我让满朝文武天天品尝！"李世民一听这茶叶供不应求，就告诉樊梨花："你回寨沟代朕传旨，我让那里的竹子一出生就长大，年年岁岁贡竹茶！"樊梨花回到寨沟后不敢怠慢，马上宣读了圣旨。从此，这里的竹子天生就这么粗大。

梨花浴。据当地山民传说，樊梨花练兵乏累之后，常和她的小姑子薛金莲在这里洗澡。石头上的坑，就是她们脚蹬的时间长了留下的。

同心潭。上古时期，天下到处发洪水，寨沟也不例外，洪水冲毁房屋，冲毁粮田。有五兄弟先是跟着大禹治水成功后回到家乡，见这里的洪水仍在泛滥，弟兄五个就不顾父母和乡亲们的劝阻，一起跳进河中，抱成一团，终于阻止了洪水，保住了河水下游的家园。五兄弟化成石头，永远地留在河中间。后人就把这个地方叫"同心潭"。

文峰瀑。据传说，一日，道家始祖李耳在老君山上写《道德经》，只剩下最后两句不能成文，心烦意乱，于是就独自一人下山去寻找灵感。途经文峰瀑这里，心中豁然开朗，老子即兴写出"天之道，利而不害；圣人之道，为而不争"。写完之后，老子如释重负，将毛笔"唰"的一声掷进水里，就此封笔。这正是"朱笔入水功在千秋，文峰插天警世醒民"。

龟蛇镇。传说有一年寨沟大旱，百日无雨，只有这里还剩下从东海流出的一股水。一天早上，一只乌龟抢先来到这里，不料刚刚把头扎进去，却被一条水蛇赶了出来，于是二者便厮打了起来，蛇缠住龟，龟咬住蛇，难解难分。这一闹惊醒了东海龙王，他抄起定海神针，一针将这龟蛇分开，并用一块大石将龟压住，又将水蛇定在大石之上，命令它们看好这个海口，谁也不准闹事。从此，这个潭中风平浪静。

水跳峡。水从高处大石上流下来，落在这狭长的石河中。曲曲弯弯，水遇石头又飞起朵朵浪花。和飞流直下的瀑布相比，这水石相戏，一动一静，另有一番诗情画意，故名"水跳峡"。

梨姑庙。梨姑庙建在"梨花卧"，即樊梨花休息的地方。传说樊梨花在寨上率三军习武练兵，同时还调动兵力，帮老百姓开荒种地。对于欺辱妇女的人，将其抓到军营进行惩罚。因此，寨沟人世世代代忘不了她。据说，樊梨花离开寨沟时，山民们都到路旁送她。她走后，山民们就在山头建了一个小庙，供奉她。每逢樊梨花的生日六月初八，这里香客如云，青烟缭绕。

试剑瀑。话说樊梨花对薛丁山以身相许，哪料新婚之夜无端遭到薛丁山的猜疑与辱骂，一片痴情化为泡影。西凉回不去，唐营待不成，樊梨花只得当夜愤然走出洞房，带领兵丁来到这大山之中，安营扎寨。一日，她巡山查营来到这峡谷之中，见这里横着一面石壁很难攀登，就抽出自己的七星宝剑，对护兵说："我这宝剑三年都没有用了，不知道它还利不利。"说罢，就在这块石头上"噌噌"磨了两下，然后举剑向崖上刺去，只见一道火光迸起，石崖被剖腹开膛。接着，她又在正中斜刺一剑，划出了一条路径。樊梨花顺着这里爬了上去，沟里的水在她身后从崖上斜流了下来。这就是这条瀑布与其他瀑布形态不一样的由来。

滴水崖。水从游客头顶的悬崖上流下来，因为落差太大，水珠砸在人身上，给人有点儿酥麻的感觉。有人赞曰：滴水崖，滴水崖，滴滴水珠身上砸。除去热汗精神爽，洗去忧愁乐哈哈。年少走过精力壮，年老走过无白发。

洞天水府。位于洞天瀑的上部，上面像个井口，两块岩石中间不足 2 米。据地质专家讲，经过亿万年水流的冲刷，形成了洞天水府今天这个样子。

登天峡景区

在寨沟游览区中，登天峡景区最为惊险刺激。登天峡的全程游线是不规则的环形旅游步道，其中有风格独特的木、石、铁栈道，有天梯蜀道，有低首侧身的石狭缝通道、软绵如毯的森林便道，更有跨河越溪的座座木桥。

登天峡的最高处海拔为 1890 米。其主要景点有仙鹰石、银汉瀑、修仙谷、鹿鸣坡、野猪林、飞龙瀑、蛇首峰、腾龙壁、龟望瀑、龙王洞、娘娘龛等 50 多个。

仙鹰石。它是寨沟风景区中最大的一块独立石，是登天峡的镇山之宝。在这个石头上面立着的那块巨石，很像一只巨大的老鹰。传说，太白金星经常邀请太上老君到这里游玩。为了保证这里有一个安静的环境，他就派天上的一只仙鹰到这里巡逻、放哨。这只仙鹰常年盘旋在登天峡的上空，巡视着这里发生的一切，累了就卧在这大石上，忠心耿耿地守望着登天峡和腾龙峪的门户。后来太白金星返回天庭时，竟忘了将仙鹰带回，仙鹰就化为这块仙鹰石了。

仙竹园。传说这是太上老君邀太白金星下棋的地方。中间的一块平石就是当年他们所摆的棋盘。棋盘两边的两块石头，分别是太白金星和太上老君的座椅。这前前后后左左右右的大石，都是太白金星和太上老君的"保安"，它们挡着风，遮着雨，挡着水，保护二仙人在这里专心致志地下棋。因此，世人就把这个大竹园叫仙竹园。

中原第一奇瀑。登天峡从上而下有八瀑七潭。中原第一奇瀑，总高度为138余米，雄伟壮观。

铁梯。铁梯共有999个台阶，是登上登天峡悬崖峭壁的唯一通道，也是中原地区规模较大的天梯蜀道。

闭月潭。玉镜潭下面的潭叫闭月潭。传说玉帝有七个女儿，个个非常漂亮，其中尤以七仙女最为漂亮。此处是七仙女经常洗脸梳妆的地方。闭月是闭月羞花的意思，形容七仙女长得确实漂亮。

无欲壁。悬崖上刻有三个红色大字"无欲壁"。无欲壁左上侧的山峰，整体看上去像只巨大的乌龟，它尾朝西，头朝东，尤其是那头、眼、脖子、脸以及背上龟纹都十分像。

天遗石。传说女娲用七彩石补天时，多余的这一块从天上掉了下来，恰恰落在这里。它是块仙石。《红楼梦》中"无才可去补苍天，枉入红尘若许年"的石头，说的就是这块石头。还有人传说，这天遗石下面的深潭水，是神水，过路人在此洗洗脸，有护肤美颜的作用。

银汉瀑。它是登天峡最高的瀑布，高78米。传说太白金星和太上老君来到这里，浑身大汗淋漓，都想洗个澡，可是眼前只有一个小水池，根本淹不住肚脐。太上老君自言自语地说："要是有股大水流到这池里，准能逍遥自在地洗个痛快。"正说话间，只听天上一声哈哈大笑："二位仙弟，我来帮助您！"说时迟，那时快，一股大水就从这悬崖峭壁上流了下来。二仙抬头一看，原来是托塔李天王把天上的银河扒了一个口子。从此，这里也就有了这条瀑布。二位仙人站在这水池里，头顶飞流，洗了个痛痛快快。因此，后人给此潭取名"银汉瀑"。

洗心池。银汉瀑的上部，有个潭叫"洗心池"。如果在这个池中洗一把脸，既清爽又凉快，就等于把灵魂净化了一次。

春心潭。它很像人的心脏在跳动。古往今来，不管再寒冷的冬季，登天峡其他的潭都结了冰，而这个潭不但不结冰，还大冒热气。据说，这还是观世音菩萨办的好事。天上的仙女们，都想下界洗洗人间澡，于是就找到了这个处在山顶、四周有石壁包围的清潭。观音封它永远不结冰，供仙女们一年四季使用。后人给这个潭取名"春心潭"。其实这个潭不结冰的根本原因，是它的四周被山崖包围着，冷风刮不进来。

太清溪。这里瀑声哗哗，潭水悠悠，河流清清。传说太上老君和太白金星二仙走到这里，已是气喘吁吁。太上老君发现林中的这条小溪太美了，就索性坐到对面那块大石上不走了，太白金星拉也拉不动他。因为太上老君在"三清"仙班中被封为"太清"，所以这溪就叫"太清溪"。

太白浴。传说太白金星走到这里，惊奇地发现河水上面还有一个浮动的洗澡盆，就脱衣服跳进盆中洗了起来。他时而侧身，时而仰卧，任凭河水冲击着皮肤，舒服极了。当太上老君赶上来时，太白金星竟在水盆中睡着了。太上老君一声喊叫，太白金星一惊，顺着河水滑落到潭中。太上老君合掌大笑。因此，后人叫这个地方为"太白浴"。

百年古藤。据测定，这根古藤最少也有300岁了，是目前栾川山区最古老的一根藤。它从根部到末梢总长200多米。它的果实叫珍珠猕猴桃，营养十分丰富。古藤的旁边还有一股瀑布跌落而下，构成一幅美丽的古藤山水图。

渡仙桥。传说太白金星走到这里，见河水很大，有意难为太上老君，说："水太大，我过不去，你看怎么办？"太上老君知道这是太白金星有意为难，伸手朝山上一指，暗中运用法力，将山中的一块大石搬到这里变成了桥。太白金星和太上老君都从石桥上走过，所以此桥称渡仙桥。

修仙谷。这里古木参天，小河流水，清水叮咚。从这里往左走，是一条幽静的大峡谷，谷中有奇花异草，还有一条高达30米的瀑布，瀑布的上端是神秘的老君寨。传说太上老君和太白金星就是在这里练功的。

天井崖。崖下面有个洞，据当地探险人讲，这个山崖的中间是空的，像个水井。人从崖下的洞口爬进，能从天井中攀缘到崖顶。崖顶上面有一块20平方米左右的平地，是登高望远的绝佳之处。天井崖的背后还有一条很壮观的洒水瀑。

削石瀑。瀑布的水很像一把刀子，长年累月地切削着这块岩石，越削越薄，这就叫"以柔克刚"。

飞龙瀑。这条瀑布是腾龙峪最顶端的一条瀑布，也是泉瀑。据说，这条瀑布原来是没有的。因为有一天，太上老君到这里采药，口渴得要命，又没有水喝，见有一处很潮湿的地方，就举起手中小镐朝那里刨了一下，水"哗"的一下就冒了出来。太上老君捧起就喝，越喝水量越大，最后流到崖下，就形成了今天这条瀑布。还有传说是一条在这里修炼了千年的青龙，得到点化，冲出石崖飞上天空。所以，有人给瀑取名"飞龙瀑"，瀑布下面的岩石上还有龙抓过的爪印。

龙腾瀑。它也叫"三叠瀑""三光潭"。水流在这里从上到下三级跳，好像一条龙把头浸入水潭中而又仰起头来的三次腾起动作。三条瀑布形态各不相同，三个清潭又各有形状：上边的潭像个牛槽；中间的像个盘子；下面的有块大石，好像一个洗衣盆。

神龟石。传说它是东海龙王派到这里的一只神龟，掌管着这里河水流量的大小。河水大了，它把河水吸进去；河水小了，它又把吸进去的水吐出来。

九龙壁。这是一组自然生长的树根，共有9条，攀附在石壁上，远观近看，状如飞龙，故名"九龙壁"，也叫"龙生九子"。

龙王洞。据当地山民讲，古往今来，每逢久旱不雨，山下的百姓都会来这里烧香许愿，祈求降雨，每每如愿。

娘娘龛。龛位上慈眉善目、儿孙绕膝的仙人就是送子娘娘。古往今来，常有来此虔诚上香的祈愿者。

....

寨沟景区属于老君山东翼游览区，最高处海拔 1670 米，游览面积约 16 平方公里，共有大小景点 300 多个。此地年平均气温 18 摄氏度，空气中每立方米负氧离子在 3 万个以上，是清凉怡人的天然氧吧。

寨沟景区的洞天河景区和登天峡景区相连，各有千秋。整个景区以瀑布和山水形成的自然景观为主，流水潺潺，山水映衬，堪为人间仙境。

第六章

风景独好，营销更上一层楼

十五年来

老君山在营销上投入了大量的

人力、物力和财力

他们发起的文化营销、形象塑造

品牌推广和丰富多彩的旅游活动

让老君山名播八方

享誉全国

老君山

第一节　创业艰难，志在必胜

山不在高，有仙则名。

老君山虽不在天下五岳之列，却因老子在此归隐修炼，自古被尊为"天下名山，道教圣地"。

老君山人都知道，2007 年 8 月 23 日，老杨总接手老君山之时，景区年营业额不足 30 万元，职工连基本工资都难以发放。老杨总接手之后，老君山才进入大开发大建设的时代。

百废待兴之初，千丝万缕之事，老杨总知道，老君山的发展，不仅需要把景区建好，更重要的是把景区推出去，让全国的游客从四面八方来到这里，感悟山水自然，感受老子文化，并通过他们口口相传，让老君山"天下名山，道教圣地"的美誉真正传扬开来。

通过广而告之，吸引全国游客的目光，并非易事。老君山人当初在营销当中所吃的苦，所受的委屈，所走过的曲折路，还有那些历经磨难后的成功与辉煌，成为他们开拓创业的道路上永远的精神财富。

董事长杨海波说，我们当初为了搞好老君山的营销，曾经先后从外面高薪聘请了三位总经理，然而实践证明，"外来的和尚会念经"这个说法，并不那么灵验，老君山的营销工作并没有达到理想的效果。

我们后来反思，营销还需要我们自己人挺身而出。后来我们任命了老君山自己的人，就是徐雷副总经理，专门抓营销；后来又将周向毅派到郑州做营销经理，负责抓河南和河南周围各省的营销工作。不仅如此，从董事局主席，到我们董事会每一个人，都全力支持营销。今天，老君山的营销工作已经在全国声誉鹊起，多次受到中央电视台和众多媒体的报道，说明老君山人自力更生抓营销，终于成功了。

徐雷被任命为老君山抓营销的副总经理，可以说千斤重担，压在了他的身上。这么多年一路走过来，他没有辜负老君山人的期望，老君山的营销工作，一步一步成为旅游界学习的榜样，众多营销案例成为经典。在赞扬和掌声的背后，在精彩和鲜花之中，他们所亲身经历的那些酸甜苦辣，不经历的人又怎会体会到？

徐雷说："今天的所有成功，都是老君山人在老杨总带领下共同努力共同创造的。老君山人这个团队，是老杨总一手带出来的，是在老君山的开发建设中成长起来的。老君山人有集体的荣誉感，无论是在开发建设中，还是在马不停蹄的营销中，人人都想为老君山带来成功和荣誉。有掌舵人那种不服老、永远带头干的精神，我们这个团队就有了榜样的力量和信心。我们这个团队，可以自信地说，是一个敢打敢拼的团队，从来都是向着既定的目标勇敢迈进的团队。"

徐雷深有感触地说："你要说干旅游到底苦不苦，多年的经历和经验，每一个干旅游的人都会感悟很深。我们有一句话这么说：一个人干旅游，对不起老婆孩子；两个人（夫妻）都干旅游，对不起老人和孩子。干旅游的人，特别是干旅游营销的人，人在旅途，当节假日来临的时候，干旅游的人忙上加忙。"

徐雷的话，听了让人感动，也让人心酸。我们理解他所说的事情，更理解他说的"一个人""两个人"，其中之甘苦，唯有经历者，方能体味甚深。

徐雷回忆说，当初为了宣传推广老君山，我们印制了大量的宣传单。这些宣传单被我们拉到各个城市，春夏秋冬，无论是风，是雨，是雪，我们搞营销的人都会站立在城市的街头，向行人发放这些宣传单。我们发放宣传单的时候面带微笑，热情推介。街上的行人有时接下宣传单看看，有的连看也不看就扔到了地上。我们面对此情此景内心也有伤痛的时候，但每个人都不气馁，会把扔到我们眼前的宣传单拾起来，再发给其他行人。

我们还会把这些宣传单送到旅行社。好多时候，没有名气的老君山，人家都是爱搭理不搭理的，我们只有赔上笑脸，让人家收下这些宣传单，并替我们宣传。

徐雷说，特别让我们感动的是老杨总。2012年，老杨总带着我们老君山的有关营销人员，分别到河南全省18个地市走访旅行社。因为老君山没有名气，走到哪里，人家都爱理不理的。老杨总真正尝到了被人看不起的滋味，发誓一定要克服一切困难，将老君山打造成知名的旅游风景区。

精诚所至，金石为开。我们在老杨总的亲自指挥下，一天一天地努力，一年一年地努力，换来的是老君山一年比一年客源多，一年比一年收入高。老君山用10年的时间，跨入亿元景区的行列，一跃成为全国一流的景区。

2016年7月26日，《大河报》发表了文章《从深山藏秀到名扬全国——老君山营销宣传铸传奇》：

从"养在深闺人未识"的青山绿水，到闻名于全国的旅游胜地，老君山走出了一条极具特色的旅游产业发展之路。目前，"老君山营销模式"已经成为中原旅游产业乃至全国旅游的标杆。老君山景区自2007年由国有林场改制以来，其诞生、发展乃至闻名全国的每个阶段，极具传奇特色。

从无 A 到 5A：老君山 5 年跻身中国一流景区

老君山的前身是国有林业单位，自 2004 年以后，景区开发不到位，经济效益差，开始背上沉重债务。

2007 年，栾川县委、县政府提出了"以工业反哺旅游，以工促旅"的发展战略，号召县内有实力的工业企业参与旅游业。在此背景下，栾川知名企业家杨植森带着回报社会、为家乡人民做事的责任感，开始投资老君山，并于 2007 年 8 月注册成立"河南省老君山生态旅游开发有限公司"，随之拉开了老君山深度开发的序幕。

自此，老君山也开始从栾川的山沟出发，走出全省，走向全国。在此过程中，头等大事，就是景区的等级评定问题。

老君山自林场改制而来，立志要打造中国最优秀的景区，因此，老君山对中国景区的最高等级——国家 5A 级，势在必得。

从老君山深度开发伊始，老君山景区就聘请了上海同济大学和清华大学古建研究院，为老君山大发展绘制了宏伟蓝图，与之相配套的，是丰厚的资金投入。

自老君山改制以来，老君山一直维持着每年至少 1 个亿的资金投入。老子文化苑，总投资 9000 万元；中灵索道工程，总投资 1.2 亿元；老君山金顶道观群落建设项目，投资 1.47 亿元。老君山保持了每年一个亿元大项目的建设速度，形成了"一轴两翼六大功能区"的格局。而至今 8 年时间，老君山已经连续投入 10 亿元。

2012年1月9日，在国家5A级旅游景区颁牌仪式上，老君山终于获得期待已久的5A级旅游景区称号，但是老君山的投入建设却并未停止，而是更加频繁。5年从山沟变成中国5A景区，这说明老君山已经走上了一条光明的路，而在这条路上，老君山正奋力前行。

营销宣传带动经济效益：老君山8年营销收入增长近200倍

8年来，老君山营销收入从30万元到6000万元，增长近200倍。

每到周末和节假日，老君山景区的停车场里，省外牌照的大巴车有时甚至比"豫"字打头的车还多。

目前，老君山在湖北、山西、山东等相邻省会城市都设立了办事处。在省内市场将近饱和的情况下，老君山的省外战略已经取得相当不错的成绩。

8年来，老君山的营销工作已经让老君山名扬四海。报纸、电视、广播、高速路牌、地铁广告，老君山已经深入到社会的每一个角落。

营销宣传塑造品牌形象：老君山已成市民街谈巷议的热点

老君山营销宣传工作善用巧劲，以"世界范围内规模最大的峰林奇观""目前国内规模最大的、海拔最高的金顶金殿""全年云海出现频率最多的景区"等景区特色景点优势，统一形象广告，统一宣传标语，借助社会效应将老君山个性特征传递给广大游客。紧抓特色卖点，在公司董事会大力支持、指导下，先后在央视、河南卫视、河南日报、大河报、河南的门户网站、中新网、网易河南、地铁站、火车站、汽车站、省会主干道阅报栏灯箱、郑州和洛阳的公交车、郑州直达地市的城际公交、小区灯箱、郑州中石化加油站广告牌、洛阳周边各高速口路牌等刊发景区形象广告，全方位展示了老君山特色景观景点，使老君山成为人们街谈巷议的热点。

冬季雾霾，老君山和栾川旅工委一起送新鲜空气；七夕，有金婚婚礼；中秋，有嫦娥送团圆。在老君山，几乎每个月都有活动与游客见面，在这么多的活动中，影响力最大的就是观海避暑节。

每年暑期，来自全国四面八方的游客，都会来内陆的河南"观海"，而让奇迹发生的人，就是老君山的营销团队。

每年6~9月份，海拔2217米的老君山有着无与伦比的云海奇观。但是以往，这样的资源并未被人们所重视。

自2014年以来，老君山营销团队开始包装老君山的云海资源，并且配套以"老君山风铃节""音乐狂欢露营节""万人蟠桃养生宴""中原车友狂欢节""金顶金婚庆典""老君山婚纱旅拍大赛"等长达两个月的老君山观海避暑节系列的连续活动，已经成为河南乃至中部地区暑期旅游的一大亮点。

采访中，徐雷说：老君山最为典型的营销案例发生在2015年国庆。那年国庆节，下着细雨，老君山下山索道处聚集了数千人排队，一时难以下山。当年电影《道士下山》正在热播，于是景区为安抚游客，便在中天门索道口支起了一口大锅，请山上道士下山，和工作人员一起做玉米糁汤面条，在秋雨之中给游客送来惊喜和温暖。那天，现场共免费送出近2000碗玉米糁汤面条，赢得了游客的一致好评，将一个原本属于危机的事件转化成为掌声一片的营销案例。2007年，老君山年收入只有不到30万元，而十五年后，景区年营业收入最高超过了3.6亿元，翻了一千多倍，这就从一个侧面说明了老君山的营销是多么给力！

老君山的营销为什么这么成功？

老君山文化总顾问张记说，首先，老君山有一个好掌舵人杨植森。在他的带领下，老君山任命了两名副总负责营销工作，并实行层层承包模式，让营销与员工业绩挂钩。其次，充分利用现代化的营销手段，每月必展开市场分析，开展主题活动。同时，老君山也十分重视网络营销，将员工对于老君山的微信、微博宣传条数、质量都列入年度考核，积极寻求媒体的曝光等，对营销宣传做得好的员工实行重奖。

今天，老君山的营销宣传工作已经不仅仅是景区宣传部门和营销部门的工作，而是景区每个部门每个工作人员都积极参与的工作。"宣传好老君山，把老君山推到全国去"的意识，早已深入到了老君山每一位员工的心中，成了老君山人共同的追求和梦想。

第二节　锤炼队伍，攻坚克难

徐雷说，在营销上，最吃苦、贡献最大的，就是老君山派驻到郑州搞营销的人。以周向毅为负责人的郑州营销部人员，他们在一线工作，风里雨里，摸爬滚打，吃的苦很多。

正是多年的永不言败、永不气馁、开拓进取的奋斗精神，让老君山人的营销一步步走向成功。

70后的周向毅，个头不是很高，人却特别有精气神，我想那是长期在一线摸爬滚打练就出来的精气神，让人一接触就能感受到这个人就是一个干事创业的人。

周向毅回忆说，他是2009年4月30日加入老君山这个团队的。他原来在别的地方搞过营销，在营销工作上积累有一定的经验。2009年5月1日，他被派往郑州营销部做经理。临行之时，老杨总和徐总告诫他，到了郑州，不仅仅要搞营销，搞好营销，还要打造出一支高素质、高水平、能征善战、攻坚克难的营销队伍！

可以说，周向毅是带着重任来到郑州的。

周向毅说，景区是船，营销是帆。营销是搞活市场的需要，对于旅游风景区来说尤为重要。要想提高景区的知名度，吸引游客，拓展市场，就必须搞好营销宣传。景区人气何处来？就要靠吆喝、靠宣传。

当然，要做好营销，并不是那么容易的事情。比如一个景区，不仅要研究分析旅游市场规律，还要了解媒介传播规律；要做出花样，还要把握分寸，了解人心；既要宣传景区，也要惠及游客。比如老君山连续多年推出的"一元午餐"，就深受游客好评，受到包括中央电视台在内的众多媒体的关注宣传；比如 2015 年国庆节，老君山推出的"道士下山"免费做饭送饭活动，就让国庆节堵在中天门的游客，一下子没了怨气，反而点赞老君山……在这些营销案例里，老君山不仅没有让游客的利益受到一点儿损害，反而给游客带来了实惠和温暖，同时，景区也收获了美誉度、知名度。

周向毅说，老杨总对营销特别重视，从没有亏过我们营销部，每年给我们近 3000 万元的营销经费，这种支持力度在全国都是少有的。公司的大力支持，抓营销的徐总亲力亲为，让老君山设立在郑州的营销部一天天发展壮大起来，从最初的一两个人，经过几年的发展，队伍壮大到了十五六个人，现在我们已经是几十个人的专业营销团队了。现在我们不仅做河南的业务，而且还把业务做到了周围几个省，连"北上广"这些大城市，我们也把业务搞活了，吸引了这些大城市的游客纷纷来到老君山旅游观光。"看天下名山，悟道家文化。"许多游客来过老君山之后，对老君山赞不绝口。

搞旅游苦不苦？我们徐总说得很到位。我们搞旅游的人，又怎么能怕苦怕累？怕苦怕累，那就不用搞旅游、搞营销。我们部门的人，每个人每年出差都在 300 多天，真的是徐总说的，人在旅途，人永远在路上！

如期完成、超额完成公司的营销任务，就是我们的目标。

我们的努力和成就，带给我们的是荣誉，是奖励。每年，公司都会重奖有贡献的员工，我们营销部每年奖金拿得最多，多的能拿到十几万，少的也能拿四五万。2020年，受疫情影响，很多公司的业务下降，而老君山却逆势增长，营业收入达到了三个亿，远超年初制定的目标任务。在年底的表彰奖励大会上，公司重奖我们营销部400万元，老杨总亲自给我们发奖。我跟老杨总照了颁奖的合影，感到特别自豪和光荣！

有时，老杨总会夸赞我们营销部，周向毅带了"一群猴"。那意思是我们营销部的人都很机灵，没有我们上不了的树，爬不上的山，这是对我们营销工作和我们这群年轻人最生动最难忘的表扬。

我们能把营销工作做好，除了主抓营销的徐总功不可没外，更与老杨总和杨海波董事长的运筹帷幄分不开。

周向毅说，我们每一次被召回去开会，见了面第一句话就是，安排安排，好好休息，好好休息。每次回去见到他，你都感到心里很温暖；休息之后就是召集我们开会，开营销会，研究营销工作，布置下一步营销策略和任务。有时还要请我们吃饭，把劲儿给你鼓得满满的，让我们像鼓满风的帆；开完会之后，再见了你，第一句话就是，准备啥时候走？家里事情办完没有？他从不规定我们什么时候走，可我们开完会就会立即返程。我们知道，那里才是我们战斗的地方。

记得是2016年3月中旬，在老君山景区年度工作部署会上，公司董事长杨海波给我们讲话，他提出的第一项要求就是"市场营销要有新突破"。他说："营销宣传工作是首要的、第一位的、中心的工作。"

他还说，大家要把网络营销充分重视起来，因为网络营销具有成本低、效率高、环节少、更便捷、个性化服务等几方面的优势。要加大信息化、数字化进程，利用好网页留言、评论、论坛、博客、微博、短视频等宣传平台，全方位地宣传推介老君山。

老君山规定全体职工每人每年发表关于老君山的微博不少于100条，高质量微信至少要有1条，并列入年度考核。完成任务有奖，完成得越好，奖励越高。奖励调动了大家的潜能和积极性，使老君山的各类营销活动层出不穷，形成了自己鲜明的独特的营销宣传风格。2022年，老君山决定拿出200多万元奖励那些通过微信、抖音等平台大力宣传老君山的员工，按照他们的贡献多少，分级奖励。

多年来，老君山的营销人员已经锤炼成了一支有执行力、有凝聚力、有向心力的队伍，也是一支老杨总说的"敢想、敢干、敢冲的队伍"。目前，老君山以河南为大本营，将旅游市场从河南拓展到了陕西、山西、河北、湖北、湖南、四川等省，包括"北上广"这些大城市。

采访周向毅时，他还说到了郑州一家文化公司的总经理孙琳。这让我想起在此前的采访中，包括老君山文化总顾问张记在内的不少人，都曾说起过她。

老君山人提起孙琳来，并未把她作为局外人，而是当成了老君山人的一分子。那天，下着小雨，我在周向毅的带领下，来到孙琳的文化公司，采访了这位与老君山结下深厚缘分的女强人。

孙琳原来在河南电视台工作，因为采访的缘故，于2007年结缘了老君山，认识了时任老君山生态旅游开发公司董事长的杨海波和总经理孙欣欣，后来又认识了董事局主席杨植森。2012年以后，孙琳有了自己的文化公司，也与老君山开始了深度合作。直到今天，双方仍是最密切的合作伙伴，在推介宣传老君山上，做出了比较重要的贡献。

孙琳说，老君山是一座圣山，是今天真正意义上的"天下名山，道教圣地"。与老君山人合作，是我这一生最愉快和最自豪的事情，不仅认识了一群干事创业的人，更从老杨总身上学到了为人处世的很多宝贵的东西。

老杨总是个有大气魄大情怀的人。在老君山的营销宣传上，老君山每年都要投入 3000 万元左右的营销资金。2020 年疫情时期，老君山上半年的收入只有 4000 多万元。老杨总召开会议，分析形势，发动大家寻找突破口。针对营销宣传，他毫不犹豫地说，无论如何，宣传营销不能停。结果，老君山到了年底，收入达到了 2.9 个亿，逆势增长，创造了中国旅游界的奇迹。2021 年，依然遭遇疫情，老君山旅游收入再次逆势增长，创收 3.6 个亿，再创奇迹。

"这些年来，我们公司一直与老君山保持着亲密的合作，助力老君山的营销和品牌打造。我们一直把老君山的发展当成自己的事情去尽心尽力地做好，赢得了老君山风景区的高度信任。"

孙琳还动情地讲述老君山的美，讲述老君山人依据自己拥有的山水和文化资源大力搞营销的案例。孙琳说："老君山的营销宣传推介活动，天天有，月月有，季季有，年年有。老君山人把自然山水馈赠给人类的这笔财富，无私地推介给全国各地的游客，引导他们来到这里感悟山水的自然魅力，也在老君山老子文化的氛围之中，净化提升自己的心灵和精神境界。"

通过孙琳的讲述，你不仅能体会到老君山大气而独特的营销魄力，更能深切而生动地感受到老君山的独特之美。

老君山天天有景，一步一景。来到老君山，你感受到的将是山川之雄奇、金顶之庄严、峰林之壮丽、老子之博大、文化之厚重，还有心灵深处的诗与远方。一切都是那么亲切，那么温暖，那么绚丽，那么多姿，那么诱人，那么充满神奇和神秘，让人一年四季心向往之。

老君山的春天悄然来到了，知名不知名的花次第绽放，或鲜艳夺目，或清香四溢，从山脚下一直到山顶上，到处是花的海洋。每年的 4 月到 5 月，老君山人会不失时机举办"仙山花海节"，吸引全国的游客来这里，观赏老君山姹紫嫣红、千姿百态的花海，感受大自然这份艳丽的馈赠，感受大自然的美丽。

夏天是个热烈的季节。每年 7 月到 8 月，老君山人就会举办"观海避暑节"，吸引游客来老君山，既感受云遮雾绕、如梦如幻的云海秀美，又感受"云海翻腾千重浪"的雄浑和壮观。云海之外，夏天的日出壮观无比。每一次日出和日落，都与老君山的云海相映成趣。每一次云蒸霞蔚的自然景观，也都如诗如画留在每一位游客的心中。

绚丽的秋天如约而至。置身老君山，看重峦叠嶂，苍山如画；看飞瀑如练，流水淙淙；看红叶如火，野果飘香；看飞鸟盘旋，天高云淡；看秋风飒飒，清爽宜人。每年的 9 月中旬到 10 月中旬，老君山人会举办"仙山秋趣节"。来到老君山的人，会在山水自然之中，采摘野果，品尝野味，分享老君山秋天最绚丽的景色和最充实的快乐。

冬天是个白色的季节。老君山的雪，总是下得比较早。下雪啦，下雪啦，山上的松林，在冰雪和风中，幻化成了雾凇，美丽至极。每年 11 月至春节，老君山人会举办"冰雪雾凇节"。大自然的美丽和壮观，吸引成千上万的游客，让他们在最美的雪景中流连忘返。

孙琳有些激动地说，除了一年四季的节日外，老君山人还每年不定期地举办各种各样精彩纷呈的活动，用"万人豆腐宴""栾川八碗""中秋月饼"等美食，免费让万千游客品尝食用，目的就是让来到老君山的人，每时每刻都能感受到老君山与别的景区不一样的地方。

像闻名全国旅游界的国庆节"一元午餐"活动，从 2017 年开始到今天，老君山人已经连续坚持了 5 年，被中央电视台和各大新闻媒体报道了无数次，更是在网络上刷爆屏，受到八方游客的赞誉，让老君山的美誉度火爆全国。这样有创意有爱心的旅游营销活动，受到省市和国家旅游部门的高度肯定和评价。

　　说到老杨总，孙琳很是激动，老杨总是一个有大境界大情怀的人，是少有的大好人大善人。你想当年他正做着钼矿生意，可以说日进斗金，可是为了响应县委、县政府的以工业反哺旅游的号召，他就毅然决然投资老君山，这需要多大的气魄啊！一年又一年投钱，一年就是一个多亿，现在老君山已经投了20个亿了，真正将老君山开发建设成了栾川的旅游龙头景区，真正让老君山成了"天下名山，道教圣地"。

　　老君山美丽的雪景吸引了千千万万的游客，有人说这雪下得好啊，继续下吧，可老杨总却对我们说：可不敢再下了，人太多了，吃的喝的都成了问题。咱如果服务不好游客，咱挣的就是昧良心的钱呀！你听了老杨总的话，你就会感动。作为老君山风景区的掌舵人，他心里不光装着开发建设的事情，还总是装着游客。2017年为什么老君山会搞"一元午餐"活动？就是为了让上山的游客，在风中雨中能够吃上既实惠又热乎的饭菜。有这样大慈大善的领头人，上天都会眷顾老君山，我想这也是老君山一年比一年火爆的原因之一。

　　说起来我们公司跟老君山是合作关系，可是每一次到老君山，老杨总见了面，都会特别亲地跟我说话，"孙琳，啥时回来的？""孙琳，要常回来。"一句话，老杨总从没把我当外人。他既是前辈又是父辈，在我的心里，我们根本不是生意合作上的甲乙双方关系，而是一家人这样的关系。这样的感情，你怎么可能不尽心尽力地为老君山的发展做事？这些年来，潜移默化，老杨总的人品、胸怀早已影响了老君山人，也深深影响着我，让我的精神境界提升了很多，在工作生活中受益无穷。

　　面对老君山营销队伍所付出的心血和所创造的不凡业绩，老杨总说："老君山不是我一个人的老君山，老君山能够有今天的局面，是老君山人共同努力拼搏的结果，也是栾川全县人民和社会各界支持的结果。15年的摸爬滚打，永不言败，永不服输，磨砺了老君山人这个团队，锤炼出了一支有目标、有理想、有追求、敢打敢拼敢冲的队伍。有了这样一支高素质的有凝聚力有战斗力的队伍，我们一定能够把老君山建设成为中国最具影响力的道教文化圣地、最具吸引力的养生度假胜地、最具亲和力的旅游目的地。"

第三节　他山之石，可以攻玉

他山之石，可以攻玉。

一个人要想不断进步，要想干成一番事业，就需要不断取人之长，补己之短；同样道理，一个单位、一个企业要发展壮大，也需要这个团队不断地走出去，向先进学习，向榜样学习。无论一个人还是一个单位，唯有不断地学习，才能源源不断获得前进的动力，战胜挫折和失败，最终走向成功，并从一个成功走向另一个成功。

这么多年来，老君山在开发建设中，董事局主席杨植森和董事长杨海波，十分注重组织员工外出参观学习，取人之长，补己之短。

老杨总说："老君山人就是要时刻认识到自己的不足，就是要经常走出去开阔眼界。那些开发比较早、比较成熟的景区，如省内的云台山、白云山、长寿山等景区，省外的泰山、黄山、张家界、三清山、青城山等，都值得老君山人去学习。只有走出去，我们才真正能看到人家的长处，看到自己的不足，虚心向人家求教，然后把景区一步一步做起来。"

老君山景区年年都要组织人外出学习，很多次都是由老杨总亲自带队。老君山文化总顾问张记说，老君山外出考察学习的目的性很强，去云台山就是学习人家的管理服务，去峨眉山就是学习人家的金殿建设，去青城山就是学习人家的道教文化，去青岛就是参观学习人家的博物馆，去张家界就是学习人家创4A的经验，去鹿邑就是进一步学习老子文化……每次外出参观学习，都深受启发，收获满满。

2010年11月11日至24日，老君山景区组织80多名员工，到华东五市各个景区参观学习。学习归来之后，80多名参加活动的员工都写出了自己参观学习的心得体会，从华东五市各个景区的营销工作、宣传工作、规划建设、景观部署、管理理念、经营策略进行分析论证，查找自己的不足，借鉴人家的长处。大家的学习心得写得深刻全面，对老君山景区的开发建设大有裨益。现摘录他们的部分心得体会：

潘苗：无锡的灵山大佛跟我们老君山景区的老子有相似之处，都具有浓重的宗教气息。相比之下，我们也有自己的优势，那就是老君山不可取代的地质文化和秀丽的山水景色。在景区基础建设和文化包装上，我们却远远不及人家。目前，我们景区在旅游主题方面还不够突出，灵山大佛值得我们学习，我们必须增加人无我有、人有我新的独特的旅游项目，这样才能吸引更多的人。

李琼：寒山寺有悠久的历史和许多动人的传说，类似于我们老君山景区。我们老君山景区有2000多年源远流长的老子文化，但景区文化设施建设方面，现在远不及寒山寺景区。老君山的文化景观显得有些杂乱无章，道教的、佛教的、风水的、易经的，什么都有，缺乏整齐划一的道家文化特点，对弘扬老君山的道家文化十分不利，应该予以改进。

冯进宝：灵山寺规模大，建筑风格大气，格调高雅，装饰辉煌，各项管理十分到位。灵山寺景区整洁卫生，从无乱丢烟头现象。庙宇香火统一管理，不存在到处设香摊现象。各景点都是进口看景点、出口看商品的建筑格局，既增加了景区的经济收入，又便于管理，同时方便购物，也让游客开阔了眼界，这几点值得老君山景区借鉴。

王猛：华东景区的营销工作，尤其是营销宣传工作做得比较到位，传统文化特点运用得体，方式多样灵活，辐射面积大，无形中扩大了旅游产品的潜在客源，如南京阅江楼和总统府，无锡的灵山大佛和梵宫，苏州的狮子林和珍珠馆，杭州的西湖等，都是在地方传统文化优势的基础上，结合本地的特色产品，做大绿色产业链，希望我们老君山景区今后也能这样做。

杨士东：苏州是以古典园林为标志、千年古城为依托、吴文化为内涵突出城市的个性化，以此定位城市形象。我们长期以来不注重城市旅游形象定位，缺乏整体策划，旅游产品多而杂，旅游主题不突出，旅游资源核心价值不突出，历史文化景观打造乏力，缺乏休闲度假商务会馆、美食购物、文化娱乐、民俗风情等丰富的旅游形态，在一定程度上影响了我们的发展。今后，老君山景区要努力构建大旅游、大产业、大市场的发展格局，用文化包装景区景观，打造具有鲜明道家文化特点的山水文化旅游景区。

　　…………

每一位员工结合老君山景区的具体实际和考察心得，针对景区的接待工作、宣传工作、营销工作、管理工作和开发建设工作，提出自己中肯的建设性意见，对老君山此后的开发建设起到了积极的推动作用。

华东考察一个月后，2010 年 12 月 19 日至 21 日，董事局主席杨植森亲自带领公司中层领导，到云台山、平遥古城、绵山、函谷关等国内知名 5A 级景区进行考察学习。

云台山，是世界地质公园、国家 5A 级旅游景区、国家级风景名胜区，位于河南省焦作市修武县和山西省晋城市陵川县交界处。景区面积280平方公里，含红石峡、潭瀑峡、泉瀑峡、青龙峡、峰林峡、子房湖、茱萸峰、猕猴谷、叠彩洞、百家岩等主要景点。云台山主峰茱萸峰海拔1308米，有落差314米的云台天瀑，是中国发现的落差最大的瀑布之一。

绵山，是国家5A级旅游景区，山西省重点风景名胜区，中国历史文化名山。寒食节，即发源于此。这里建有中国寒食清明文化研究中心、中国寒食清明文化博物馆。在绵山风景名胜区建筑群体中，宗教建筑有殿庙、宫观；园林建筑有亭、台、楼、阁、轩、廊、榭、牌楼；遗迹建筑有古营门、城池、营寨等；主要景点有龙头寺、云峰寺、空王殿、千佛殿、介推祠、石佛殿等。绵山风景名胜区的仿古建筑群风格多样，成为绵山风景区中最亮丽的风景线。

函谷关是老子著述道家学派开山巨著《道德经》的地方，道家文化的发祥地，紫气东来、鸡鸣函关等历史故事与传说的发轫地。在漫漫的历史长河中，这里以名人老子、名著《道德经》、名关函谷关而名播世界。

平遥古城，是国家5A级旅游景点，位于山西省中部平遥县内，被称为中国"保存最为完好的四大古城"之一，也是中国仅有的以整座古城申报世界文化遗产获得成功的两座古城市之一。

在几个景区中，云台山给大家留下的印象最深刻，因为焦作的山水和老君山的山水有异曲同工之妙，在管理服务方面，有许多值得老君山学习的地方。

对云台山风景区的基础设施，包括游客中心、停车场、电子检票系统、电子屏幕、景区道路、家庭宾馆等基础设施的参观，让老杨总和大家意识到，一个景区要想长远发展，首先是游客通道，要确保一个进口、一个出口，出口要设购物市场，一定要通过道路引导系统，让游客离开景区时，能够走购物市场通道，方便购买景区的土特产、旅游纪念品。除了正常游客通道外，还要有紧急通道，停车场必须分区，大车和小车分开停放，一个进口，一个出口。

通过对几个景区的综合考察，老君山景区的领导层对老君山存在的问题有了清醒的认识，对下一步的开发建设有了清晰的思路，对创建 5A 景区达成了共识，对老君山的开发建设充满了信心。

如今，老君山风景区早已是蜚声国内外的 5A 级风景名胜区，是享誉八方的老子归隐地，更是受到全国众多游客点赞的"天下名山，道教圣地"。然而，老君山人永远不会丢掉学习的好传统，依然坚持每年都派出干部员工，有选择地到全国著名的景点去参观学习，追求更高的景区品质。

2017 年 10 月 23 日上午，身为董事局主席的杨植森，带领由高层和中层干部二十余人组成的老君山风景区考察团，前往洛阳嵩县白云山景区参观、交流和学习。

嵩县白云山景区地处伏牛山腹地，因云多云奇、云美云幻而得名，是国家级森林公园、国家级自然保护区，国家 5A 级旅游景区。白云山主要有九龙瀑布、原始森林、小黄山、玉皇顶几个景区。玉皇顶是观日出的一个好地方，海拔 2216 米，其高度仅次于老君山，是伏牛山的中心。

当天，在白云山景区负责人董景涛总经理和景区项目建设负责人苏新德的陪同下，考察团认真参观了景区新建的森林木屋度假酒店、白云人家度假酒店、白云国际度假酒店、小黄山索道等服务项目，深入细致地学习了景区的导览系统、标识系统、公共信息图形符号的标准化使用。

在学习交流中，两个景区的有关人员互相交流了各自景区在规划建设、资源保护、商品开发、宣传促销、经营管理和接待服务等方面的成功经验和值得借鉴的做法。双方商定，老君山与白云山两个景区，今后要加强相互之间的交流学习，建立互动机制，互惠互利，走强强联合的共同发展之路。

参观学习归来，老杨总在公司内部的交流会上诚恳地说："我们外出考察学习的目的，就是为了取人之长，补己之短，结合老君山景区实际情况运用到工作中，找短板，找不足，找到提升的方向和方法，按照时间节点对景区各项不足进行整改落实，促进老君山旅游事业快速、健康地发展。"

2019 年 9 月上旬到中旬，70 多岁的董事局主席杨植森，又一次亲自挂帅，带领由张记、望广发、张央、李彦武、吴楠等 10 人组成的"老君山文旅集团西北行考察团"远出"塞外"考察学习。此行他们历时 12 天，途经河南、陕西、甘肃、宁夏、新疆、内蒙古、山西等七个省（区），先后学习考察了大西北九个不同风格的景区。

2019 年 11 月 13 日，凤凰网以《取经学习，不断进步——老君山景区考察团西北行考察纪实》为题，较为详细地报道了老君山文旅集团此次对西北的考察情况。摘录如下：

考察团第一站到达沙坡头景区。沙坡头景区位于宁夏中卫市城西 16 公里处，是国家首批 5A 级旅游景区，是宁、蒙、甘的交接点，黄河入川口，是欧亚大通道古丝绸之路的必经之地。沙坡头聚神山、大漠、黄河、绿洲、草原于一处，融长城文化、丝路文化、游牧文化、农耕文化与现代治沙成果于一体。唐朝著名诗人王维奉旨宣慰在河西打了胜仗的将士，写下了《使至塞上》这首著名的诗篇："单车欲问边，属国过居延。征蓬出汉塞，归雁入胡天。大漠孤烟直，长河落日圆。萧关逢候骑，都护在燕然。"

考察团在国际滑沙中心，乘坐摆渡车到北区沙漠区，沿木栈道到大沙漠参观，真正见到了绝世奇观。后到南区黄河区，游览了以天造地设的黄河大太极图为依托，多视角、全方位为特色的旅游活动项目，后分别乘坐二艘游艇到出口处，改乘景区内的旅游大巴，到游客中心的停车场开始向武威前行。

考察团第二站到达张掖七彩丹霞国家地质公园。该公园面积 150 平方公里，是中国最美的七大丹霞之一。在七彩神山的核心游览区，映入眼帘的是色彩斑斓的山体，给人一种气势恢宏的感觉，远处橙黄色的长造型，是景区标志性景观——七彩屏。南台子彩色丘陵色彩之艳丽、场面之壮观、气势之磅礴，举世罕见。彩色地貌，由黄橙绿白灰等多种颜色组成。在 4 号观景平台处，考察团展示了"河南省老君山考察团"的标志旗，在此合影照相以作留念。

考察团第三站到达嘉峪关。嘉峪关有天下第一雄关之称，始建于明洪武五年（1372 年），由内城、外城、罗城、瓮城、城壕和南北两翼长城组成，全长约 60 公里。是世界文化遗产，国家 5A 级景区，全国重点文物保护单位。考察团购门票后，坐电瓶车到入口处，开始沿路看戏台、文昌阁，并到内城上城墙，墙高 9 米，6 米以下为黄土夯筑，6 米以上用土坯加筑，历经六百年，完整牢固。嘉峪关内城东西开"光华门"和"柔远门"两门，关城东、西、南、北各路共有墩台 66 座，主要是战争防御的需要，如敌军来犯，可确保万无一失。

考察团第四站到达鸣沙山月牙泉。月牙泉景区在敦煌市城南 5 公里，古往今来以"山泉共处，沙水共生"的奇妙景观著称于世。鸣沙山由顶峰下滑，发出嗡嗡的响声，故名鸣沙山，该山海拔 1715 米。月牙泉在沙丘包围之中，由于形如一弯新月，人称月牙泉，其南北长 240 米，宽 39 米，平均水深 4.2 米，总面积 13.2 亩。泉内生长一种"铁背鱼"，据说可治疑难杂症。中午时分，天气非常闷热，在月牙泉看后，一行人来到娘娘殿、龙王宫、玉泉楼、雷音寺等古建筑群游览。鸣沙山和月牙泉，是大漠戈壁中一对孪生姐妹，"山以灵而故鸣，水以神而益秀"。

考察团第五站，观看了由甘肃四库文化集团斥资六亿元打造的西北首部室内情景体验剧《又见敦煌》。该剧叙述了敦煌千年的曲折历史，观众不再是坐在座位上观看舞台剧，而是步行进入剧场，穿越回到千年以前……

考察团第六站参观了敦煌莫高窟。敦煌莫高窟和洛阳龙门石窟、大同云冈石窟，并称为中国三大石窟，是世界文化遗产。莫高窟比龙门早128年，其建筑以规模之大，壁画数量之多，保存之完整，艺术价值之博大精深而闻名天下，享誉国内外。现存492个洞窟，最大高40余米，小的只有十几厘米，壁画45000多平方米（长达25公里），塑像2400余身，最大塑像30多米，最大壁画50平方米。由于9月7日下午未购到门票，8日又要赶路，只好买了B类门票，只能看4个洞窟。第158窟是唐代"涅槃"像，整身佛像头南脚北，周围有72尊百态众生的弟子。第100窟，开凿于五代时期，壁画保存完好，内画四大天王。惋惜的是没有到17窟听讲"藏经阁"的故事，但7号晚上欣赏的《又见敦煌》，讲解了1900年道士王圆箓将5万卷经书出售给法国、英国等史实，目前只存有8000余卷。具有代表性的飞天壁画未看，也是一大遗憾。

考察团第七站到达了火焰山景区。火焰山景区是吐鲁番最著名的景点，海拔500米左右，该山寸草不生，飞鸟匿踪。每当盛夏，红日当空，赤褐色的山体在烈日照射下，砂岩灼灼闪光，炽热的气流翻滚上升，就像烈焰熊熊，火舌燎天，故名火焰山。平均降水只有16毫米，最高温度高达75℃。《西游记》中描写，唐三藏西天取经路经火焰山，引发了孙悟空三借芭蕉扇的生动故事。因时间关系，考察团路过时，只在高速路上的观景点远观4A级景区火焰山。

考察团第八站到达了天山天池景区。该景区是国家5A级旅游景区。传说3000年前，穆天子曾在天池之畔与西王母欢筵对歌，留下千古佳话，令天池赢得"瑶池"美称。天山天池风景区总面积 38 平方公里，海拔 1928 米，天池湖面呈半月形，长 3400 米，最宽处 1500 米，面积 4.9 平方公里，最深处 105 米。湖水清澈，晶莹如玉。四周群山环抱，绿草如茵，野花似锦，有"天山明珠"盛誉。天池东南面是雄伟的博格达主峰（蒙古语"博格达"意为灵山、圣山），海拔达 5445 米。从景区游客中心出发，有 36 公里的盘山路，沿途经天池石门、西小天池、西小天池瀑布等到天池，因当天下了小雨，雾气太大，在天池游没有尽兴，也没有坐船，影响了观赏效果。据介绍，天池附近还有一处"老子故洞"，传说老子在函谷关著经后，来到了西王母之山，并与西王母等一起在天池里畅游，因此在天池东岸即"老子故洞"进一步修炼。老君山的五母金殿，其中一尊为西王母，即瑶池金母，与此地有些渊源吧！天池边的西王母庙供奉的王母娘娘，香火旺盛，参拜信众络绎不绝。

考察团第九站到达了新疆的国际大巴扎景区。该景区是世界规模最大的大巴扎（意为集市、农贸市场），建筑面积 10 万平方米。到达的晚上考察团一行在大巴扎美食广场饱尝西域风味的美食。晚上，在宴艺大剧院吃自助餐，菜品充足丰富，具有鲜明的新疆特色，符合伊斯兰标准，有烤全羊、羊汤、烤羊肉串、酸奶，各种面点、水果等。晚餐后，维吾尔族的男女舞蹈（演员）演出了"丝绸之路、千年印象"的民族舞蹈，这是一场具有热情奔放、异域风情的演出。其中，最优美、最具代表性的民歌，有《在银色的月光下》《阿瓦日古里》《阿拉木罕》等，其间，还穿插了阿拉伯舞蹈和乌兹别克斯坦的演唱组合表演，在大饱口福的同时更大饱了眼福，无论从视觉、味觉、听觉、嗅觉、感觉都感受到了别样的异域风情。

考察团第十站到达了内蒙古额济纳旗景区。该景区是东风航天城即神舟号升起的地方，此地的胡杨林 45 万亩，是世界仅存的三大成片胡杨林之一。

胡杨有一千年不死，死后一千年不倒，倒后一千年不腐之说，这使得胡杨三千年的精神流芳百世，有"沙漠之王"称号。考察团到胡杨林，开车绕胡杨林景区四周转了一圈，看到了最高 20 多米、直径 2 米多的胡杨树之王。

....

他山之石，可以攻玉。此次大西北考察学习，考察团收获很大。董事局主席杨植森说："此次大西北景区参观考察，虽然时间短、跨度大、行程紧，但是效果很好。我们在参观学习中，学到了很多人家的好经验，可以说取到了真经，对老君山日后的开发建设工作很有借鉴意义。下一步，老君山景区要认真学习借鉴人家景区开发建设的先进经验，进一步解放思想，更新观念，补齐工作短板，规划发展思路，以更高的标准和要求，推动老君山'老子文化+自然山水'高品质旅游的发展，把老君山建设成为享誉国内外的一流景区。"

2021 年岁末，老杨总与公司一行人，来到巩义竹林镇长寿山参观学习，与竹林镇老书记赵明恩促膝长谈。对于以旅游带动山区经济发展，两人感慨良多。老杨总心有所感，特意为赵明恩书记写下新春寄语：

同是古稀世来人，弟兄相识在竹林。

话虽未尽情义在，诚邀大哥游君山。

2022 年除夕之夜，竹林镇将老杨总的新春寄语，勒石竖碑，留存纪念。

第四节　一元午餐，誉满全国

2021 年的国庆长假，老君山推出的无人值守"一元午餐"又一次火了，众多媒体争相报道。

国庆长假第一天，在通往山顶的半山腰，海拔 1800 余米的中天门广场，支起了大锅，为大家现场制作热腾腾的汤面条和馒头，并且每份主食配备有西红柿、黄瓜、蒸红薯和一个茶叶蛋。为了倡导"节约粮食，拒绝浪费"的风气，主食和配菜都分大小份，游客可以按需选择。

在中天门广场，游客秩序井然地自觉排队。只见一张桌子上放着一个完全敞开口的收款箱，收款箱上清楚地写着"无人值守，自觉投币，自助找零"十二个字。游客也可以在收款箱上扫码支付，支付环节也是全程无人值守，全凭自觉。

2021 年国庆节的"一元午餐"，已是第五年了。老君山人将往年游客多给的午餐钱，购买了当地的土鸡蛋，制作成茶叶蛋，来庆祝"一元午餐"的五周岁生日。

"一元午餐"倡导节俭，拒绝浪费，现场布置的宣传展板上贴着"节约粮食，拒绝浪费"的标识。开餐前，大家一起诵读唐诗《悯农》："锄禾日当午，汗滴禾下土。谁知盘中餐，粒粒皆辛苦。"2017 年，老君山首次推出了"一元无人售卖午餐"，很快就引起了中央电视台和全国众多媒体的关注。中央电视台《新闻直播间》《东方时空》报道老君山景区的"一元午餐"，霸屏各大媒体头条，成为舆论热点，引起全国的关注。

2017 年，老君山第一次推出的"一元午餐"是一个煎鸡蛋和一碗面条，不设置收银台，游客凭自觉投币吃午餐。这种人性化的"一元午餐"，让老君山不仅冲上热搜，还被包括中央电视台在内的众多媒体宣传，赢得全国各界人士的广泛赞扬。

2017 年 10 月 1 日，国庆节首日，老君山景区亮相央视 13 套《还看今朝河南篇——中原更出彩》栏目。10 月 4 日，老君山制作了寓意团圆的由 8150 枚彩色月饼打造的圆形巨无霸"嫦娥奔月"，吸引大量游客合影留念，让游客既饱眼福又饱口福。10 月 5 日，老君山推出了"1 元无人售卖午餐"，刷爆媒体。

有些旅游景区时不时爆出"天价饭菜"和商铺欺诈游客的现象，这些现象跟老君山一比，真是一个地下一个天上的区别。8 天时间，老君山五度登上央视，史无前例。这一下，老君山在全国出名了，彻底火了。

2018 年国庆节，老君山继续推出无人售卖的"一元午餐"，依然是大火，引来众多媒体的争相报道和称赞。

一碗当地的特色糁汤面、一根香肠和一个馒头，这样的一份午餐在景区里只卖一元钱。老君山景区推出的"一元午餐"再次引发热议，赢得游客和网友点赞，成为全国景区的一股清流。

景区餐饮价格高，几乎是旅游中公开的秘密，特别是在节假日旅游中，餐饮乱象事件时有发生。为了防止"被宰",很多人出游选择"自备干粮"。

"一元午餐",为什么卖这么便宜?老君山副总经理高红说:"因为咱这饭,食材是我们自己进的,在当地非常有特色,成本不高。另外做饭的厨师,都是景区自己的厨师,这样一来成本就不会太高。超出 1 元钱的部分,景区补贴出来。让游客在十一期间能吃上一口热乎饭,也是我们老君山人的一片心意。"

2018 年 10 月 4 日,中央电视台一套播出了《无人值守"一元午餐"游客点赞》的新闻。紧接着《人民日报》及新华社、中新网、环球网、中国之声、人民网、新浪、网易、搜狐网、中华网、河南卫视、安徽卫视、江苏公共新闻频道等国内主流媒体从不同角度对老君山进行报道。

很快,老君山"一元午餐"荣登百度风云榜、微博搜索风云榜⋯⋯一时间,老君山"一元午餐"成为国庆节期间全国人民热议的话题。

2019 年,老君山"一元午餐"又来了,主食是栾川特色的糊涂面条,按份还配有大丰收拼盘,里面有发糕、黄瓜段、小番茄、蒸红薯、蒸芋头以及鹌鹑蛋等。这次升级版的"一元午餐"种类更加丰富,不仅注重了营养方面,菜量也在增加,广受好评。

2020 年、2021 年国庆节,老君山人都如期推出无人售卖的"一元午餐",引来赞誉一片,火爆全网,火爆全国。

在旅游六要素"吃、住、行、游、购、娱"中,"吃"一直有着举足轻重的地位。根据中国消费者协会 2019 年的"十一"维权报告,贵且难吃的景区食物仍是游客们投诉的重点。如今低消费、高体验的老君山"一元午餐",成为最有良心最有爱心的活动,让广大游客安心、舒心、暖心,为老君山赢得了更多的知名度和美誉度。

热情的网友们,在平台上纷纷发表自己对老君山"一元午餐"的看法和评价,表达他们对老君山风景区的热爱之情:

"我也想去吃一吃老君山的一元午餐，享受一下面条、馒头和烤肠组成的'丰盛大餐'。"

"在家千日好，出门一日难。出门在外，尤其是节假日到景区玩儿，能吃上一口热气腾腾可口的饭菜，实在不容易啊！在老君山，还能吃到一元的午餐，太感动人了，太暖心了！"

"老君山人就是有良心、有爱心、有善心的人，这样的景区不仅我自己要来，还要介绍亲朋好友一起来。"

"每一次来老君山旅游，不光能感受到山水自然的美，老子文化的厚重，还能感受到老君山人的善良和温暖。"

"老君山不仅山美景美，老君山的人更美！"

"老君山是中原大地上最漂亮的名山，风光、云海、日出可以媲美黄山，冬天雪景犹如一幅千里江山的油画。"

"不管是营销也好，炒作也罢，老君山推出的一元钱爱心套餐，5 年来，在全国独一无二，只有老君山景区一家，从未被模仿，也一直未被超越，这就是老君山景区最成功的营销方式。"

"有人质疑老君山一元午餐是炒作，可是我们亲身体验，老君山人就是有良心有爱心的一群人。人家一元午餐已经连续做了多年，其他景区能做得到吗？一年又一年，宁肯亏钱，也要让游客们吃好吃饱，这样的良心景区哪里找？全国还有第二家吗？希望其他景区也这样操作就好了！这样的话，全国游客都高兴，就不会有人说出门旅游被坑了。"

"我来老君山几次了，是老君山的忠实铁粉。老君山的一元午餐就是好！每年一元午餐的地点都设在老君山半山腰的中天门广场，老远就可见广场上有大标语'一元午餐，珍惜粮食、反对浪费'。广场上的午餐厨师就是景区员工，他们忙忙碌碌为八方游客提供午餐，太感动人了！"

"2021 年国庆节，终于吃到了洛阳老君山的一元午餐：主食一碗面条，一个馒头，每份主食搭配一份配菜，是两个小西红柿，两块黄瓜，两个蒸红薯块，外加一个茶叶蛋。食物丰盛，味道真不错，很难忘啊！这样有良心的景区，走遍天涯海角不多见。"

"我是一位热爱旅游的人，去过全国很多地方，在这方面感悟很多：节假日出门旅游被坑，前几年特别严重，不管你旅游攻略提前做得多好，都挡不住或多或少被坑。游客吃海鲜被坑，吃大虾被坑，这些事大家都熟悉。现在大家出门旅游都怕被坑，防不胜防。天下有没有不坑人的景区？今天我就告诉大家，国庆节我真发现了一个全国最有良心最有爱心的景区，那就是河南洛阳栾川的老君山风景区。这个景区吃一顿午餐只要一元钱！据说中央电视台和全国很多的媒体网站都报道了他们的一元午餐。一元钱吃一顿午餐，可能很多人会说这绝对靠不住，一元钱买一瓶水都买不到，在景区能吃到一顿可口满意的午餐？是不是天方夜谭？是的，这是真正的事情，真实事情，不是编故事，更不是天方夜谭，很多游客吃了都说好，都给 5 星好评。"

…………

老君山景区推出"一元午餐"，从 2017 年开始，这一坚持，就是 5 年，相信老君山人还会坚持做下去。很多人说："老君山的'一元午餐'，是国庆黄金周期间，中国旅游界的一股暖流。"

在当今这个时代，一块钱也许连一套餐具费都不够，老君山风景区却能够不惜赔钱，也要为游客提供一份包含主食（馒头或面条）、水果蔬菜（西红柿、黄瓜），再配以或蒸红薯，或煮玉米，或火腿肠，或茶叶蛋的标配套餐，让游客吃得饱吃得好吃得满意，这份饱含善良爱心的举措，确实令人感动。

不过，老君山这样的举措，五年来无论是在洛阳本地的景区，还是全国其他地方的景区，一直没有模仿者，到底是为什么呢？"一元午餐"单纯从性价比和经济效益来看确实很便宜，老君山在这方面肯定是赔钱的。老君山人看得更长远，他们用超低价格的一顿午餐，成功打响了自己的知名度美誉度，赢得全国众多媒体的免费宣传，站在营销的角度来看，五年来老君山赚大了。

其实，自从老君山第一次推出"一元午餐"以来，人们对老君山的营销和炒作的质疑就从未停止过。老君山人非常坦诚，他们说，"一元午餐"确实有炒作和营销的成分在里面，但这种营销背后又何尝不是一种人性化的善举？全国其他景区为何没有这样的举措？国庆长假出游，游客挨宰的景区至今仍有。

从营销的角度来看，老君山用低价的餐饮换来了游客的实惠，又把自己的名气炒作得很成功，这绝对是一种成功，只是这样的成功并未见其他景区效仿。原因是什么？就是很多人气火爆的景区，根本不愿意赔钱去进行这样的营销炒作，更不愿意失去景区餐饮带来的高利润。

五年来，老君山的"一元午餐"，除了菜品不断变化，"无人值守，自觉投币，自助找零"的宗旨一直没有改变。看上去是一元钱的午餐，其实却体现着大爱的情怀，舍得的精神。

中国未来研究会旅游分会副会长刘思敏认为，"一元午餐"之所以引发广泛关注，缘于其契合了民众对于旅游景区物价偏高的普遍关切。

他说："我觉得总体评价来说它是一件好事，而且从它引起的社会反响来讲也证明它是成功的。不能否认它是一个实实在在的市场营销活动，能想出这么一招，我觉得是非常值得欣赏和肯定的。"

那么，老君山为什么会推出"一元午餐"这项惠民举措呢？这里面还是有故事的。

2017年十一黄金周期间，老君山多雨水，天气也比较冷。有的游客冻得直打哆嗦，有的游客自己带着干粮，就着矿泉水吃东西……

这样的场景，让老君山董事局主席杨植森看到了，他的心里立时感到难过。他对景区的高层说："能不能为游客做点啥？哪怕是一丁点的事，让游客能稍微暖和一下。"

"那就做饭让游客吃吧。"景区领导班子一锤定音。"一元午餐"就这样应运而生，并成为火爆旅游界的营销创意。

"为什么要收游客一元钱？"

营销总经理徐雷曾这样说："老君山推出的一元午餐包括了一碗当地特色糁汤面、一个馒头和一根香肠，食材是景区自己进的，也由景区自己的厨师制作，这样成本就不会太高，高于一块钱的部分由景区补贴。一方面为了避免浪费，另一方面也让游客吃得有尊严才定价一块钱。"

徐雷说："你投一块钱，对游客来说它是消费者，你不管掏得多或者少，那我花钱了，吃得理直气壮，这样就让游客吃着也很有尊严。"

"一元午餐"火了，一时之间，成为全国人谈论的话题。有人质疑这是作秀，有人认为这是炒作……

老君山董事局主席杨植森说："我们不能对他人的行为进行任何道德层面的评判。如果说通过我们所做的一元午餐这件小事，能够唤起更多景区对游客的贴心和善心，影响社会上更多的人参与到善良的队伍之中，那就是一件值得我们老君山人去做的事情，也值得我们坚守下去！"

徐雷说："如果有人认为这是炒作，我希望这种炒作能够更多一些。一元午餐这种活动，大家都可以来做，让大家都乐和乐和，何乐而不为？所以我们的初衷是把事情做好做圆满，保证卫生，保证干净，保证秩序，保证游客在这里有好的体验，这就是我们应尽的职责。"

2018年10月6日，网名"飞翼谈古论今"在网上发表了题为《老君山景区"一元午餐"，是营销手段？还是中国旅游文明的进步？》的感想：

2018 年国庆黄金周，依然是人流满满，大家利用这七天出去走走，看看祖国的大好河山。然而在很多景区餐饮问题成了令人头疼的事情。

近日河南洛阳老君山景区推出的"一元午餐"火遍网络。就这样售价为一元人民币的"一碗糊涂面""一根烤肠""一个馒头"，为何让网友大呼"良心景区""暖心午餐"？

相比较而言，一般的景区在旅游旺季，餐饮收入是一个很大收入，餐饮的价格也是水涨船高，价格都很高。像老君山景区的"一元午餐"确实不多见，更何况老君山景区的"一元午餐"质量确实是很棒的。再者采用的还是无人值守，全凭游客自觉自愿。

老君山景区的"一元午餐"更像是一块"试金石"，一方面考量着游客的旅游文明程度，另一方面也考量着景区的"良心"做法。

老君山景区"一元午餐"是营销手段吗？

对于老君山景区"一元午餐"，大多数网友是持肯定态度的。当然也有网友质疑这仅仅是老君山景区推销自己的一个手段。

我个人觉得，这种充满暖意和良心的"营销手段"来得更多些不是更好吗？即使有营销的概念，却很良心，值得推荐。老君山景区的"一元午餐"采用的是无人值守的方式，体现了景区对于旅游文明的信任，也很大程度地杜绝人为的漫天要价，更考验我们游客的文明程度。

另外，"午餐"是有价格的。相对"一碗糊涂面""一根烤肠""一个馒头"三种食品单价而言，价格实惠。并且是有价售卖，即让本钱有所回归，又很大程度上尊重了游客，这些是公平的商品买卖，不是"施舍"。

除此，老君山景区的"一元午餐"并不是今年才有的。老君山景区的负责人对于网友的"营销手段"回应很淡定，他们会一直做下去。

老君山景区"一元午餐"，彰显中国旅游文明的进步。

随着中国人民生活水平的提高，旅游成了大家一种比较认同的休闲方式。黄金周旅游已经成了我们每年的一个必做项目，尽管每次回来都说：明年说啥也不出去了，但是没到放假就已经做好了旅行的计划。

文明出行，文明旅游，已经深深地烙在了每个中国人的心中。如今出行的游客们基本能够自觉地做到这两点。在旅游的旺季，大家在各大景点能够自觉地做到一个文明游客的举止。老君山景区的"一元午餐"并不是首创，我相信也不是绝后。随着文明程度的提高，我相信更多景区会用自己特有的方式，彰显中国旅游文明的进步。

最后，作为国庆黄金周的一名游客，希望中国的旅游文明会更加进步，那些欺客宰客的行为越来越少，让我们本来不宽裕的旅游时间，过得更开心愉悦些。让类似老君山"一元午餐"这种暖心、良心的旅游方式，更加温暖旅游的人们。

2018年10月10日，针对老君山"一元午餐"的热议和质疑，《中国旅游报》与中国经济网刊发了署名杨玉龙的文章《"一元午餐"体现游客为本服务理念》：

河南省洛阳市栾川县5A级景区老君山十一长假期间推出了"一元午餐"，游客只需一元就能买到一碗当地特色糁汤面、一根烤肠和一个馒头。不少游客品尝过后认为这份午餐价格超值，在收获众多网友点赞之时，也有人质疑景区有借此炒作之嫌。对此，景区负责人回应称，"一元午餐"去年就开始了，"只要游客有需求，明年还会推出"。笔者认为，从游客角度而言，景区推出"一元午餐"值得点赞。

景区"一元午餐"好在以下几点：一是价格低廉，近乎是免费；二是突出地方特色；三是与扶贫对接，食材是从贫困户手里收购的，对推进脱贫工作具有借鉴意义；四是安全有保障，由当地食药监局工作人员监督，让游客吃得放心。可见，不仅是低价，还有质优，让景区提供的"一元午餐"大受欢迎。

其实，留住游客最好的方式不仅仅是景区的奇山秀水、花草树木等自然资源，软件服务也须跟得上、做得好。于景区用餐，倘若一份盒饭动辄三五十元，一瓶矿泉水四五元，即便景区大门免费进入，面对如此高价消费，游客也一定不会满意。

当然，并非各大景区要模仿"一元午餐"，毕竟每个地方条件不同，但以游客为本的服务理念不能缺失。从这个意义上讲，景区餐饮在做好供给保障的同时，也应在价格上找到"平衡点"，让价位在游客可承受的合理范围内。比如，"十元午餐""十五元午餐"这样的优质低价午餐，多多益善。

尽管"一元午餐"会亏本，却赢得了游客好评，而游客的"反哺"效应也是显而易见的。景区不能搞一锤子买卖，提供必要的餐饮服务是经营的要求，更是道义彰显，优质低价餐饮理应成为主流。

老君山年年推出"一元午餐"，一坚持就是 5 年，年年引发热议。2020 年10 月 9 日，中国吉林网以《老君山景区推出一元午餐，其营销方式需要人懂》为题发表了作者苗凤军的文章，中肯地评价了老君山景区"一元午餐"的意义和价值：

河南省洛阳市 5A 级景区老君山风景区连续四年推出无人值守的一元午餐，只需一元，就能品尝内含玉米糊涂面主食，并有黄瓜段、圣女果、鹌鹑蛋等配餐的午餐。今年，该景区继续推出无人值守午餐售卖，却出现收入不少反多的现象：10月4日景区售卖一元午餐2200份，经过盘点，钱箱加支付码共收入2319元，多出119元。（2020年10月7日澎湃新闻）

河南省洛阳市5A级景区老君山风景区连续四年推出无人值守的一元午餐，这是一种良心及责任的体现，能够坚持四年，这确实让广大游客意外，同时这一行为更会感动很多去那里旅游的群众，更是通过这种行动为河南老君山景区打了一个相当给力的广告。

其实一元午餐，如新闻中所讲述的食品，这一元只能是象征性地收费，大多数情况下，与免费差不多，特别是在今年的一元午餐活动落实中，更针对节约粮食做大文章，配餐有大小份之分，这样的贴心服务真正是做到了与时俱进。

一元午餐，根本谈不上创收，必然是自己拿赔头，可是景区一直坚守四年，这并不是景区管理者头脑有病。事实上，景区管理者头脑相当清醒，通过这样的行为，一是将老君山服务百姓的责任落实在实际工作中；二是通过这样的行动，引起广大游客的关注，引起全国众多媒体的关注，游客用亲身感受去宣传当地景区服务百姓的美，媒体更是对这样的事件进行大力宣传，无形之中，老君山景区的名气全中国都知道了，广大百姓肯定会慕名前来。老君山景区这样做才真正是生财有道，这真值得全国各大景区管理者向老君山景区管理者学习，在迎接全国人民到本地景区旅游时，让广大百姓都能够感受到景区服务百姓的责任。

河南老君山景区连续四年推出一元钱午餐，这样的良心服务希望能够在全国各大景区推广，这是一种榜样，这也是一种责任。如果全国各景区都能够做到老君山景区的做法，更能够形成涟漪效应，让景区的美丽更上一层楼。

面对肯定和质疑，董事局主席杨植森淡定地说，"一元午餐"这个做法对于老君山来说已是常事，老君山庙管会 2014 年启动的"道士下山"送斋饭，每年农历逢节为游客配赠节日礼品，端午节的粽子，二月十五的豆腐，重阳节的寿果，中秋节的月饼，雨雪天气为游客熬制姜汤，这一切，老君山人至今已连续做了五年。

2019 年 8 月 4 日那天，老君山景区从栾川贫困村潭头古城、合峪镇平凉河买回玉米棒三万多穗，煮熟后免费赠送游客。单这一项，将近分吃掉十亩地的玉米棒。8 月是核桃收获的季节，山沟贫困村民摘下的核桃卖不出去，怎么办？栾川潭头拔云岭村干部找到景区求援，景区急贫困村民所急，当即决定收购村民的上万斤核桃，并把这些核桃免费分发给游客。

老杨总说："这一切活生生的事实，也都是炒作吗？这种炒作用得着一年又一年赔钱做吗？如果说这是炒作，那我认为这炒作还不够，今后我们将把这件事继续做好，把方便、实惠、利益让给游客，以真心换人心，只要游客满意就行，只要游客说好就行。"

老杨总还以老君山董事局主席的名义公开承诺："老君山一元午餐今后要从细节之处继续提升，要根据季节气候坚持做下去，要把它打造成服务品牌，让老君山的游客都能品尝到家常便饭的味道，感受到老君山人的善良和热情。"

有人说，善良是中华民族的传统美德，它随着历史的长河延续至今，并融入千万中国人的血脉之中。

老君山风景区文化总顾问张记说，老君山人的血液里拥有较常人更多的善良基因。老君山是老子归隐之地，是中原地区乃至国内有名的道教圣山，是老子思想、道家文化的传承之地。众所周知，老子著五千言《道德经》，如果把"道"比喻为《道德经》的脊梁的话，善就是它的血肉。《道德经》说，上善若水，水善利万物而不争。书中关于善的论述，比比皆是。善良，是老君山人做"一元午餐"最根本的动力和原因。

行善是一代又一代的老君山人坚守的道德底线。据《卢氏县志》记载，自北魏老君山建庙以来，每年四月初八的庙会，老君山都会为当地群众施粥，一直延续至今天。

2007年老君山风景区改制后，作为一家发展中的企业，肩上扛起了更多的社会责任，行善已经成为老君山风景区企业文化和企业价值中最为重要的一部分。回顾老君山十五年的发展历程，也是一部行善史。老君山连续多年资助贫困大学生，逢年过节走访慰问孤寡老人和困难群众，道士下山免费给游客送斋饭，为游客免费赠送粽子，天寒季节为游客免费提供姜汤，为游客免费赠送瓜果，这些善事好事，举不胜举，数不胜数！有这样善心善举的老君山人，今天他们甘愿赔钱，也要做"一元午餐"方便游客，这是全国其他景区值得学习的做法。

"一元午餐"是老君山人一直坚持"游客至上"理念的生动体现。不管一些人怎样质疑老君山的"一元午餐"，都改变不了老君山人将这件善事坚持下去的信心和决心。

赠人玫瑰，手有余香。老君山人深受老子文化的滋养，他们会义无反顾地将善事好事做到底，以自己的真心真情，换得千万游客对他们的理解、信任和支持。老君山人坚信：你若善良，上苍也会照顾你。

第五节　金顶雪景，红遍全网

2020 年 11 月 21 日，一夜之间，漫天飞雪，老君山"金顶雪景"火遍全网，也成为点燃"冬游洛阳"的大火。

"老君山冰雪雾凇节"的首个周末，景区迎来 3.2 万名游客，客流量堪比国庆黄金周，栾川县城出现了一房难求的局面。

皑皑白雪，雄伟金顶，银装素裹，山川壮丽。此时登临老君山，如入仙境，不胜感慨。社交平台突然爆出了一句话："远赴人间惊鸿宴，老君山上吃泡面。"立时，这句话红遍全网，吸引了众多游客打卡老君山。

"远赴人间惊鸿宴，老君山上吃泡面。"这是一个网络热句，是一条热搜新闻。这句话说出了老君山冬雪之后的晶莹剔透和吃泡面的温暖气息，融合了仙山、仙气和人间的烟火气，朗朗上口，富于个性，成为万千游客前来老君山的唯美理由。

冬季，一般是北方景区的淡季。2020 年的第一场雪后，老君山的游客不减反增，每天游客多达一两万人，大家只为观看仙境一般的老君山冰雪世界。

寒风凛冽，金顶飞雪，气温降至零下十几摄氏度，可怎么也阻挡不了游客的脚步，让老君山真正成了一年四季无淡季的旅游风景名胜区。

雪后的 10 天里，老君山美景六登央视；微信检索指数增长近百倍，百度搜索指数增长 10 倍，力压诸多网红景点，抢占抖音等短视频热搜榜榜首，抖音定位在"老君山风景名胜区"的视频曝光量达 5 亿。

老君山年年都下雪，老君山年年雪景美，为何今年如此之火？又是什么带火了老君山？有人说，是人们对美和自然的向往之心，带火了老君山热火朝天的冬游场面。这话说得对，但还不够全面。

老君山是国家 5A 级旅游景区、国家级自然保护区、世界地质公园，独特而优越的自然生态资源，加上老君山山顶"气象万千"的漫天雪花和妖娆壮丽的雪景，是引发游客强烈共鸣的缘由。

老君山景区文化总顾问张记说，老君山美丽壮观的雪景突然引爆了网络，在很短的时间里，有关老君山的话题在抖音短视频平台上突破 20 亿的播放量；"老君山雪景""雪景最美老君山""金顶飞雪"等与老君山相关的话题，更是达到数十亿的播放量。不少游客说，老君山雪景太美、太壮观了！金顶飞雪，云海雾凇，令人心驰神往。

老君山副总经理张鹏远面对媒体采访这样说："我个人感觉，从 2020 年 9 月份，老君山就显露出了一定的'网红'潜质。暑期刚过，旅游市场不温不热，但是 9 月份来老君山的游客还是不少。当时有一个平顶山女孩在社交平台上发了一条信息：'我是一个平顶山女孩，希望有一个男孩带我去老君山。'这条信息就变成了网友自发传播的一个'梗'。直到下了第一场雪后，金顶雪景的美丽被传播出去，很多网友问'老君山在哪里'，游客出现了激增，但完全没想到突然会有这么多游客来老君山。因为游客太多，当时老君山甚至出现了一些卫生问题，我们连夜开会立即进行整改，保证了老君山的优美环境。"

据栾川有关部门统计，在栾川初雪后的周末两天时间里，仅老君山一个景区就迎来了3万多名游客，人流量堪比黄金周。2020年，栾川县全县共接待游客1158.01万人次，实现旅游综合收入73.96亿元；冬季（11月、12月）旅游接待游客181.66万人次，实现旅游综合收入10.14亿元，同比分别增长32.79%、89.51%。其中，老君山景区2020年全年收入近3亿元，入园游客、单月收入、单日收入、非假日收入等，均刷新历史纪录，创开园以来最好成绩。同时，带动住宿、餐饮、商贸、公共交通等行业消费实现逆势增长，栾川酒店入住率在冬季达到70%以上，县城酒店在周末首度出现了爆满局面，显示出强劲的消费拉动效应。

老君山2020年冬游的爆红，其实并不意外。老君山爆红的背后，是老君山人多年的努力和坚持、拼搏和追求的结果。每年6—9月份，海拔2217米的老君山有无与伦比的云海奇观。2014年之前，老君山的云海资源并未被重视。从2014年以来，老君山开始发掘云海资源，每年夏季举办"观海避暑节""万人音乐露营大会""中原车友狂欢节""金婚庆典""峰林探宝""观海避暑觅神光摄影大赛"等活动，时间长达两个月，在夏季旅游市场上取得了跨越性的突破。

秋冬时节，老君山的雪一般来得比较早。近年来老君山人充分发挥天降瑞雪的优势，推出老君山"冰雪雾凇节""伏牛山梦幻冰雪节"等系列活动，既展示了老君山天然而成的冰雪奇景，又破解了冬游淡季的难题。

看着从祖国各地四面八方赶来的游客们，老君山人把服务也做到了极致。他们除了及时清理游览线路上的浮冰、积雪以保障游客的安全外，往往会在中天门服务区为游客们提供免费的豆腐汤、姜枣茶等热饮，让他们止渴又暖身。

老君山副总经理赵大红说，从2014年开始，老君山景区每年拿出3000万元做营销。2018年开始，老君山景区不断尝试以多种方式在各大互联网平台展示景区美景，设立相关奖励政策，鼓励员工和游客自发拍摄相关视频上传平台。通过内容营销的方式，吸引游客尤其是年轻人的关注。一方面有目的地调整和改变游客结构；另一方面在推动流量增长的同时，通过文旅产业高质量发展，推动游客增长。长期不懈的努力，让老君山赢得了不断提升的知名度、美誉度，为老君山的爆红埋下了伏笔，打下了基础。

老君山文化总顾问张记说，老君山景区每年还借助全球文旅创作者大会，组织邀请上百位头部达人、网红到景区创作。慕名而来的达人、网红们，面对"盛世美颜的老君山"，往往各展其能，通过他们各自的网络平台，把老君山变成一个强大的流量平台。网络不可估量的力量，助推老君山从避暑胜地到冬季旅游打卡地的爆红升级，铸造了旅游界营销宣传的传奇。

2021年9月1日，老君山风景区迎来了一个大好消息。文化和旅游部资源开发司，向全国旅游部门发布了2020年国内旅游宣传推广典型案例名单，河南老君山"弯道超车创造奇迹"与新疆"可可托海的牧羊人"等24个案例，共同入选2020年国内旅游宣传推广典型案例。

到底是什么带火了2020年冬游的老君山？

又到底是什么让老君山成功创造了"弯道超车创造奇迹"的国内旅游宣传推广典型案例？

老君山董事局主席杨植森有自己的见解。他说："2020年恰逢新冠病毒肺炎流行，为抗击疫情，老君山不得不封山了几个月。老君山最终却实现了逆势增长，收入达到了三个亿，创了历史性新高。老君山今年到底为什么这样火？我认为，天时、地利、人和，一个都不能少。"

经过深入的采访了解，我们知道了老杨总所说的"天时、地利、人和"的内涵。

天时。黄金周的第一场雪并不大，但因为"金顶"雪景太美，各种老君山雪景的美图和小视频，迅速火爆网络。天南海北众多的网友都在问："老君山在哪儿？"这无疑为入冬的火爆人气埋下了伏笔。入冬第一场雪很大，景区山间旅游道路上积雪达 15cm。银装素裹的冰雪世界，让老君山在刚刚启动的冬季游市场占得了先机。"登金顶，赏雪景"的游客纷至沓来；随后，雾凇、云海、金顶日出等自然风景奇观接连出现，助力老君山抢尽了冬游的先机和话语权，一日数万人的登山场面，热气腾腾，壮观无比。

地利。往年老君山，山上山下，纷纷扬扬，飘飘洒洒，到处都是雪，有时就阻挡了上山的路。今年老君山，一样是纷纷扬扬，飘飘洒洒，却出现了"山顶有雪，山下无雪"的景象。人说苍天有情，给热爱山水自然的人留下了一条登山的路，四面八方的游客争相拥来，来看老君山这座仙山、圣山的壮丽雪景。

人和。这么多年来，老君山一直坚持"游客至上"的服务理念，月月年年都有惠及游客的活动，尤其是在节假日人流高峰时，他们连续坚持推出的"一元午餐"，让游客在这里吃得好，玩得好，舒心又温馨。老君山人的善举火爆了网络，不仅赢得了央视和全国众多媒体的连续报道，更为他们免费赢得了全国游客的赞誉，积累了大量的人气。许多游客说，老君山，山美景美人更美！

徐雷一直主抓老君山旅游营销工作，他对老君山的火爆有自己深刻的理解。徐雷介绍，15 年的开发建设，老君山累计投入 20 亿元的资金，成就了一座全新的老君山。索道栈道、峰林古树、溪流飞瀑和老子文化苑、金顶道观群，完美呈现在老君山；老君山游客中心，山顶游览环形步道，钟灵、峰林、云景三条索道，穿云、步云、飞云三条栈道等一个个重点项目，助推着"一轴两翼七大功能区"的大旅游格局逐渐形成。

他说，老君山每年 3000 万元的营销大投入，为快速拓宽旅游市场奠定了基础，也让景区的品牌知名度迅速提升。

老君山举办的丰富多彩的活动，可以说是令人目不暇接，更是催热了旅游市场。老君山"仙境朝圣季"，游客们前来祈福、观景，一时间刷爆微信朋友圈；"汉服女神"穿越时空飞降老君山，踏青赏春；"仙女导游"邀您畅游峰林仙境，令人流连；千名游客共食"咬春"野菜宴、乘坐热气球游览老君山、数百道士上山朝圣等活动，成为各大媒体的头条新闻；近年来，老君山又相继推出了"仙山花海节""观海避暑节""仙山秋趣节""冰雪雾凇节""老君山文化旅游节""看云海观日出""全景栾川·大美老君山全国摄影大赛"等活动。一系列独具创意的营销活动，一次又一次掀起强劲的旅游风，使老君山的游客量年年激增，客源辐射至北京、上海、广州、天津、重庆等全国一线城市。

从 2007 年到 2021 年，老君山的旅游收入由 30 万元猛增到 3 亿元，增加了近千倍。独特的"老君山营销"模式，成为催生老君山旅游火爆的重要原因。

老君山财务总监望广发，从老杨总开矿时就一直管财务，他对老君山花出去的每一分钱都清清楚楚。老君山开发建设中的每一个重大决议，他都参加了，是老君山开发建设的见证人之一。对于老君山的爆红，他这样说，啥事都不是轻而易举成功的，肯定有它的原因。2013 年 12 月，栾川这个国家级贫困县终于迎来了第一条高速公路，这是栾川县人民几十年的期盼。身为老君山董事局主席的老杨总召开高层会议，形成一项决议：从 2014 年开始，老君山每年投入 3000 万元用于市场营销工作。我们当时都感觉是不是投钱有点儿多，可老杨总觉得一点儿都不多。多年来，关键时候的每一步，老杨总的抉择都是正确的，所以，我们也坚信他这次的营销大投入是有远见的。

2014 年，老君山综合收入 3318 万，市场营销却花了 3000 万。许多人说，换了其他景区，肯定不会再这样投钱了，可是老君山没有停止营销，而是加大营销投入力度。从 2014 年到现在，每年雷打不动投资 3000 万元做市场，哪怕是疫情肆虐的 2020 年也没有中断。现在，老君山的旅游收入年年翻番，成倍增长。2017 年，老君山旅游收入终于突破了一个亿，跨入了河南亿元景区；2020 年，老君山综合收入达到了 3 个亿。如果没有持续有力的营销投入，就不会有今天翻天覆地的变化，更不会跨入一流景区的行列。

老君山总工程师张央介绍说："老君山此次的爆红，看似偶然，其实是天时、地利、人和的必然。老君山风景区自 2007 年改制以来，十多年间，在老杨总的带领下大格局大气魄开发建设，先后投入 20 亿元的资金，着力打造全国一流品质的一流景区。从景区开发建设到营销推广，从特色产品开发到品牌战略升级，始终坚守发展和生态两条底线，真真切切做到了经济效益与社会效益、生态效益的同步提升。"

老君山董事长杨海波说："多年来，老君山景区始终坚守市场规律与人文关怀相结合的旅游发展格局，一些营销理念受到旅游界的高度肯定，更是受到众多游客的赞誉，加上省、市、县三级政府的关心支持，老君山正在一步一步成为千万游客向往的全国一流景区。以山水自然之美和老子文化之美，奠定老君山在全国旅游界和众多游客心中的独一无二的地位。现在，全体老君山人正在朝着将老君山打造成为'中国最具影响力的道家文化圣地、最具吸引力的养生度假胜地、最具亲和力的旅游目的地'的目标而努力奋斗。"

第六节　弯道超车，创造奇迹

2021 年 9 月 15 日，TOM 网以《河南省老君山案例入选 2020 年国内旅游宣传推广典型案例》为题，报道了老君山 2020 年逆势发展取得的好成绩：

　　日前，经有关省级文化和旅游行政部门、文化和旅游部有关直属单位推荐，通过专家组评选，本着树标杆、立典范、强引领的原则，文化和旅游部资源开发司发布通知，确定《"弯道超车创造奇迹"——2020 老君山宣传推广案例》等 24 个案例为 2020 年国内旅游宣传推广典型案例。

　　通知表示，希望各地认真学习借鉴，切实推动宣传推广工作在内容策划、技术手段、表现手法等方面不断创新，着力提升国内旅游宣传推广质量和水平，进一步繁荣全国旅游消费市场和促进旅游业发展。

　　2020 年新冠疫情期间，河南省栾川县老君山景区研究形势、分析市场，提前谋划发展，提出了"防疫情、保稳定、练内功、谋发展"的思路，坚持事件营销和品牌宣传，通过实际行动，防疫不放松，发展不停步。

开园迎宾，老君山旅游高位反弹，业绩喜人。进入冬季，老君山冬季旅游淡季不淡，雪景盛况在各媒体平台持续霸屏，入园游客不减反增。入园游客、单月收入、单日收入、非假日收入等，均刷新历史纪录，创开园以来最好成绩。

在关闭两个月的情况下，老君山2020年完成了主营收入从1.83亿到2.9亿的逆势跨越。老君山景区带来了游客的同时，也带旺了周边的酒店和餐饮业，被业界赞誉"旅游拉动经济复苏，一山带火一城繁荣"。

疫情之下，老君山能够取得如此辉煌的成绩，与掌舵人杨植森的正确领导分不开，是他和公司高层带领老君山人携手并肩战胜疫情，实现了2020年和2021年的历史发展，创造了前所未有的成就……

2020年初，中国暴发了大规模的疫情，形势十分危急，旅游行业不得不关门封山，停止营业。疫情之下，老君山如何谋划全年的工作？老君山董事局主席杨植森彻夜难眠。

2020年2月2日深夜，他深思熟虑之后，写下了自己关于老君山在疫情之下如何发展的"十一条思路"，并在集团内部的微信群公开发布。文章虽长，但没一句废话，都是他多年实战经验的总结，都是大实话、硬道理。阅读其文，可见老杨总为老君山的发展殚精竭虑的感人事迹。

下面是他题为《面对当前形势，老君山人如何去做？》的文章：

疾控隔离多长时间？很难断定。初五晚，我在群里主要就几项特急工程给工程部进行了安排，也对营销工作及中高层提了几点要求。本来还想召开几个会议，一个是班子会，一个是中高层会，还有就是营销工作会，但现在情况不允许。

疾控隔离是为了预防人多交叉感染，但老君山人的心是不能隔离休息的，因此我只能说，愿意上班的自愿，该来的不说都已来啦，没来的我也没有强求。但在家的同时，你们必须清楚，你是老君山人，你是老君山这个大家庭的大小当家，不在其位可不谋其政，而在其位就必须去谋其政，否则是失职。这里我再强调几点，不是参考，而是必须执行：

一、在家期间，学习两篇文章：一篇是孙震的《关于二〇二〇年旅游市场的几个分水岭》，也是对旅游行业何去何从的分析。另一篇就是中国旅游专家魏小安的文章，虽然篇幅较长，可重点领会，从而由远及近结合老君山的未来发展和定位。重点是明确形势，找准定位。

二、对现阶段疾控形势的明确，更重要的是在这尚不明确防控期而一旦解除疾控期限情况下，假定的两个可能：一是短期内旅游市场依旧疲软；二是疫情结束，即进入旅游旺季。关键是被封闭了多日的身心和自由，加上春天的到来，由短期的观望，迅速进入高峰旺季。现在这种朦胧涣散的心态如何应对？每个人都应明白你是5A景区的老君山人。因此，每个人都应清楚自己的位置和责任，身在其位必谋其政。人身隔离，心系工作，心系老君山。免疫力是最好最有效的疾控，也希望你们每位都能提振精神，提高免疫力，静下心来把本部门本职要抓的工作理清思路、明确目标、写出计划，用文字的形式做好汇报。

三、所有中高层分管职责，目标任务、绩效考核、奖罚措施、管理制度等，在工作会议尚未制出新办法之前，仍按去年或年前明确的执行。

四、在未明确全员上班之前，各部门特别是索道、工程等部门需要做检修、检查等大量前期工作的，仍本着自觉原则允许一部分人上班，部门领导将人员名单报人资部登记。

五、办公室应充分做好解控前后的协调及全面工作，写出工作报告，准备工作会议的随时召开。

六、工程部工作已经非常明确了，而且也专门召开了两个会议，再强调的就是时间紧迫季节性强，去年确定的部分竣工日期必须按时竣工，不讲原因。属于绿化的项目，尽早做出计划，选好树种，会议确定后购买栽植。

七、车队、安保。已开工及在建的停车场，虽不规范，但数量比去年增加了不少，能投用的约有两千个，虽仍有不足，但可以缓解节假日的高峰期压力。因此有大量完善管理及前期工作要做，硬化，绿化，规整车位、画线等工作都需在较短时间内完成，而且两个部门领导，要考虑今年节日旺季到来的小换乘，一是司机，二是车辆，必要的要订合同。

八、网络工程。智慧旅游是二〇二〇年需全面提升的重中之重，去年至今已提过数次，并召开会议，时间紧迫，务必考虑方方面面，尽早动工，不误使用，实现真正意义上的数字化智慧旅游景区。

九、财务工作。本职业务不再多提，近期内一是考虑身份证或刷脸系统一旦实施，票务程序的适用，突发情况的票务处理，人员的调用，财务大系统的风险。

十、营销工作。前几天我已和徐总简单谈了点看法，由于疾控时间不能确定，指定到达区域也没时间，因此利用现代化网络沟通也是必选的高科技营销手段，每个人的区域特点，每个人的目标任务都已非常清楚，各个旅行社的组织人士也都了如指掌。今年突发的疫情是全国性的，我在前面开始讲的都学点政策、了解点形势也在于此，但作为营销人员，如何摆正心态，如何正确看待疾控形势与个人指标的关系，个人指标与老君山历年来的发展关系，每年指标的制定与年终结果。当前形势不容乐观，现实也不可回避，但如果单用疾控的形势来定论还为时过早，过去的时间不可能重返，对公司造成的损失有目共睹，一切只能面对现实。如何处理需看时间，看发展，虽然关乎每位营销人员，但你们也更应该相信公司、相信领导会给你们有一个公平满意的说法，只能积极应对，主动把控市场，弥补过往的损失，看到光明，看到前景，力争二〇二〇年各项指标的实现。

十一、实业公司。至今还没见到一个系统的计划，尽管前段时间有方方面面的原因，但这段时间必须抓紧时间做出切实可行的计划，讨论通过后纳入工作报告。

总之，形势越是严峻，越能显示领导的水平，展现领导的作为；全体党员在非常时期更应该发挥党组织的先锋带头作用；我们要改革创新，乘势发展，全面提升，增收保安全，争取二〇二〇年各项工作的全面胜利。

老君山人不会忘记 2020 年。那是异常艰难的一年，也是危机与机遇并存的一年。在抗击疫情的日子里，老杨总专门召开会议，对全体员工说："疫情期间，请大家放心，我保证大家的工资一分钱不少，人员一个人不减，即使砸锅卖铁，工资也要按时给大家发。疫情期间，我们也不能放假、放松，景区闭园了，我们就把时间用到'内练素质，外塑形象'上，不断学习和提升自己，相信'磨刀不误砍柴工'。"

在这非常的一年里，老君山人在领航人杨植森的带领下，携手并肩，团结奋进，理清思路，科学发展，攻坚克难，独特营销，最终实现了疫情之下的逆势发展，实现了旅游收入的逆势突破。2020 年老君山全年入园游客 150 万人次，综合收入达到 2.9 亿元，创造了前所未有的辉煌成就。

老君山为何能够在疫情之下逆势发展创造奇迹？

2020 年 12 月 21 日，河南日报客户端发表了由记者张莉娜采写的长篇通讯《君山巨轮：奋楫扬帆再出发》，报道了老君山的创业之路，特别是 2020 年的逆势发展之路：

　　对洛阳老君山景区来说，2020 年更让人刻骨铭心。

　　这一年，面对疫情重创，老君山营业额却逆势上扬；这一年，雪落"君山金顶"，点燃冬游中原一把火；这一年，"一元午餐"重起炉灶，老君山带着专属的温度，温暖着万千游客……

　　"站位新时代中原更加出彩的历史时期，纵有新冠疫情的冲击，但洛阳老君山景区前进的脚步从未停止！2020 年，老君山人秉承初心使命，用汗水浇灌收获，以实干笃定前行，交上了漂亮的年度'答卷'。"老君山景区的"领航人"、老君山文化旅游集团董事局主席杨植森欣慰地告诉记者，截至今日，老君山景区全年接待游客 150 万人次，综合收入达到 3 亿元，入园游客、单月收入、单日收入、非假日收入、新项目增长等指标，均创历史最好成绩。

　　如何秉承"绿水青山就是金山银山"发展理念，把资源优势转化为经济发展优势？如何在疫情之下、危机之中寻求转型创新先机，实现业绩的爆发式增长？老君山人扬帆逐梦、奋楫争先，为老君山这艘乘风远航的巨轮增添了无尽的动力。

精准决策：勇立潮头踏浪行

　　12 月 28 日上午，老君山文旅集团董事局主席杨植森收到一面锦旗，锦旗上"旅游拉动经济复苏　一山带火一城繁荣"十几个大字熠熠生辉，也让人感慨万千。

何以破浪前行，唯有奋楫争先！

高层擎舵，确保发展航向

2020 年初，突如其来的疫情让中国旅游业突然被按下了"暂停键"。作为栾川全域旅游的主战场，老君山应该怎么办？杨植森带领景区员工多次召开会议，研究形势、分析市场、谋划发展。提出了"防疫情、保稳定、练内功、谋发展"，防疫不放松，发展不停步，两手抓、两手硬的指导思想。防疫情保市场、防疫情保工程、防疫情保提升，通过实际行动最大限度降低疫情带来的损失。在旅游市场开放之前，已经为复工开园做好了充分准备。

团队协作，牢系持帆缆绳

团队是一个平台发展的重要支撑，老君山团队更是激发了超常的战斗力、凝聚力、向心力，创造出业内瞩目的"老君山旅游跨越发展"效应。在疫情最严重时，老君山营销中心本着"花小钱办大事；抱团取暖互惠互利"的原则，整合了一大批优质的广告资源。以"峰林仙境·十里画屏"为主题，通过央视、卫视、广播、高铁、地铁、奥斯卡院线、社区等媒介全力推广，实现了品牌的持续深化。与此同时，老君山与各兄弟景区同心协力，共渡难关。

科学管理，稳定压舱巨石

管理方式为高质量发展蓄势赋能，"高层决策、业务细化、区域管理、责任到人"的 16 字科学管理模式深入人心。景区开门迎宾后，节假日，高层下沉，岗位下放到区，职责细化到段，人员固定到点。旅游旺季全体员工吃住景区，重要岗位 24 小时值班，他们视游客为亲人，营造最美的环境，使游客真切感受到安心、放心、开心、舒心、温心……

兄弟同心，其利断金。在各方共同努力下，景区开园迎宾后，旅游高位反弹、业绩喜人。虽然今年停工了两个月,但景区实现了主营收入从 1.85 亿元到 2.9 亿元的逆势跨越。

创意营销:逆势扬帆赢市场

11 月 21 日,君山飞雪,千峰万壑玉树琼枝,尤其是银装素裹的"君山金顶"火遍全网,吸引了大量游客前来"远赴人间惊鸿宴,一睹人间盛世颜"。在老君山冰雪雾凇节的首个周末,景区迎来 3.2 万名游客打卡,客流量堪比黄金周,栾川县城"一房难求"。雪后的 10 天里,老君山美景六登央视,微信检索指数增长近百倍,百度搜索指数增长 10 倍,抢占抖音等短视频热搜榜榜首,抖音定位在"老君山风景名胜区"的视频曝光量达 5 亿。

是什么催火了老君山?

老君山副董事长徐雷表示,老君山坚持创意营销,立体式的营销思路、全年无休的创意活动、独具特色的推广手段等,吸引了越来越多的游客纷至沓来。

丰富多彩的事件营销和品牌活动,催热了旅游市场。每年夏天,老君山观海避暑节盛装亮相,无与伦比的云海奇观掀起了强劲的旅游风。国庆黄金周期间,"一元午餐"火爆网络,这一由道士下山为游客施粥的习俗转化而来的营销案例,赢来游客如潮好评。仙山花海节、观海避暑节、复工热干面、粽子拼《离骚》、金婚庆典、五彩秋趣节……品牌活动和事件营销好戏连台,成为各大媒体的头条新闻。

唯改革者进,唯创新者强!今年以来,老君山创新媒体营销,以短视频爆发契机,借助省文旅厅组织的文旅者创作大会,邀请几十名"网红"来景区采风,带动了上亿粉丝关注。观海避暑节期间,金顶、云海及一批网红打卡景点引来众多游客前来打卡。景区出台"老君山短视频奖励政策",激励更多员工、游客参与视频传播。截至目前,定位老君山风景名胜区的抖音阅读量已超过 25.6 亿人次。

一次次果断的创新及尝试,让老君山不断地贴近游客;一系列创意营销活动,使老君山的游客量急剧增加。徐雷表示:历经十余年砥砺创新,"自然+节庆+文化+市场+扶贫"的老君山营销模式呈现"政治引领、特色创新、系列策划、品牌建设"的良好发展态势,也使更多游客向往老君山、爱上老君山。

优化供给:奋楫笃行勇争先

道虽迩,不行不至。

历经 13 年倾力打造,15 亿元巨资投入,山水灵秀、文化氤氲的老君山完美呈现于伏牛山间,来自四面八方的游客或金顶赏雪,或林中漫步,或步道徜徉……这不仅是一个国有林场到一个 5A 级景区的炫彩蝶变,更是"栾川模式"在发展历程中的"绿色"创新转型之路。

精品项目,撬动转型

2007 年 8 月,老君山深度开发的大幕拉开,景区每年投入一亿元资金,以重点项目撬动转型升级。

老君山因道教始祖老子归隐修炼于此而得名,自古被尊为天下名山,尤以山水独特、景观奇绝、生态宜人、气象万千四个特点著称。走进老君山,山峰、索道、栈道、古树相映成趣。老子文化苑成为老子文化的重要载体;中灵索道正式运营;君山金顶道观群落完美呈现,氤氲着非常之"道"。景区游客中心,山顶游览步道,穿云、步云、飞云水平栈道等一个个重点项目,助推着"一轴两翼七大功能区"的大旅游格局逐渐形成。

多元产品，游客青睐

高层次、多元化、创新型的旅游产品，给游客带来更独特的旅游体验。走进老君山，您可以登极顶，观红日喷涌，望云卷云舒；临幽谷，仰飞流直下，听泉响瀑鸣；置林海，嗅花海芳香，聆百鸟齐鸣；走栈道，尽览绝世峰林，如履平地坦途；乘云索，笑看群峰俯首，正是青云直上……无论是远观、近看、身受，都能在老君山体验到休闲度假的乐趣。

同时，花海紫云幔，玻璃漂流，飞拉达、丛林穿越、步步惊心等新项目的建成，增加了游客的体验感，成为老君山旅游产业化发展新的增长点。

智慧景区，"云"端助力

大数据风起云涌，智慧旅游为老君山插上了奋飞的双翼。

疫情前后，老君山加大智慧景区建设。指挥调度、票务系统、应急应答、信息播报、数据统计、语音导游等软硬件的全面扩容提升，预约购票、扫码入园、在线咨询、在线支付，起到了严控疫情、减少拥堵的重要作用。

徐雷表示，旅游业进入"人在游、网在看、云在算"的新常态，老君山打造了"线上与线下""虚拟与现实"立体融合互动的旅游产品，智慧旅游高效便民，"数据线上跑、用户线下游"相得益彰，"一部手机畅游老君山"也变得越来越精彩。

"大方无隅、大器晚成、大音希声、大象无形……"这是《道德经》对老君山最好的注解。千帆竞渡、奋楫争先，老君山匠心书写了 2020 年最精彩的答卷。

好风凭借力，扬帆正当时。2021 年，向着梦想，向着"中国最具影响力的道家文化圣地、最具吸引力的养生度假胜地、最具亲和力的旅游目的地"的目标，老君山巨轮将以奋进的姿态、创新的气度，乘风破浪再出发！

对于 2020 年的逆势增长，老君山董事局主席杨植森既欢欣鼓舞，又高瞻远瞩。面对全体员工，老杨总在 2020 年的总结讲话中这样说："2020 年度，受疫情影响，老君山在关闭两个月的情况下，仍逆势增长，入园游客、单月收入、单日收入、非假日收入等，均刷新 14 年来的历史新高，以惊人的业绩，为老君山 2020 年的工作画上了精彩而圆满的句号。"

他说："这些成果的取得，是大自然的恩赐，是天时地利人和的成果，更是全体老君山人努力奋斗的结果。这些成果的取得，也充分说明，老君山拥有一支能打硬仗、打胜仗、健康的管理团队！"

最后，他满怀信心地说："昨天的成绩从今天起成为过去，明天要走的路还很长。在下一步的工作中，老君山要把'扩容量、保水电、治污染、保安全'落到实处，把'居安思危、可持续发展'作为我们的座右铭，在新的征程上，永不停步，勇往直前！"

人们说，老杨总永远有最清醒的头脑，永远有谋事在先的战略眼光。老君山人正是有了他这样一位掌舵人，才走出了一条辉煌的创业之路。

第七节　名家荟萃，声名远播

2007 年，老君山大开发大建设之初，为了提高老君山的知名度，老君山文旅集团制作了风光片《道教圣地老君山》，并成功邀请了中央电视台国际频道主持人任志宏，担任这部风光片的解说。任志宏的解说有穿透灵魂的独特魅力，一下子就能把游客带入到老君山的神圣、神秘、神奇之中。

道教圣地老君山

2500 年前，留下洋洋洒洒五千言《道德经》后，老子骑青牛，出函谷，神秘失踪。

他到底去了哪里，又最终落脚在哪里？幻游追梦谷，悟道老君山。

八百里伏牛山主峰老君山，位于栾川县城东南，原名景室山，后因老子到此归隐修炼而更名为老君山。在唐贞观年间，被御封"天下名山"，一直沿用至今。云在老君山是独特的天然景色。清晨，白云在窗外徘徊，伸手可取，出外散步，就像踏着云朵走来走去。雨过天晴，它们迷漫一片，秀色如长虹般泛滥于半空，令整个老君山形成茫茫的海面，卷舒飘逸，时浓时淡，只留最高的峰尖，像大海中的点点岛屿时隐时现。

道，是虚而不见的，然而它的作用却无穷无尽。伏牛山与秦岭、昆仑山并称中国龙脊。作为伏牛山主峰的老君山，峻拔、雄奇却不张扬。每一座峰峦，都显露着其独有的灵性，这些在风水地脉学上，被称为"地气"的山峦，连绵十几里会在一起，又制造出群山环绕、万峰朝宗的壮观景象。东瞻龙门伊阙，西望三秦古地，南观武当金顶，北眺熊耳逶迤，浸润着道家深厚底蕴的老君山，犹如一位世外高人，不惊不诧却浑然拙朴，远离世事纷扰，以无限的宽广与沉默，包容着世俗的尘埃，蕴蓄着光明，他是那样的幽隐，又似无处不在。

有人说，老君山是生长在神话中的风景，只要涉足这块土地，那些山水草木、风物奇观，都会带给你惊心动魄、美妙无边的神话。无论是在玉皇顶览胜、追梦谷探幽，还是在马鬃岭历险，在石林拾趣，或是在亮宝台观云、舍身崖赏景，都令人有美不胜收的故事和陶醉。

据《史记》记载，唐朝时，唐太宗派开国元勋尉迟敬德监工重修老君庙，数位工匠正在施工，天突降暴雨还夹着狂风，工匠们无处躲藏，万般无奈中，工匠们一齐跪地祈求太上老君保佑，霎时，风停雨止，云开雾散。从此，老君庙的灵验在民间传开，南有金顶，北有铁顶。至今还有许许多多善良的人，前来拜见老君，祈求风调雨顺，万事平安。

水与世无争，却滋润万物，由高至低，亘古不绝。始终深沉而宁静，飞瀑重重的追梦谷，是当年老子登上老君山的出发地，也是明太子朝拜老君的地方。一入谷口，上百个大大小小的潭瀑沟壑，拐弯抹角，九曲连环地组成长长的迎宾方阵，以明亮而不耀眼，活泼却不张扬的神采，铺陈在人们面前。微风吹来，流水叮咚，轻荡涟漪，华美而不铺张，仿佛已经参透了老圣人的宠辱不惊、无为之意。

四季轮回，每一个季节的老君山，都绽放着他独有的神奇与魅力。在炫目的风光背后，一代先哲，也借用大自然的变迁，默默地向人们讲述着他深奥玄妙的思想。走进春天的老君山，无时不感受到他的和煦与仁厚。天地所以能长且久者，以其不自生，因为仁厚。

老君山的春，并不独享生命的绚烂。他把生命公平地赐予每一个生灵，才引来了老君山春天的繁花似锦，蜂蝶竞飞，桃杏怒绽，新蕊鹅黄。

夏天的老君山则一改春天的厚重，浓郁奔放而又博大精深。万千奇峰，显露着四季中最本真的面貌，峰峦恰似水墨油彩，浓妆淡抹，雅致亮丽，满眼的叠翠，绿得单纯，绿得繁复，绿得深幽，绿得明快，深深浅浅，浓浓淡淡，兼容并蓄，让人为生命的勃发而感动。天行健，君子以自强不息的激越，地行坤，君子以厚德载物的博大，不觉荡然于胸。

走过夏季，喧闹的蝉声渐渐远去，在林间抬头仰望，枝叶也不再是夏天的密不透风，透过稀疏了的叶阵，蔓延的黛绿中，已露出了秋的端倪。通透，正是老君山秋的特质，也是一种心境。

如果说老君山的秋天是通透的，那么，老君山的冬天，则是海纳百川，有容乃大的。冬季，落叶成灰，万物变容，一夜之间，万山一色，而这万山一色，又孕育出一袭蜡梅的暗香，一垄来年的葱绿，漫天飞舞的精灵，晶莹剔透的冰挂，通透后的包容，质朴无华，却又极尽语言之美而无以描述。

山、水、石、林、人，造就了老君山的千年奇绝，万古山魂。正是因为山的存在，这片土地，被赋予了神秘的圣洁；因为这圣洁与神秘，吸引了红尘中芸芸众生虔诚地顶礼膜拜。正如老子曰：人法地，地法天，天法道，道法自然。苍茫的老君山，还有太多待解的道法秘密等着我们去破译和探寻。

2012 年，为宣传老君山的新景观"十里画屏，峰林仙境"，老君山又制作了《峰林仙境老君山》风光片，聘请著名播音员李毅配音。李毅的解说，浑厚而充满磁性，成为景区电视屏幕常年播出的风光片，在游客中起到了非常好的宣传推介作用。

峰林仙境老君山

这是一座被御封的天下名山，一处因老子隐居而闻名的山水胜境。亿万年天地造化，成就了这里的奇山秀水；2000 年道教浸润，赋予了这座大山厚重的文化内涵。这就是有着"峰林仙境"之称的洛阳老君山。

老君山，八百里伏牛山主峰，它以拔地通天之势屹立在群山之巅，饮霞吐雾，历经千年而盛誉不衰。2500 年前，道家始祖老子云游至此，被这座神奇的大山所吸引，随即在此归隐修炼，老君山因此而得名。

自北魏建老君庙以来，一直是豫陕皖鄂香火朝拜的中心。唐贞观年间，老君山被御封为"天下名山"，与武当山并称为"南北二顶"。走进老君山，就像走进了世外仙山。亭台楼阁，星罗棋布，庙宇道观，绿瓦青烟，构成了一个卓尔不群、举世瞩目的人间仙境。

这是一处天造地设的奇异仙山，一幅悠然打开的泼墨画卷，把充满仙灵之气的山水吸纳包容，形成了奇峰、秀水、幽谷、云海、日出交相辉映的诸多美景。

老君山峰林，是世界上规模最大、造型最奇特的景观之一。大规模滑脱峰林地貌，组成了一座座挺拔雄伟的峰林奇观。这里的峰林广布密集，姿态万千，其刀削斧劈的山峰在云雾的衬托下，通天拔地，巍峨耸立，雄伟中又不失几分朦胧与神秘。

老君山"滑脱峰林"地貌被联合国教科文组织、世界地质公园评委、中国地质科学院院长赵逊先生评价为"老君山滑脱峰林景观举世无双"。

老君山中的追梦谷就是一处深邃清幽的峡谷，这里碧水悠悠，潭瀑相连，形成了飞瀑与清泉、幽潭与溪流交织缠绕的水体景观，成为人们避暑休闲最佳去处。

秋天的老君山是一片红黄相间的风采世界，漫山红叶、尽染层林，把老君山装扮得五彩缤纷。

冬天，雪花飞舞，雪野茫茫，晶莹典雅的片片雪花把这片神奇的山水装扮成了一个晶莹剔透的童话王国。

今天的老君山，兼容着博大与厚重，绽放着绚烂与温情。这座升腾着仙灵之气的神奇大山，将以其雄浑的自然景观和厚重的文化内涵，卓立于中华大地，傲然于世界东方！

2011 年 5 月 10 日上午，老君山文化旅游节开幕式，在栾川老君山景区隆重举行。前来参会的社会各界宾朋共计五千余人出席了开幕式。中国老子学会、中国老子文化基金会、台湾大学教授陈鼓应等单位与个人发来贺电。

2011 年老君山文化旅游节是栾川的四大旅游节庆之一，也是夏季奉献给广大游客的第一份礼物。此次老君山文化旅游节是由河南省文化厅、河南省旅游局、河南省社科联、洛阳市人民政府联合主办，洛阳市旅游局、栾川县人民政府和老君山共同承办的一场盛会，对老君山景区文化品位的提升，乃至对整个栾川旅游业的发展都具有深远的意义。

在老君山文化旅游节期间，老君山风景区精心安排了开幕式、祭拜大典、文艺晚会、旅行商踩线、摄影家采风、老君山庙会 6 大项内容。整个节庆活动，规模宏大，形式新颖，内容丰富，赢得了社会各界的好评。

文艺晚会上，老君山邀请了国家一级演员于同云，于晚会现场声情并茂朗诵了作者鹤鸣所写的诗歌《智哉，老子》：

> 茫茫宇宙，天地万象，何来？
> 芸芸众生，漫漫人生，何从？
> 社稷兴衰，家国天下，何为？
> 这些至今人类还在叩问自己的问题，
> 你寻找了，你探究了，你忠告了！
> 你的思想在古老的原野上驰骋，
> 你的智慧在人类演进的脚步声里潜行。
>
> 不知道该用什么样的语言，
> 来表达我们对你的敬畏：
> 非凡？太浅。卓越？太贬。
> 而天才，又太神。
>
> 不知道该用什么样的语汇，来注解你的思想：
> 大地，太薄；天空，太低。因为你的思想之灵，
> 无色、无味、无影、无形，无处不在，
> 大音希声，大象无形！
>
> 不知道该用什么样的诗句，来接近你的人格境界：

如临深谷，听云水交合；如临大海，看海纳百川；

如独步于旷野之上，感天地之豁达，叹万物之自由；

如沉思于窗前月下，凝眸月光如水，普度于苍穹之间，品人生之淡泊。

无欲、无求、无私、无我，

后其身而身先，外其身而身存。

哦，智哉，老子！

你俯仰六合，纵目乾坤，飘风骤雨，溪谷江河；

侯王百姓，童言啼婴，天网恢恢，疏而不失；

一个"道"字，尽收笔下。

你微言大义，精妙灵动，正言若反，回归本原。

一句"道法自然"，道出了生命法则，宇宙玄机。

你悲悯的目光，从未离开过深沉的大地，

你智慧的思维，总能让深刻的道理变得那么浅显易懂。

一句"治大国若烹小鲜"，恍然清风拨雾，语惊四座，

让人们悟出了"不折腾"是何等的英明！

今天，无论人们寻觅于西风古道，

还是漫步于世纪初阳，

诵读你五千字箴言，都是一次惊心动魄的智慧旅程。

是思辨的快乐，是面对智者的警醒，

是精神的穿越，是亦步亦趋后的放达，

是山重水复后的豁然开朗。

哦，智哉！老子！

15年来，老君山在营销上投入了大量的人力、物力和财力，让老君山从默默无闻的一个小风景区，一跃成长为当今中国旅游界一个知名度美誉度极高的旅游风景区。

2021年，为了更好地向全国游客宣传老君山，老君山人又拍摄了一部介绍老君山优美风景的风光片《飞越老君山》。

飞越老君山

你是否想象过有一天能够离开地面，冲上云霄，在天空中尽情地翱翔，前往平时无法到达的地方，看高空专属的地质奇观？你是否想象过有一天能够在云端之上，看云卷云舒、风起云涌？在天的尽头，看日出东方，看夕阳西下？你是否想象过有一天能够穿越历史，和先贤老子来一场跨越千年的时空对话？你是否想象过有一天能够通过上帝视角近距离地触摸到屹立在悬崖峭壁上的惊世建筑，感受到它的巧夺天工和险峻奇绝？在老君山，也许能给你想要的答案。

我们的旅程也将从游客中心服务区开始。游客中心服务区坐落于栾川县城，老君山标志石居中，两座貔貅居左右，八根花岗岩文化柱矗立道路两旁，在老子骑铁牛像身后，拾级而上，为中国伏牛山世界地质公园纪念碑。广场左侧是以北斗七星阵方位建造的游客服务中心，右侧为栾川县地质博物馆及附属配套设施，由地质馆、栾川规划馆、科技研学馆组成。七淋公路为老君山进山公路，说起这条路不能不提到老君山速度，其中十方院到新检票口，从开始施工到建成通车，仅用了不到七天的时间，而新检票系统及周边配套设施，从破土动工到投入使用，也仅仅半年时间，复杂的施工环境、艰难的施工条件可想而知。新检票系统建筑面积约 6000 平方米，总长 81 米，宽 15 米，高 23 米，分为 3 层，整体造型古朴庄重，气魄雄浑，与老君山道家文化氛围相得益彰。配备 8 条拱形车道，提高入园通行能力，适应未来游客增长的需求。

老子文化苑是景区展示老子文化的核心园区，是老子思想传承和弘扬的圣地，总建筑面积为 10 万平方米，沿中轴线迎阙门而上有 12 项建筑。整座园区以老子铜像为核心，充分地展示了老子道本源、德高界、人本灵以及万物负阴而抱阳、冲气以为和的太极和合文化。老子铜圣像是老子文化苑标志性建筑，通高 59 米，由 360 吨锡青铜铸造，是世界最高的老子铜像。铜像整体造型气势磅礴、大气沉着，老成而无傲气，谦恭而不失威严，稳健中又有着飘然出尘、仙风道骨之感。

天堑变通途，老君山三条索道的修建，改变了登山难于上青天的困境。中灵索道全长 2713 米，高差 875 米，最高运行速度为每秒 6 米，每小时最大运量可达 1200 人；云景索道，索道全长 3327 米，高差 972 米，最高运行速度为每秒 6 米，每小时最大运量可达 2400 人，是目前国内同型号运载量最大的索道；峰林索道全长 1070 米，高差 209 米，最高运行速度每秒 5 米，每小时最大运量可达 1500 人。

中天门服务区是游客乘坐三条索道上下山的集散地，老子骑石牛雕像矗立在广场中央，广场右侧为景室摄影主题酒店和舍身崖观景区。舍身崖上仰望云际，一线天开，俯视脚下如临深渊、魂飞胆丧。目睹绝壁，多生怪柏、翠峰叠嶂、松涛怒吼，好似阵阵虎啸雷鸣，颇为壮观。我们飞越中天门牌坊，沿 518 级台阶直上，是游客步行上山通道，沿途经过救苦殿、观音殿与峰林索道会合，将正式开启十里画屏的自然奇幻之旅。

十里画屏又称滑脱峰林，是老君山的核心自然景观带。在这千余亩的范围之内，大大小小的石峰 3000 余座，沿途景观星罗棋布、相映成趣，形成了步移景异的神奇景观。独特的地质构造，也形成了这一片花岗岩峰林远眺成林、近观成峰的罕见奇观，被人们形象地称为"扩大的盆景，缩小的仙境"。老君山滑脱峰林形成于 19 亿年前大陆造山运动，属花岗岩滑脱地貌景观，老君山花岗岩是由斑状黑云母二长花岗岩组成，刀劈斧削、植被茂盛，看上去更加雄伟壮观、挺拔秀丽，世界地质专家赵逊先生称"老君山滑脱峰林举世无双"。一条万米悬空栈道横亘于云崖峭壁之上，如盘云游龙穿梭于仙境之间，把所有景观串联在一起，蔚为壮观。

十里画屏景点诸多，具有代表性的，有独出一峰、鸾凤和鸣、马鬃岭等。鸾凤和鸣，得名于三座石峰巧妙地组合成一只鸾鸟的形状，从天空俯瞰，山峰形似鸾鸟的头部，正微微抬头引吭高歌，而后半部的山峰则如同鸾鸟那缤纷多彩的羽毛开屏展翅，用它最美的身影欢迎着四方宾朋的到来。马鬃岭为 800 里伏牛山主峰，海拔 2217 米，是日出、日落、云海、神光、雾凇、冰挂等自然风景的最佳观赏地。马鬃岭上无为亭左右楹联为：没有比人更高的山，没有比脚更长的路。这恐怕就是登伏牛主峰时最真实的写照了。

沿着马鬃岭向东飞行，金顶道观群跃入眼帘。金顶道观群是老君山最为重要的人文景观，是弘扬道家文化的核心区域。金顶道观群处于南北子午线正中央，从北往南，分别是金殿、道德府、老君庙，亮宝台、玉皇顶双峰对峙，中留一门名曰南天门。整个道观群落采用明清皇家建筑风格，如此雄伟壮丽、气势磅礴的建筑在建筑史上也算是屈指可数。目前，金顶道观群已经成为游客心中必到的网红打卡地。

老君庙是道观群的主庙，也是老君山最重要的道场。老君庙始建于北魏，历代重修，唐代尉迟敬德曾监工重修一次，明朝最为鼎盛，为皇家庙院，"敕建老君庙"匾额悬挂上方，房顶全部为铁顶、铁椽、铁瓦。道德府是明万历皇帝颁旨存藏《道大藏经》的地方，建筑风格为三开间重檐歇山顶。五母金殿坐落在晒人场，与亮宝台、玉皇顶两座山峰遥相呼应，自然天成，巧妙地构成了二龙戏珠的壮观景象。该殿为三重檐十字脊建筑，顶部为 3.6 米高的镏金葫芦形宝顶。楼体四面各建有一座突出的抱厦，四个抱厦两两对称，形成八个角，暗含着道教两仪生四象、四象生八卦之意，从而使这座具有皇家宫殿式风格的建筑，显得更加华贵。玉皇顶、亮宝台则在子午线东西两侧，玉皇顶内供奉玉皇大帝，主掌官运，亮宝台内供奉财神赵公明，主掌人间财运。

寨沟、追梦谷，分别为老君山的两翼，坐落在老君山脚下。东翼寨沟总面积约 16 平方公里，以休闲度假为主，在这里不仅可以看到大面积的翠竹园林，还可以欣赏到淙淙溪流、涓涓细水，更能领略到高山瀑布带来的震撼。洞天瀑高低落差 228 米，总长 294 米，是老君山最大的瀑布。西翼追梦谷，总长 9 公里，为原始森林探险区。追梦谷是一条人迹罕至的大峡谷，这里原始次生林遮天蔽日。因山水的美丽、丛林的幽静，充满了梦幻之美而得名追梦谷。最美的追梦谷应该在秋季。秋天的追梦谷，漫山红叶、层林尽染，置身其中仿佛进入一个五彩缤纷的世界。入口为欢乐园、丛林漂流，网红桥惊险刺激，飞天魔毯、松鼠乐园是孩子们的最爱。老龙窝深潭叠瀑九处，潭瀑相接，飞珠溅玉落成河。最为难得就是老君天瀑……一路向上蜿蜒曲折，九步通幽，万丈悬崖上的石阶，敬畏感让人油然而生。

一路飞越，一路感叹，感叹大自然把 800 里伏牛山最美好的一段自然景观留在了老君山；感叹人类在浩瀚的宇宙之中、在老子思想面前的渺小；感叹巧夺天工的建筑和大自然的和谐；感叹历代建设者所付出的心血。于是，我们一路感叹，一路飞越！

2022 年 8 月，老君山文旅集团将迎来老君山开发建设 15 周年。为展现老君山人在杨植森老人掌舵率领下的辉煌历程，老君山文旅集团拍摄了一部反映老君山人 15 年奋斗历程的纪录片。这部纪录片的解说词激情澎湃，充分展现了老君山人 15 年来昂扬奋斗的精神风貌。特存录留念。

你见过怎样的极致景象？

是静赏云海日出、唤醒如梦晨曦的浩渺？

是一览峰林仙境、感知自然魅力的澎湃？

是踏过云景天路、俯视万丈绝壁的震撼？

还是体验沟谷清幽、感受心灵秘境的惊叹？

看，千百年的传说，演变为峰峦之上，熠熠生辉的金顶；

观，亿万年的震荡，蜕变成山体之间，神奇的十里画屏。

奇冠三山，人间仙境；秀压五岳，天界五官。

这就是大美老君山。

这是一座吸引无数游客慕名而来的圣山，八百里伏牛山主峰，连绵逶迤、雄险奇秀，仿佛向世人宣告着大自然的偏爱与鬼斧神工。

这是一座风光旖旎的山，奇特壮美、通天拔地、形态各异、四季不同，素有"扩大的盆景，缩小的仙境"之美誉。

这是一座文化底蕴深厚的山，因春秋时，老子李耳隐居于此而得名。自北魏而始，到贞观而兴，再到明万历年间获封"天下名山"称号。

历史让老君山得以厚重，时代让老君山得以新生。

古与今，自然与人文，在老君山完美相融，仿佛自然天生。走进老君山，就像走进一幅千变万化的图卷，每一卷都独具品格，令人流连，令人陶醉。

"天下无双胜境，世界第一仙山。"从此，成为多少人魂牵梦绕的诗与远方。

站在山顶，回望这座带给老君山人希望与梦想的大山，总能让人感慨万千。让我们心怀感动，追溯那 2007 年 8 月的一天。

此时，一位目光坚定的长者，带着满腔的热血，在栾川老君山发出了肺腑之言：集北山之财，建设秀美栾川；汇南山之灵，再造二次资源。

他，就是老君山的领航人——杨植森。

凭着一份坚韧、执着、追求、超前的信念，伴随着那句"我们不仅要干，还要干出点样子来"的豪迈气魄，杨植森带领老君山人开始了艰苦卓绝的奋斗之路。

而老君山，这座蛰伏已久的山峦，也自此开启了崭新的蝶变。

他曾说：老君山这么好的资源，一定得利用好，真正造福栾川百姓。他曾说：老君山旅游是世纪工程、功德工程，功在当代，利在千秋。他更说过：景区的开发与建设，一定用规划手段，提升品位，景区整体建设要高起点规划、高水准建设，景区运营要高效能管理、高质量服务。

有远谋、有细节、有方向、有目标，这幅由杨植森勾画的老君山绿色画卷，正式拉开了序幕！

这画卷中，有"一轴两翼七大功能区"的规划蓝图建设，有从无到有的崛起过程和由梦想到实践的生动演绎。

这画卷，高低错落、井然有序，让绝美的风光，得以被世人反复欣赏，成为游客此生必去的网红打卡地。

扎根一座山，坚守一条心，为了一件事，永走一条路。在领航人杨植森的带领下，开发建设老君山这条路，不知不觉间，已经走过了整整15年的岁月。

从2008年老君山景区荣膺国家级自然保护区、省级风景名胜区，成功迈入国家4A景区行列，到老君山成为"中国伏牛山世界地质公园"；从2012年老君山晋升为国家5A级旅游景区到蝉联国内著名最佳旅游目的地，实现一座山带动一座城的奇迹跨越。老君山用15年的奋斗拼搏和丰硕成果，诠释出了不断追梦的老君山人永葆初心的责任感和使命感。

每一条向上的路，都注定充满无限挑战，而奋斗的深度与广度，往往决定着梦想的高度。

从高层决策、业务细化到区域管理、责任到人，老君山模式15年来荣膺全国景区管理的典范；从仅用几年时间就从默默无闻景区跃升入国家级景区"第一方阵"，15年来老君山发生着翻天覆地的变化；从年收入30万元到超3.6亿元的跨越式发展，"老君山速度"成为全国景区建设发展的楷模。

从不惧挑战、勇扛大旗，到延伸为艰苦创业、任劳任怨、守职奉献的老君山精神，老君山人的内蕴力量持续进发，创造出恢宏壮丽的建设诗篇！

一座山带动一座城的梦想，正一步步成为现实，这是每一个老君山人为初心和使命写下的答案，更是专属于老君山的传奇！

眼前的这条路，杨植森带领团队已经走过无数次，但每一次，他都像第一次一样，充满拼搏精神与豪迈情感；身后的这群人，杨植森已偕同他们走过了15载时光，惺惺相惜，信任坚定，他们代表的不仅仅是一个团队，更是一种亲如家人的情感。

他们，共同创造了此刻的老君山，也必将缔造一个新时代更加壮阔的老君山！

　　且看，筑牢了党建思想堡垒的老君山，正积极发挥党员干部先锋模范作用，为老君山旅游发展提供政治保障。

　　且看，基础设施建设+市场营销+智慧旅游+文旅融合的老君山新发展格局，正吹响全新号角。

　　且看，坚定秉持"绿水青山就是金山银山"理念的老君山，正在新时代下，绽放耀眼光芒。

　　时间，犹如无影无形的力量，又像最勤恳的记录者！

　　它，细细记载着15年来，老君山的春发、夏茂、秋实、冬韵；它，将15年来锻造锤炼的老君山精神，迸发为持续建设老君山、建好老君山、壮大老君山的昂扬能量。

　　铭心追梦十五载，凝心聚力铸辉煌。

　　美哉，老君山！壮哉！老君山人！

　　砥砺奋进，未来可期；试看前路，辉煌灿烂！

　　15年来，老君山人在营销上、宣传上投入了大量的人力、物力和财力，他们发起的文化营销、形象塑造、品牌推广和丰富多彩的旅游活动，让老君山从默默无闻的一个小风景区，一跃成长为当今中国旅游界一个知名度、美誉度极高的旅游风景区。

这些鸿儒大德与老君山

结下不解之缘

他们留在老君山的

珍贵的题词和故事

成为老君山人的一笔精神财富

老君山

第一节　经典华章，歌咏圣山

远赴老子归隐地，一睹仙山盛世颜。

自古至今，"天下名山，道教圣地"的老君山，因其雄浑壮丽的自然风光和博大精深的老子文化，令人神往，令人赞美，并因此留下了无数诗词篇章。

唐代至明代，先后有薛能、于道显、赵贞吉、李蓘、李若讷、高出、张月桂、莫瞻菉、常恺等人登临老君山，赋诗多达几十首，堪称老君山文化之盛事。明代，作为卢氏县令的文人高出，还作了洋洋千言的《登景室山赋》，载于志书，流传至今。

山水有灵，诗词生辉。古人留下的那些赞美老君山的诗词，至今读来，仍然能感受到文人雅士对老君山的无限神往和景仰之情。在此，摘录以飨读者，品味古人眼中的老君山。

伏牛山

〔唐〕薛能

虎蹲峰状屈名牛，落日连村好望秋。

不为时危耕不得，一犁风雨便归休。

游老君山

〔金〕于道显

飘飘风袖出山门，回首青山似老君。

试听清泉山伴语，分明说尽五千文。

望老君山

〔明〕蒋薰

老君山在眼，日夕起秋烟。

翠落孤云外，丹含反照边。

鸟飞知去路，鹿过想耕田。

应是岩阿里，能容勾漏仙。

老君山

〔明〕李蓘

青牛老子函关去，遗庙苍山万仞巅。

流水汤汤仙路远，寒林械械草楼悬。

烟横万里疑观海，雪拥千峰欲到天。

惆怅霓旌尚来驻，便应熏沐扣重玄。

老君山

〔明〕李若讷

迢遥连亘乱峰青，玄牝仙遥紫气停。

枉杀世人觅炉灶，五千道德岂丹经。

景室三十韵

〔明〕高出

溟涬中天矗，遥邻五岳尊。

空明旋昼夜，泱漭俯乾坤。

…………

登景室山

〔清〕张月桂

吁异哉，景室山！翠削芙蓉何新鲜。

覆压地轴几百里，直出熊耳象车群峰巅。

头触不周千秋折，奚从得此蹲踏盘踞撑青天。

上有洪荒开辟之古木，下有空洞无底之回澜。

山崚嶒而吐雾，草蒙茸而带烟。

蚕丛鸟道三千回，猿啼虎怒安能前。

行不半途足已茧，渴溢尘埃忧思煎。

吁异哉，景室山！

我闻老子昔居此，道德曾著五千言。

…………

明代时栾川属于卢氏县管辖。卢氏县令高出，明朝万历二十六年（1598年）进士，历任县令、江南布政使司参议、山西按察使、按察副使、辽东监军道等职。一生不畏权贵，廉洁奉公。卢氏县大灾之年，高出捐俸救灾，上书朝廷恳求赈灾，救活饥民数万。后奉旨率军镇守辽阳，因军事失利，身陷图圄，蒙冤而死。著有《镜山庵全集》。

高出饱读诗书，文采斐然，所写《登景室山赋》，堪为古今写老君山辞赋之精品。略有遗憾之事，是文中有少数极为生僻冷字。今照录，供博学之读者，登临老君山，品味景室赋，作万千之猜想，发思古之幽情，悟天地之玄妙，叹汉字之浩瀚，成遗憾之美哉。

登景室山赋

王子年《拾遗记》云："老君居景室之山，与世人绝迹，惟老叟五人，或乘鸣鹤，或著羽衣，共谭天地之数，所撰书经垂十万言。有浮提国献神通善书二人，乍老乍少，隐形则出影，闻声则藏形。时出金壶器四寸，上有五龙玉检，封以青泥。壶中黑汁，状若淳漆，洒地及石，皆成篆、隶、科斗之字，记造化、人伦之始。老君所撰经，皆写以玉牒，编以金绳，贮以玉函。及金壶汁尽，二人乃欲刳心沥血以代墨焉，此乃洛州景山、太室、少室也。"兹其说，太诡幻邈漠矣。考景山在洛京之东，观子建赋语可见。乃二室标胜于祇林，而绝不显于玄迹，疑景室他自为一山也。余至卢氏，闻境有山，巍峨际天，俗传为老子之居，即老君名之。越二岁，余乃闲登焉，则俯崧高，瞻大华，临中条，际玄岳。金台玉阙之遗，丹灶瑶函之閟，不可殚述。又兹地实在洛州之西，函谷之南，仙真之接迹，名山之奥蕴，不其在兹欤？因忆子年《记》语，易以嘉名，兼之赋颂，庶令后观焉。

伟兹山之长岌以灵闾兮，荡北块混沌而腾越。首终南而尾泰和，僤峗嶒逦碕于荒吻。匃匃风云，奔汩日月。碨嶊魂兮，嶒竑岸巆。揭彼虚耶，中类有物。尔其真形也，苞元气，入无间。立中央，衍赤县。决莽荟蔼，依天毂转。芒兮芴，胚兮孔。颃浮溟涬，没出鸿蒙。斯又人物之同所生，而太极之所总统也。

尔乃商洛经其隈，唐邓纬其足。襄汉牵其如带，崆峒俯乎陕麓。徒观其渺瞗潗灖，吐吸陵谷。会沓互掎，冲融溢目。殆有轶于前箓，难以殚告者焉。

屠维之岁，正月重巳，余弶填委，企其涉止。远陑存想，近希旷视。擢巉岙以侧弩，轧踵肩而跗行。溓濙之宛蹊，跨蜥蛛以为梁。羌累跰而离颏，坐碧草之荵芳。鮤赤源于沙岸，愰明珠之烛光。超凌虚以仿佛，拔绝柱乎幽篁。飞云布下，仰不见天。泉鸣地底，空蒙淁然。林薄轮颐，硿碚虚响。殷雷宵奋，金沙沆爽。隐粼燽爐，鹤笙来往。欻不知其所之，如钧天之想象也。

层岑岧参兮，入于广朗。同天一气兮，不得阶上。徒倚借慨，爰啸以歌。顾望四方，其歌伊何。

一歌曰：中条蟺蜿兮冀方，王屋巆嵯兮云房。崤函兮为梁，安得挟北风而翶翔！

二歌曰：瞻太华兮莲峰矗，金天晶兮白帝肃。毛女兮如玉，愿言携手乱心曲。

三歌曰：维南武当兮参差云，华帝灵肺兮太清家。素氛兮紫霞，愿随朱凤兮巢彼神阿。

四歌曰：少室兮嵾嶪，肇神芝兮华晔晔。食之不老更千劫，缑山可升颍可涉。

嘉兹灵之中处，揖四旁以赑屃。络坤轴以奠区，甄无形以通气。彼熊耳屼嵝之岨，伏牛丘隅之异。卑尔罗朝，岂称轩轾哉！而亥步莫穷，禹樏难至。故名昧于野俗，事阙于载记者也。

若乃絪缊曈昽，维夜将半。恍天鸡以有闻，逆榑桑之轻翰。启将旦而未明，倏的烁而曼烂。揭揭猋猋，少焉落散。抑或朱曦焯炥，赩赫祲雾。赤乌奇足，仰扪日驭。摩崛岉而轧蔓，瞵掩袭于高树。奄彳亍乎细柳，謇仄靡横遻而不去。

又有素灵猗傩，望舒联娫。魂魂芾芾，腾倚砦端。风飔飔在下，唱喁嗒之殷然。葳蕤云姊，盼睐不言。曾不可乎少留，竦纤厉而生寒。

于焉青鸟云使，玄蛇风生。雕虎啸阴，子规啼晴。猿挂弱枝，鼪舞绝陉。魈窥人其冥笑，熊惊透而骇声。狙麑攫父，狨貙㹫夔。谢豹羞首，猕猴相追。九尾之鸽，四足之鲵。逆毛毰毸，嗄如婴儿。豪猪飞而四射，杉鸡介而不移。

于是神松砢磄，灵药蕡蓊。琅玕璇英之木，玉禾金粟之种。葱蒨骫茷，榑榭巃嵸。无名罗生，溪谷敷华。离芷射干，芬葼猗娜。绶蔼锦带，独活舒荷。青泥缀乎蘂叶，瀼露零兮条柯。尔其阴则冻壑岁巃，澹沲陂陀。轇轕嶻磟，窅无人家。虚牝缥碧，玄冰峨峨。素雪林立，上冐芳葩。冰蚕幻文而独茧，雪藕顺风而呈华。其阳则丹梯磓硎，屺翠嶕峣。璆碕觤硊，奋耸神霄。琼精瀜滀，燐煴赤膏。荣木衍溢之脂，绿叶冬秀之苗。霞标暗度而弥阪，云岸绝曳以陵椒。

乃有玉虚之邻，紫府之宾。羡门松子之侣，洪崖叔卿之伦。骖鸾驭虬，或乘赤麟。咸椒傥而幼眇，来左右乎聃君。著玄牝之冲魄，殚天下之閟文。孩亿万之耳目，薄仁义之圣论。矫神龙其不见，徒盱衡于归雯。搜逖载以徊翔，想丹漆之灵诠。喟五叟以胡勤，存十一于百千。沥赤液以洒翰，汗金筒之微言。彼二童其已均，喟人棺之上天。魂飞爽其如觌，望瑶台以泫然。

于是青羊返驾，紫气黖黯。虹梁霞卷，翠幄岚掩。聆环佩之虚无，瞷楼观之剡滟。践石磴将悬蔓兮，庶几获宝笈与芝检。翳崦嵫忽其雨雪，增浩叹而颟颔。伫萧飂以荒愸，谅彼此之无厌。

余乃宿通天之宫，倚瑶房之树。斸石髓，酌玉乳。搴万年之栢子，挹三秀之玄露。樵者乃指余以昔人遇仙之所，视现金光之处。俛迷旋失，莫知其故。兹夕假寐，倘僭有遇。方瞳绀姿，爟熠婴孺。曰我谷神，触虚动寤。精骇魄夺，来耶以去。二仪汶瞖，如中烟雾。自顾腥腐，令心恐惧。属怊怅以待暾，眺龙门其已曙。遂惘然于秋驾，然后知失景室之所寓也。

现代辞赋大家谭杰、李铁城先生，分别作《老君山赋》《老君山金顶赋》，堪为当今书写老君山辞赋的精品佳作。

谭杰先生撰写的《老君山赋》有六部分内容，并附五言古体诗于其后。此赋首先高屋建瓴抒写老君山为天下名山的由来；第二部分写老君山之巍峨雄奇；第三部分写老君山春、夏、秋、冬之万千姿态，对山川自然发敬畏之情；第四部分写老君山之绝美；第五部分颂赞老君山老子文化对世人之启发；第六部分抒发山水自然给予人类之生命感悟。本赋气势磅礴，结构严整，语言精练，对句颇多，铺陈得当，导引得法，骈散结合，喻事于理，理事圆融，把老君山悠久丰富的人文、巍峨雄奇的风光描写得淋漓尽致。

李铁城先生是河南省文史馆馆员。《老君山金顶赋》共分五部分，先是用六个排比句讲老君山，然后依次抒写金顶道观群的气势和玄妙，金顶的四季，金顶的晴、雨、雾、雷、雪的景象。结尾之处，辞赋用老子五句警世格言，为国为民祈万年之福。

《老君山赋》现刻于山下老子文化苑入口处，《老君山金顶赋》现刻于老君山金顶之上。在此，原作照录，以飨读者。

老君山赋

谭杰

巍乎！八百里伏牛，三鼎擎天。两千年经韵，五洲响传。大名赫赫，唐宗封冠。金殿煌煌，老庙聚仙。其脉茫茫兮，基连昆仑；其势渺渺兮，意接天山。其峰危危兮，峻赛五岳；其灵幽幽兮，魂统三关。白云悠悠，蹄尘漫漫系函谷；紫气冉冉，福光盈盈布百川。老子修道归隐地，千古灵秀一名山！

岭界南北兮，水分两川；南通汉江兮，北发伊源。东汇河洛兮，一脉中贯；呼啸入海兮，浩波荡烟。中鼎耸立兮，西华相伴；东景形胜兮，隐哲藏贤。下映江河兮，上辉星汉。道统九州兮，地标中天！无峰不奇兮，千岩竞秀；无水不秀兮，悬瀑卧潭。无洞不幽兮，行云悠闲；无石不名兮，掌故流传。无林不茂兮，枝稠叶繁；无花不媚兮，争春斗艳。无庙不供兮，肃穆庄严；无神不灵兮，香火连绵。其险也，如华山之猿履；其姿也，似黄岳之层峦。其朦也，犹庐山之弥雾；其高也，盖泰山之齐天！

至若春之来也，惠风和畅，天浴暖阳。彩蝶对舞，俊鸟穿翔。万木争荣，百花吐芳。鱼虾戏泳，泉溪流淌。四月初八兴庙会，车水马龙动山乡。夏之至也，日出东岭，朝岚浮荡。新雨成瀑，彩虹呈祥。石林夕照，落霞鎏光。幽谷追梦，玉兰送香。一步一景添游兴，醉入画图十里廊。秋之到也，红叶满目，凌风傲霜。野果缀枝，凝紫溢黄。大雁越顶，叫声悠扬。缆索往返，凌空徜徉。一步三株中草药，悬壶济世救四方。冬之临也，雪覆旷野，鸟兽潜藏。花遗枯枝，冰状苍凉。老藤无语，根孕梦乡。经歌溢宇，佛音绕梁。一洞五天堪奇景，远山近岭裹银装！

奇也！斯山来之有龙，去之有脉，自然也；凸之为峰，凹之为谷，自然也；春之向荣，秋之向枯，自然也；阳之居木，阴之居水，自然也。斯自然之景，可赏；自然之物，可取；自然之趣，可娱；自然之谐，可容。然则，弗如觅自然之道而法之以享天道之永久也。四海名山不乏景、物、趣、谐之妙，而独不可与斯山并论者何哉？道教之圣地者也！

壮哉！亘古迄今，游人接踵以朝者，无四时之分也；天南地北，香客并肩而谒者，无贵贱之别也。熙熙嘻嘻而来，攘攘嚷嚷而去，许心中之夙愿，发感世之豪情，其快也如是，非他山可与媲美者焉！若夫，仕宦之临斯山也，近闻普度之经文，远聆救苦之钟声。思溶润笔之池水，身沐拂竹之清风。长仰耸天之老子，遥忆吐哺之周公。当有感于老子之言曰："圣人无常心，以百姓之心为心。"于是乎退而思焉：古之贤者常以黔首为本，识"舟水"之理，知"鱼渊"之辩，是谓明道也。吾侪今日当以何为？在其位，谋其政，正其行，廉其声，民意不可背向，进退不可失明。而或商贾之临斯山也，日寻亮宝之台宇，夜抚玉皇之辰星。朝拜灵官之真仙，暮谒方丈之高僧。遥望伊水之东逝，近伤秋花之凋零。当有感于老子之言曰："金玉满堂，莫之能守。富贵而骄，自遗其咎。"于是乎思而叹焉：人之于宇宙渺如尘埃也，人之于草木寿在朝暮也。人生富贵，三生之幸，然则，勿忘"甚爱必大费，多藏必厚亡"，取财不可以无道，富贵不可以独享也。抑或庶人之临斯山也，笑摸青牛之首颈，怅议连石之亲情。探看舍身之崖壁，追忆淋醋之丰功。敬焚祭祀之香火，祈求家国之太平。当有感于老子之言曰："上善若水，水善利万物而不争。"于是乎感而云焉：苍天在上，良心不负。尚勤尚俭，积善积福。莫存大富大贵之奢望，常怀朴淳仁厚之民俗！

　　呜呼！天下游客涉三江而蜂拥，越千山而鹜趋者，意在品山之逸趣，问道而明心者也。坦然乎？可凌虚而吐纳百川。朗然哉？可旷怀以明志清心！玉在山而草木润，人思辨则世事明。山育人之懿德，人赋山以空灵。山因哲人之哲辩而千秋鼎盛，人以圣山之圣洁而万古留名！

　　诗曰：

　　大智无疆界，道德天下行。

　　思哲容宇宙，物辩启人生。

　　万世尊师表，五湖仰盛名。

　　悠幽悟道地，千载鉴文明！

老君山金顶赋

李铁城

　　夫有处焉，伏牛西来隆起，三顶摩天；众水南北分流，中隔一线。磊磊落落，坦坦荡荡。皓皓旰旰，郁郁葱葱。皎皎烁烁，斑斑斓斓。奇峰秀出云表，群岭伏前危崖。比肩明，势压千山。老子骑牛远来，凿井炼丹，此老君山金顶也。玉皇西耸，屹立万仞陡岩；亮宝东峙，汇聚八方财源。老君殿古，铁瓦久历风雨；位居中枢，南北拱卫敞轩。天门有路，悟者循级登攀；下临无地，迷者自坠深渊。晨钟暮鼓，警醒世人迷梦；神灵无语，了悟岂在多言。觅路寻径，书海慈航有渡；道德府中，珍藏道家经典。长桥凌空，天上彩虹相映；会仙桥上，会集各路神仙。峻台崇楼，伸手可揽日月；重檐抱厦，白云缭绕齐天。包金裹铜，色夺夕霞绚丽；五母慈祥，只看有缘无缘。

至乃一日之内，朝夕不同；四季之中，各有其容；晴晦风雨，别具幽情。和风拂面野绿，春草初萌；百鸟啼鸣绽蕾，大地雪融。苍山嵚崟超脱，金顶春浓；春潮涌而渐悟，道心长青。夏风熏蒸日炎，草木葱茏。金殿杲杲日射，华光莹莹；林荫郁郁清爽，远闻瀑声。道心宁静致远，气闲神清。金风飒飒气肃，满山红叶。白云悠悠萦回，蓝天澄洁。鸿雁南飞迟移，情欲难歇；一叶落而知秋，谁其先觉。寒风凛冽冬至，黄叶盈阶。飞鸟敛翅兽藏，千山迹绝。狂风呼啸瓦鸣，檐铃激切；大道中蕴长暖，心火不灭。

　　旭日东出扶桑，朝曦曈昽。众神庄严有待，廊庑霞生。祥云五彩回旋，光照神宫。信士络绎于途，摩肩接踵。红日西坠昧谷，山畔云横。金殿夕照映日，上下通明。归客人语纷纭，未减游兴。暮色起而黄昏，道心潜生。云雾冉冉涌来，无息无声；倏尔天地混沌，云罩雾封。金殿屹立云头，时隐时明；游人惊异难测，梦境仙境？飙风拔木突至，山鸣谷应。天河横斜水溢，众瀑喧腾。风雨来急去速，风住雨停。神灵漠然肃穆，视而不争。电光闪烁明灭，龙游长空。群山雨敲喧响，雷声隆隆。金殿熠熠闪耀，独立苍穹。风云变幻无常，大道谁明。漫天飞雪翩翩，蝶舞碧空。梨花灿然盛开，雪拥金顶。浮尘消尽清冽，天净地净。万籁寂寂无声，气清心清。

　　隆楼杰阁而华美兮，矗立高山之巅。金阙映日玉栏绕云兮，开轩阁以居神仙。守华崇朴，居高怀卑兮，老子早有遗篇。欲先而后，功成而不处兮，慈俭而不为天下先。高不可凭，满不可恃兮，虽有荣观处之超然。欲得福先修身兮，天道无亲，常予良善。为身祈福、为国祈强兮，延千秋之繁荣、造幸福以万年！

中国辞赋家协会副会长张友茂先生，登临老君山并拜访杨植森之后，有感于老杨总的贡献功德，后来挥笔作赋，写下了《景室勋德植森颂》，今存录于此，激励世人。

景室勋德植森颂

夫承奉景室，日出伏牛而焕耀。本望者高秩，迅翼搏风，宏业式昭。若于秉仁履义，大节披坚，溯灵山兴盛乎圣学，且播益于深远矣。言扬行举，器业骛华，从来绵亘伸延而远眺。古之所谓：豪杰之士是而式旌建树，有骄人之功必而咸播猷照。虽则商贾之士，然壮举弥亮，更有报国爱乡之心，得兼持方守正之略。慈云广覆，排难解纷。仁风晓畅，众方具瞻，时以轻重而峤。器缜密以徽章，于家国而殷要。非斯人之功，乎其谁与归？

嗟尔怀道抱德，所以卓群物；俯鉴敞襟，所以嘉茂声。纵观杨植森先生，乎十年间倾其所以，慷慨投资十亿之巨：铸老子铜像，建太极广场，修主峰金顶，复太清宫殿，靖老君道观。坚强意志，锲而不舍；卓绝努力，衔历持擎。老君山乃打造为"世界地质公园"，国家5A级旅游景区，得大世界吉尼斯认证，诸诸。斯诚行通九经之要，道符百工之源。功泽渥惠，德音申焕撷英。恭俭远瞩，风雨不移其常性；雄才大略，名利无屑于中行。积望日广，是功之名不同凡响，而所以立世者若于则也。

若于彼山岌岌，不欺肝胆交映；伊水淙淙，更爱理智湛澄。兹在襟怀开远，史存丰厚，势贯云旌。中国道学论坛、中国道教论坛分别颁授其为"当代中国弘道人物""弘道大德荣誉勋章"。集议倡修，江河行地；不惮劳苦，上善争先。历尽十年于兹矣。若于其辞云："为我国实业弘道开拓者，实体弘道第一人，为老子文化的传播创新和中国道教的复兴大业，建立了不朽功勋。"庶以其蔓滋生，瓜瓞绵绵。彰表其功，惟敬其业而颂其德；执录其事，以为后世子孙相传也。

矧唯栾川乡邑，山水之区；崇圣明义，必在敬之。秦岭伏牛八百里，策牛卷经函谷关。望楚地，河洛之映带；瞻秦畎，中鼎之屏寰。眺龙门，大哉乾元悟道；瞰少林，峰头鉴物诸般。盖老君山乃仙灵脉传之岳，伊洛栾川，历史文化之胜。曰景室，道教始祖，守藏室史；号中天，道教圣地，天下名山。有曰大道康庄，无为而治，道可道，非常道；名可名，非常名。观述景区建设与"道"之契合，出乎其类，拔乎其萃。盖闻山以愉眼悦目为欢，德以将敬涤耳为美，是以三江所倾，非俟五岳之颜。斯山之势，峨峨九崚，可纳千乘。独隆阁倚云之崔嵬，焕金阙映日之观照。昊天金阙，具无上之至尊；统御诸天，既雕篆之霞曜。无名天地之始，有名万物之生。无名俟德始，无欲善其常，夫植森般若是也。

举凡功在业，业在德，德在心授。知可道而功恃，化遂远成是观。其业也能，当其事亦煌也。造化音声，而名利随与之去，唯老君山功史而之陈。不以村组为卑微，肇以实业而始彼。子砖钼创业于七里，夫钼铁兴矿而八企。事以浮选为法，不以合金为奇。沪七宏发，富森富川，乎振凯之瑞达也。集北山之财，建设栾川乡间；汇南山之灵，再造资源绣绮。善职工生计，爰自挚爱，迄至艰辛。负荷宗正，助数千乡邻就业；宁济家邦，捐千万架桥修路。志业澄鉴，助学之仁近闻；襟风昭朗，济困之惠远著。策事于恒，至真至纯、至专至胜，弘道经邦之敦本矣。

盖太虚玄理，景仰在心。合于天地，悬梯可登。弃私利而浩然之坦荡，不亦惑哉？欲望道化之隆，森是则舍私利以常行常轮。景室大任赋于斯人，磊磊落落，坦坦荡荡，果能建伊皋之业，若日月之皎然，玄宏高下以之，森勋亦至矣。

有闻践行循检，天伦可察；应无常节，业可以照。是则望景揆日，盈数可据；营造论心，恒鉴有曜。老君山肇自先生以来，含宏广大，纯粹精明。景翳翳之晔然，室流曜以入眺。能以植森先生之业，其行其事，则品貌宛然之在目，事之善举自得于心峤。巍巍之功日著，赫赫之名远召。栾川吐瑞，七里寿典庆长；催缭云之势，御破浪之蛟。世曰，为人君者不可务乎？湛湛乎，从善如流，谓之胸襟抱负。其如是，则誉名高位，可以居守衍载矣。

尔其鉴貌乎心如止水，鉴人乎在时哲，信乎庶众不忘。收获民赞，芳流青史。姑先以勒之于石，俾后启者训其成式。庶振家声，广培心田。莫能尽述，裕后光前。是如中原屹立，以度勋德，故待以纪传。杪标端，弥坚德本；庶契合，业当绵延。慈颜驻，苍穹宇观；仁者寿，鸿蒙鹄年。且乔松偃盖，念兹在兹，遂贺杨翁七秩寿庆，植景岭菁翠之森蔚也。惟贤惟德，是为颂。

当代文人雅士，为老君山作诗作赋者，络绎不绝，灿若星辰。仅辞赋作品，尚有多篇佳作。中国辞赋家协会秘书长钟阳先生所作《老君山记》，中国城市出版社总编辑杨郁先生所作《登老君山金顶记》，皆为上品之作；还有梅雪、王春生、王丽萍、王鼎三、常怀仁等作家、诗人所写的《老君山赋》，亦各有千秋，可圈可点。

第二节　仰望圣哲，致敬先贤

2010 年 5 月 16 日，由中国老子文化发展基金会、河南省旅游局、洛阳市人民政府主办，洛阳市旅游局、栾川县人民政府承办的"老子文化苑开苑仪式暨老子圣像落成祭拜大典"在栾川老君山风景区隆重举行，万余名来自各地的嘉宾聚集道教圣地老君山，共庆"大道行天下，和谐兴中华"的太平盛世。

中国老子文化发展公益基金管委会主任何俊昆、副主任苏清杰、顾问朱万峰，河南省政协常委、省道教协会会长黄至杰，河南省旅游局局长苏福功，洛阳市领导尚朝阳、李柳生、刘志会和栾川县县委书记樊国玺、县长昝宏仓，老君山生态旅游开发有限公司董事局主席杨植森、董事长杨海波等出席仪式。

栾川县领导宣读祭拜辞，称颂老子铜像。

老君山文化苑总面积 10 万余平方米，整体布局突出了"大道行天下，和谐兴中华"的主题，融通了"道行天下、德润古今、天人合一、尊道贵德"的理念，沿中轴线从北至南依次为汉阙天一门、平洋广场、老君山照壁、金水桥、众妙门、得一门、上善池、钟鼓楼、崇玄馆、祥和门、三重太极和合广场、老子生平故事浮雕墙、三层天台、老子铜像、道德经墙等建筑，构成了天、地、人三大板块。其中老子铜像高 59 米，用 360 吨青铜铸造，堪称世界之最；《道德经》墙由现代书法名家联袂书写，为国内首创；16.8 米高的花岗岩石阙门、51 米直径的太极和合广场，独一无二。

在开苑祭拜大典上，老君山董事长杨海波向各界来宾介绍了老子文化苑的建设情况。他说："老君山 2007 年改制之后，公司筹巨资投入老君山的大开发大建设，全力打造以老子文化苑、灵官殿、金顶道观群为一体的文化工程，和以巨型老子圣像为核心的老子文化品牌。老子文化苑的建成，必将成为弘扬老子思想、传承道家文化的重要载体，在国内外产生巨大的震撼力和影响力，推动老君山景区更好地打造老子归隐地，建设国内知名的道教圣地，使其成为全国学习、研究、缅怀、瞻仰、朝拜的集景观旅游、文化体验、修学养生等功能为一体，吃住行游购娱配套齐全的综合性旅游目的地。"

时任河南省旅游局局长苏福功说："老子文化苑开苑、老子圣像落成将使老君山成为集山水景观游览、老子文化体验、道家修学教育等功能为一体，吃住行游购娱配套齐全的综合性旅游目的地。同时也是栾川深入挖掘文化内涵，全面推动我省旅游产业持续、快速、健康发展的重要举措。"

老子铜像落成祭拜大典，由老君山文化总顾问张记撰写公祭文。时任栾川县县长眷宏仓主持了祭拜大典，由时任栾川县委书记樊国玺宣读公祭文：

维公元二〇一〇年五月十六日，岁在庚寅，世逢盛平，栾川人民，各界宾朋，怀崇敬之情，立老子像前，以雅乐芳花，华章盛典，恭祭太上先哲老子于老君山。辞曰：

老子李耳，华夏先贤；生于鹿邑，著经函关。

坐骑青牛，归隐景山。诠物释辩，哲言五千。

三生万物，道法自然；上善若水，慈仁勤俭。

紫气东来，弘道人间；济世救民，以德报怨。

老君山人，修建文苑；德润古今，功高无限。

山水峰林，惊世奇观；庙宇群落，灵盖中原。

铜铸圣像，巍峨齐天；经墙赋壁，宏伟空前。

矿强旅兴，生态立县；与时俱进，科学发展。

天人合一，秀美山川；和谐社会，平安栾川。

以民为本，再克时艰；弘扬文明，续写新篇。

欣逢盛世，吾辈勇先；祭祀圣哲，虔诚敬献。

告慰道祖，福寿绵远；大礼告成，伏惟尚飨。

2014年5月6日，是老子归隐老君山2505年的纪念日，恰逢世界最高的老子铜圣像成功入选大世界吉尼斯纪录，老君山风景名胜区为此举行了老子归隐老君山2505年祭拜典礼。老君山董事局主席杨植森，栾川县宏发矿业公司董事长杨学吉，栾川县政协副主席、老君山董事长杨海波一同上香致祭。

时隔一个月，即2014年6月5日，"海峡两岸形象大使老子归隐地采集圣土赴台交流仪式"在老君山举行。中国新闻网等媒体对这次活动进行了特别报道：

中新网栾川6月5日电（记者王中举）　6月5日，河南洛阳栾川老君山、国际旅游海峡两岸形象大使活动组委会在此间举行道教圣地圣土采集仪式，当日采集的圣土将于7日由国际旅游海峡两岸形象大使大陆选手带赴台湾，在该活动举行决赛期间，将采集的圣土融入台湾阿里山。

当日上午，活动仪式在世界第一高老子铜像前太极广场举行，采集按照传统仪式举行，经过敬香、献爵、恭读祭文等仪式后，采集人在礼仪引导下抵达老子归隐地标志前采集圣土，由老君山董事局主席杨植森先生向活动组委会蔡京秘书长递交圣土。

据了解，老君山为八百里伏牛山脉主峰，海拔 2200 多米，相传为道教始祖李耳的归隐修炼之地。北魏时建庙纪念，唐贞观年间受皇封修建铁顶老君庙。

老君山董事局主席杨植森接受记者采访时说：老君山自古就为中华儿女谒拜圣境，并不乏与宝岛台湾的互动交流，东南沿海香客也慕名前来，仅台湾高雄九龙八风进香团每批朝山者就达百人之众，台湾高雄 60 岁的李星汉老人十年来曾百次登老君山拜老子寻根。端午节，还邀请了台湾著名诗人余光中先生到此了却乡愁。此次举办的采集圣土活动延续了老君山一直以来和宝岛台湾的互动交流，期望采集的圣土融入宝岛台湾的土地，期望宝岛台湾的亲人们常回故地走走看看，毕竟两岸一家亲。

国际旅游海峡两岸形象大使活动组委会秘书长蔡京告诉记者：国际旅游海峡两岸形象大使赛事活动立意促进海峡两岸旅游文化交流，通过大赛赛事选出的形象大使，借以美丽产业的平台嫁接海峡两岸旅游资源，此次采集老君山圣土赴台湾交流将是一个有益的尝试和开始。

参加圣土采集的国际旅游海峡两岸形象大使选手程芳兴奋地对记者说：特别高兴能作为大陆赛区的选手赴台参加决赛，更期待能将今天采集的圣土早日融入阿里山，如果以大使的身份能为两岸的交流尽绵薄之力，将无上荣光。

此次圣土采集仪式的祭文如下：

> 千穹苍苍，地隐茫茫。昆仑屹立，华夏巍昂。
>
> 道祖归隐，老君名山。万峰伏拜，拔地通天。
>
> 茂林修竹，碧水潺潺。道祖老子，在兹修炼。
>
> 修德悟道，结庐炼丹。功满道备，御龙升天。
>
> 遗留哲语，道德经卷。修身治国，奉为经典。
>
> …………

2019 年，农历四月初八，老君山文旅集团在老君山隆重举行了"纪念老子归隐老君山 2510 年祭拜典礼"。

老子归隐老君山 2510 年祭拜典礼，一共九项议程，分别是仪式奏乐、击鼓鸣钟、敬拜上香、恭读表文、敬献花篮、敬献美酒、恭读祭文、行鞠躬礼、燃放礼花。

老君山党支部副书记潘苗担任了此次祭奠仪式的主持。她说：自 2010 年 5 月 16 日老子圣像落成那天起，每年此时我们都会因为眼前这位伟大的哲人、伟人、圣人而相聚，共同沐浴他留给我们的精神财富和智慧。今天，我们已经连续举办了十年祭拜典礼，我想，这正是以杨总为代表的老君山人坚持不懈的精神见证。

老子是伟大的哲学家、思想家，道家学派的创始人，他的伟大不是三言两语可以道尽，他的伟大体现在他伟大的著作《道德经》中；那洋洋洒洒五千言，是中华民族传统文化的根，每一章，都蕴含着无穷智慧的力量；每一字，都是万物生长的养料，做人的指南。《道德经》问世两千多年以来，它的经典思想滋润着世世代代，它的道学文化照耀着祖祖辈辈，它教人们识得美丑善恶，懂得自知之明，明白福祸相依，它的价值得到全世界的公认。

就是这样一位伟大而又神圣的先贤在 2510 年前的今天，归隐在了人杰地灵、玄奥聚气的八百里伏牛山主峰。正如谭杰先生在《老君山赋》中所说：山因哲人之哲辩而千秋鼎盛，人以圣山之圣洁而万古留名！

从此之后，这座大山被人们称为——老君山。从此之后，这位老人又多了一个神圣的称呼——老君爷；从此之后，一代又一代的人们，享受着老子思想的润泽，享受着老君神灵的护佑。

今天，我们正为这位伟大的圣人而相聚，共同沐浴他留给我们的智慧和财富；今天，我们怀着无比崇敬的心情缅怀先哲、追忆往圣，期望老子老君为栾川、为老君山祈福送祥。以延千秋之繁荣，造幸福以万年！

老君山文化总顾问张记，代表老君山文旅集团敬书并恭读《纪念老子归隐老君山 2510 年》祭文：

公元二〇一九年五月十二日，岁在己亥，四月初八，为纪念、缅怀、拜谒道祖老子归隐修炼于老君山 2510 周年，老君山文旅集团董事局杨植森主席率领县道协、庙管会暨集团中高层在敕建老君庙前，以虔诚之心，恭敬之情，祭拜道祖老子。辞曰：

天穹苍苍，地垠茫茫；伏牛屹立，华夏巍昂。

道祖归隐，老君名扬；万峰朝拜，雄视仰岗。

豫鄂晋陕，万民瞻仰；功高日月，名垂天壤。

大道之行，乾坤朗朗；尊道贵德，五行阴阳。

清静为基，致虚无象；仙道贵生，度人无量。

天人合一，总揽万方；天界五宫，接天道光。

传世经典，六经长廊；道家道教，相得益彰。

老子老君，同源恒昌；化育人心，道炁无疆。

文旅融合，奋斗辉煌；改革创新，智慧自强。

二稳二保，再谱华章；世纪工程，富泽八方。

君临天下，老学领航；海晏河清，万代流芳。

诸神同佑，天下安康；竭诚禀告，伏惟尚飨。

第三节 诗话中国，两岸同根

当代著名作家、诗人、学者、翻译家余光中先生与当代诗人、书画家汪国真先生，与老君山也曾结下了不解之缘，成为老君山人口口相传的佳话。

2014 年 5 月 28 日下午，从宝岛台湾到中原腹地，跨越"浅浅的海峡"，台湾著名诗人、学者余光中、绿蒂与大陆著名诗人汪国真、屈原后裔屈金星一行，相聚河南，参加为期一周的"中原文化寻根之旅"。

在品味大宋皇城开封、杜甫故里巩义、洛阳龙门石窟等中原文化厚重之地后，余光中、汪国真一行于 5 月 31 日下午来到了"天下名山，道教圣地"老君山。

6 月 1 日上午，余光中、汪国真一行齐聚老君山脚下的老子文化苑，参加"诗话老君山，共圆中国梦"文化活动。

上午九点，余光中、绿蒂、汪国真、屈金星等一行，在栾川县委副书记、县长昝宏仓和副县长张向阳、县政协副主席杨海波、县旅工委主任孙欣欣、老君山董事局主席杨植森的陪同下，先是来到老子文化苑悟道、阐道，又沿天一门、老君山照壁、众妙门、得一门，缓步登临老子像下的三重太极和合广场。

九点五十分，"诗话老君山，共圆中国梦"系列活动正式开始。

这次活动的主题，是由余光中、汪国真、绿蒂、屈金星等文坛名家对话圣哲老子、感悟道家文化。

首先，栾川县委副书记、县长㓜宏仓热情洋溢地对余光中一行来到如诗如画的老君山表示欢迎，并代表35万栾川人民致欢迎词：

尊敬的余光中先生、汪国真先生、绿蒂先生、屈金星先生及各位嘉宾：

"有朋自远方来，不亦乐乎？"今天我们非常高兴地迎来了著名诗人、文学泰斗余光中老先生、汪国真先生、绿蒂先生、屈金星先生一行，相聚在这如诗如画的老君山美景之中，这是中国最美小城栾川的一件大事。在此，我谨代表栾川人民向余老先生、汪先生等各位当代鸿儒名家的到来，表示诚挚的欢迎和衷心的感谢！

栾川是中原大地的一颗璀璨明珠，历史文化底蕴深厚，一代名相伊尹躬耕于伊水河畔，道家始祖老子归隐于老君山之巅，东汉光武帝刘秀二渡伊水，唐朝巾帼英雄樊梨花隐居于杨子沟等一段段历史佳话，滋养了代代纯朴的栾川人民，积淀了栾川独特的乡土和地域文化。

各位鸿儒名家著述等身，享誉海内外，经典佳作常被咏读，一曲乡愁唱响海峡两岸，让我们深深感受到了余光中老先生对祖国、对家乡的热爱和思念，更饱含了无数海外游子不尽的思乡之情；一首旅程，让每位读者在逆境中感悟生命的伟大；一首中华颂让我们体会到华夏文明的博大精深，源远流长，引导和激励着华夏儿女为实现中华民族伟大复兴的中国梦而努力学习奋斗。

今天我们能够近距离向各位鸿儒名家请教学习，这是我们非常期盼又非常难得的机会，希望各位鸿儒名家在这美丽的道家圣地老君山，率性而作，泼墨抒写，为山城栾川再添佳作，再留佳话！

最后，祝愿活动取得圆满成功，祝各位前辈、诗人、作家、朋友健康安宁，生活幸福，创作丰收！

昝宏仓县长致辞之后，老君山董事局主席杨植森代表老君山文旅集团，向余光中、汪国真等诗人赠送老君山特有的三宝：冠带、香布袋、精装《道德经》。因当天恰逢端午佳节，老君山美丽的导游，为参加活动的各位名家一一系上了吉祥如意的"花花绳"。

在欢迎仪式中，杨植森又亲手为余光中、绿蒂两位台湾贵宾，隆重献上了采集于老君山主峰马鬃岭——黄河、长江水系分水岭的故乡之土，并代表老君山文旅集团向余光中、绿蒂、汪国真、屈金星颁发了"老君山文化终身顾问"的聘书。

欢迎仪式之后，百名小学生不仅为余光中等人背诵了《道德经》，还背诵了余光中那首响彻海峡两岸的著名诗歌《乡愁》：

小时候

乡愁是一枚小小的邮票

我在这头

母亲在那头

长大后

乡愁是一张窄窄的船票

我在这头

新娘在那头

后来啊

乡愁是一方矮矮的坟墓

我在外头

母亲在里头

而现在

乡愁是一湾浅浅的海峡

我在这头

大陆在那头

深情款款、缠绵悱恻的《乡愁》，概括了诗人漫长的生活历程和对祖国的绵绵怀念。

百名小学生表演后，余光中用质朴而深情的语言，讲述对老子的无限景仰之情，并向老子圣像三鞠躬。余光中老先生还兴致勃勃地阐述了老子文化和《道德经》普及的深远意义。

他说：栾川县及老君山在场的各位朋友，今天我很高兴跟绿蒂先生、汪国真先生还有屈原的后人屈金星，来到这个空气清新、天人合一的老君山。老子在中国文化中有非常崇高的地位。孔子有万世师表之称，他不远千里问礼于老子，老子则是万世师表的老师，因而，老子很值得我们来尊敬。老子是道教始祖，在中国哲学史上他是一位大师，他的道家思想影响了中国道家哲学的所有文学作品。从我自己一生写作来看，也深刻影响着我，比如说李白遗留下来的，中国后来的文化都是道家的思想，中国的书法也受到了影响，所以说，老子的影响无所不在。我们今天来对他致敬，就等于我们端午对屈原致敬一样，所以我觉得今天的机会非常难得。谢谢栾川县给我这个机会看到这么多小朋友，他们穿着汉服，衣冠整齐地站在这里，手中捧着竹简，在晨光的照耀下更漂亮。现在他们可能还不太懂，但是，将来当他们想起穿着汉服朗诵《道德经》的时候，一定会非常高兴。等有一天，小朋友想起来今天这一幕，就会觉得非常有意义。谢谢大家！

紧接着，中国辞赋家协会副主席谭杰先生以高昂的热情，唱响了特意为余光中先生所写的歌：

您 1928 年诞生

我 1948 年出世

20 年——岁月悠悠

今天，一个美丽的转身

让彼此跨越沧桑

笑对把酒

您在台湾

我在大陆

千山万水——云天悠悠

今天，一个天赐的聚会

把两地诗吟

融进春秋

在洛阳

在老子归隐的圣山脚下

您，以惊天的神韵

告白天下

我来啦

"我在这头"

前年，您和屈原对话

去年，您和李白同游

昨天，您和杜甫唱和

今天，您和老聃聚首

一路风光一路诗啊

踩着今天的梦境

吟着古老的《乡愁》

为远道而来的客人

送上一幅书法吧

"中华神韵"

让它

唱响南北

悬挂九州

敬一杯千年杜康

融一片河洛乡情

愿您

诗心永驻

把炎黄诗韵绵延千秋

活动仪式结束后，余光中、汪国真一行乘坐中灵索道抵达老君山中天门。因云雾弥漫，无法再往老君山"金顶"行进，便在金顶设计图前，由政协副主席、老君山董事长杨海波介绍老君山建设开发的历程，由导游璩维在金顶设计图前介绍了金顶道观历史渊源及其金碧辉煌、凌空壮观的巍峨气势。

随后，一行人在中天门广场，举行了品茗阐道座谈会。

在充满老子文化气息的广场中，余光中老先生凝视思索，频频询问，与大家一起跨越岁月时空，问道对话中天门的石雕老子圣像。诗人学者们围坐一起，品茶而语，畅谈诗歌，兴奋之处，谭杰先生还唱起了豫剧。

导游姑娘们为大家演唱了《道德经》第八十一章《信言不美》，受到了余光中老先生和众人的热诚赞扬。

余光中先生说："能把《道德经》用歌曲传唱下去，这是道教圣地老君山的独创，应在海峡两岸推广开来。"

当天下午，在老君山竹溪苑，再次召开了轻松愉快的座谈会。杨植森的爱孙杨振凯，现场为大家朗诵了杨植森所写的老君山诗句：

> 几时双峰出奇观，何人取名老君山？
> 圣贤艰修老君庙，圣典山岳誉中原。

绿蒂先生听完杨植森的这首诗特意题词，然后交给杨植森，嘱其收藏留念。在竹溪苑书画社，汪国真赞叹"老君山风光无边"，并挥笔题书。汪国真的这幅题字，后雕刻于老君山主峰处。

在诗意盎然的座谈中，诗人绿蒂将自己现场所写的一首《乘云老君山》，赠予杨植森，表达诗人对老君山和老子文化的景仰：

乘云老君山

（甲午年端午于老君山）

缆车的视线

旅者的行脚

延绵了十里的山水长卷

峻奇了千年的云山圣境

山顶的云雾

邀得诗翁品茗

眉批壮丽的山川

所有聚焦的赞歌

所有尘世的烦忧

皆已隐入云海飘逝

端午暮色沿山而下

我没有带走任何风景

未着一字的诗情

依附在巅上

不舍离去的

那片干净的云

独留于老君山的向晚

畅聊之中，余光中先生心怀激动，题写了"伏牛山主峰 山岳经典 十里
画屏 老君山"，赠予老君山作为留念。

为表达对老君山董事局主席杨植森开发建设老君山功业的敬意，余光中又兴致勃勃地题写"杨植森先生留念：令尹能留道德典，杨公力辟老君山"，赠予杨植森。余光中说，当年关令尹让老子留下五千言《道德经》，而今杨公竭力开发老君山，弘扬老子文化，可谓功德无量。

余光中先生的题联，由汪国真题写，现悬挂于老君山老子文化苑的功德亭上。

一路陪同的《中国旅游报》驻河南记者站站长张明灿先生，现场吟诵了他有感而发的《贺老君山》：

青牛西去，紫气东来。浩浩中原，文风激荡。光中绿蒂，笔锋永藏。国真金星，诗韵雄壮。君山圆梦，千古华章。

座谈会上，屈原后裔、著名诗人、辞赋家屈金星先生，现场撰写了"老君山山君老山老君不老"的上联，并由著名诗人、书画家汪国真当场挥毫题书。

有了好上联，下联在哪里？老君山决定在全国范围内征集下联，并商定在2015年适当时间，再邀请汪国真到老君山书写此下联。不久，老君山文旅集团发布重金征集下联的启事，截至当年6月30日，老君山共收到应征下联1326条，后经评委认真评点，评选出一、二、三等奖，其中一等奖的应征联是"玄门道道门玄道玄门亦玄"，为陕西诗人楹联家王远飞撰写。

甚为遗憾的是，曾经红遍中国的一代诗人汪国真先生，因病与世长辞，未能实现其再登老君山之遗愿。后来，老君山人专程邀请著名书法家柳国庆先生题写下联，与上联共同悬挂于老君山中天门。

一座名山，一位圣哲，一副楹联；两人撰联，两人书写；两种书体，共襄一门；熠熠生辉，意境深邃，百代流芳，堪称奇人奇事奇联。

今天，这副颇有故事的奇联，早已成为老君山的一景，导游们常常指着中天门的这副书体各异而又珠联璧合的奇联，对慕名而来的四面八方的游客讲述它背后的趣事。

特别值得怀念的是，汪国真从老君山回到北京后，特意又为老君山题写了他的诗歌名句："没有比人更高的山，没有比脚更长的路。"这款诗歌名句的题词，后被老君山人雕刻在伏牛山主峰马鬃岭的"无为亭"牌楼的立柱之上，不仅成为马鬃岭上的一景，也成为人们对汪国真先生的怀念之地，更成为登高望远的人们的精神动力。

时间虽短，情谊绵长。当年，来自海峡两岸的余光中、汪国真等著名诗人，在短暂而宝贵的时间里，他们汇聚在道教圣地，朝拜圣哲老子，感悟道家文化，回味家国"乡愁"，诗话老君山，共圆中国梦。他们沉浸在这方山水里，每一个人都尽情展露自己的诗情，每一个人在老君山的怀抱之中，一如多年老友重逢一般亲切。此等文坛佳话，已载入老君山的文化史册，将永远铭记于老君山人的心中。

第四节　老子文化，国际论坛

为弘扬老子文化，共同分享世界范围内老子文化研究的成果，2014 年 9 月 18 日至 21 日，为期 4 天的第四届洛阳老子文化国际论坛分别在洛阳市和老君山风景区举行。

从 2010 年以来，老子文化国际论坛，已经连续在洛阳和老君山举办两届了，受到了全世界的关注。

2010 年 9 月 8 日至 11 日，"2010 洛阳老子文化国际论坛"在中国历史文化名城洛阳市召开。本次论坛的主题为"探寻绿色之路：老子思想与当代人生存之道"。重点就老子文化中与当代人生存之道相关的问题进行探讨，以探求人类社会和谐发展的绿色生存之路，是规模空前的高端老学盛会。论坛大会分两个阶段进行，9 月 9 日在洛阳举行盛大的开幕式和分组研讨会；9 月 10 日，在老君山举行研讨会，组织专家学者专程集体到老子文化苑祭拜老子，以表达对这位圣哲的崇敬之情；9 月 11 日，2010 洛阳老子文化国际论坛在老子归隐地栾川老君山举行了隆重的大会闭幕式。

这次论坛由北京大学道学研究中心、清华大学哲学系、河南省老子学会、河南省中原文化研究中心、政协洛阳市委员会主办，洛阳市社会科学界联合会、洛阳老子学会、栾川老君山生态旅游开发公司承办，来自海峡两岸和日本、韩国、比利时等国家的百余名老学知名研究专家莅会，大会共收到论文 70 余篇。

众所周知，老子长时间生活在洛阳，最后归隐在栾川老君山，可以说这两个地方，与老子都是有着极深的渊源的。

作为老子归隐地，为了弘扬老子文化，传播老子思想，老君山景区在董事局主席杨植森的带领下，先后投资 5.5 亿元，建起了以老子铜像为核心的老子文化苑等 40 多项旅游基础设施，一直遵循老子"道法自然""见素抱朴"的思想，尊重自然，顺应自然，走可持续发展的生态绿色之道，以"大道行天下，和谐兴中华"的追求，促进"山水+文化"绿色生态游的开发建设。

本次论坛以"《老子》在世界不同文明中的传播和诠释"，围绕"《老子》与中国文明""《老子》的消费观念""现代文明与老子的朴素思想"等议题展开广泛的学术研讨。在 11 日的论坛会上，台湾大学名誉教授、台湾中国文化大学教授陈鼓应等专家学者分别作了"全球视野下的孔老历史性会晤""老子还原"等精彩的学术报告及研讨。

陈鼓应教授还非常激动地谈了他考察老君山的深切感受。他说："没到老君山之前，一点儿概念也没有；昨天去看了以后，我相信每一位代表都会有不同的感受。这个山如此俊美，如此秀丽，如此奇特，出乎我的意料！看过黄山、张家界，老君山就是河南的黄山、洛阳的张家界。黄山、张家界只有自然风光，没有人文气息，而老君山就不同，是老子归隐之地，道家文化底蕴深厚，意韵悠长，自然生态如画。走山顶悬空栈道，观赏森林景观，达到人文和自然的融合，达到了新高度。老君山这个地方，可谓是我们的精神家园。道是中国文化的象征，以道为安，以和为贵，以人为本，是道哲学的深层次结构，老君山的绿色生态发展之路，体现了老子大文化的核心思想。"

在大会闭幕式上，通过并宣读了《2010 洛阳老子文化国际论坛宣言》：探寻绿色之路，解决人类社会在现代化发展中面临的难题。从思想理念上讲，老子道法自然，保护生态，崇尚节俭，主张人与自然和谐发展的价值追求，为人们提供了很好的发展导向，可以成为解决人类面临危机的智慧源泉。深入研究老子文化中蕴含的科学思想和科学精神，对于今天的科学发展、和谐发展、可持续发展具有十分重要的意义。

"2010 洛阳老子文化国际论坛"的成功举办，极大地提升了老君山的知名度。大会对老子归隐地老君山的肯定与认可，对老君山今后的大开发大建设具有重要的指导意义；对老君山景区进一步挖掘整理老子文化，把老子文化做大做强做精有着巨大的推动作用。

时隔四年。2014 年 9 月 19 日上午，第四届洛阳老子文化国际论坛在洛阳举行了隆重的开幕式和主题报告会。

本届论坛由中国社会科学院哲学研究所、北京大学道家研究中心、清华大学哲学系、河南省老子学会、洛阳理工学院、洛阳市社科联、洛阳老子学会、老君山景区等单位共同主办。论坛的主题是"老子的学说与精神：历史与当代"。共有来自美国、日本、韩国、以色列、英国等 10 多个国家的 137 名专家学者出席并发表讲话，论坛规模之大、层次之高、成果之丰，创历届论坛之最。

洛阳市委常委、宣传部长杨炳旭在开幕式的致辞中说，中外专家学者齐聚洛阳，深入探讨《道德经》在思想上的大智、科学上的大真、伦理上的大善和艺术上的大美，以及《道德经》在历史上和当代的重要价值，可以深化我们对自然、社会和人类思维规律的认识，对实现中国梦具有重要的现实意义。

论坛期间，百余位海内外学者济济一堂，通过专题讲座、小组分组讨论等形式，各抒己见，围绕"老子的学说与精神：历史与当代"这个主题展开了热烈的讨论。陈鼓应、许抗生、刘笑敢等著名学者分别进行了主题报告。他们指出，老子的学说应被视为世界文化的公共遗产，老子的精神对于现代人的心灵具有深刻的启发意义。他们认为，老子"道法自然"的命题中，蕴含了深刻的自由思想，以及对公正、平等的社会环境的诉求，这对现代人汲取古代智慧无疑颇具有启发意义。

在风景如画、道学厚重的老君山风景区，与会学者分别从不同视角展开了对老子精神的研讨，同时也展现了对老子学说现代意义的追寻。一方面，来自国内外各大学和研究院所的学者发表了他们对老子哲学的研究心得；另一方面，社会各界人士也以自己深入的研究成果，阐释了他们在实际生活和具体工作中对老子思想的理解与认识，专家学者从历史与当代两个向度，深入研讨了老子的学说与精神。

在研讨会上，香港中文大学刘笑敢教授、台湾中国文化大学曾春海教授、日本女子大学谷中信一教授、安徽大学钱耕森教授、韩国江陵原州大学金白铉教授、美国道学杂志主编科恩女士、首都师范大学白奚教授、台湾师范大学陈丽桂教授等知名学者，以及其他数十位与会代表分别宣读了论文，就《道德经》的文本解读、老子思想的现代阐释等方面进行了研讨。另外，北京大学哲学系许抗生教授因故未能出席，由他的学生代为宣读其论文《略谈老子的自由思想》。中国社会科学院陈静研究员、北京大学王中江教授、美国罗耀拉大学王蓉蓉教授分别在大会上发言。

台湾师范大学陈丽桂教授以虚无和对反作为《老子》应用哲学的两大主轴，将对反与虚无的基础归结为自然，进而认为对反与虚无两方面的结合建构了老子的无为哲学。中国人民大学罗安宪教授主张，道家关于生态文明的理论与智慧主要包括道生物、万物平等的生态观念，法地、法天、法道，利而不害的生态伦理以及知常、知止、知足，为而不争的人生态度这三个方面。曾春海教授经由对冯友兰思想的解读，指出老子的"知常"观念是对客观规律的知识性理解，"和"是自然界的事实也是价值的呈现，知常、习常而至"和"的境界，才是冯友兰所强调的老子的"玄同"，亦即同天人通的人生最高的天地境界。北京大学张广保教授著文讨论了道家哲学的理论建构，并希望以此方式回应时代，认为后现代语境下"道论"的合理性可能是未来哲学思想的展开方向。首都师范大学白奚教授将道家无为而治的政治哲学解读为一种深层次的廉政理念，认为无为而治体现了"自然"这一道家哲学的最高价值，其所要实现的"无不治"的最佳治国效果要明显地高于廉政的目标，因而廉政乃是无为而治的题中本有之义。清华大学曹峰教授深入讨论了《老子》集中体现于"道"又体现于"德"的概念的原因，认为老子"玄德"理论十分重要，因为它是幸福的基础。另外，各界人士从社会政治经济活动乃至精神生活诸方面讨论了老子思想的具体运用，提出了不少创见和启发性观点，丰富了人们对老子思想学说的认识。

论坛期间，与会学者及各界嘉宾实地考察了栾川县老君山风景区，拜谒了老子铜像。此次老子文化国际论坛意义深远，受到媒体的广泛关注和支持，《人民日报》《光明日报》《河南日报》等数十家新闻媒体都对此次论坛进行了跟踪报道。

北京大学哲学系教授陈鼓应先生，曾数次登临老君山，此次参会，非常激动，为老君山题词：

老子归隐地老君山，是人们心灵的家园。

2014 年 9 月 21 日，第四届老子文化国际论坛在老君山举行了隆重的闭幕式。

在这次闭幕式上，与会学者和各界嘉宾凝聚共识，共同发表了《第四届老子文化国际论坛老君山宣言》，为这次规模宏大、成果丰富的学术文化盛会画上了最圆满的句号。

第五节　八方朝拜，广结善缘

老君山风景区自开发建设以来，多次接待各界名人雅士，这些鸿儒大德与老君山结下不解之缘，他们留在老君山的珍贵题词，成为老君山人的一笔精神财富。

青山叠叠，鸾水悠悠；题词永在，墨宝生辉。

1980 年 3 月，中国作家协会副主席李準老先生游览老君山后挥笔题词：秀压五岳，奇冠三山。

2007 年 11 月 7 日，国家古建筑专家组组长罗哲文一行在老君山考察后，感叹老君山之美，题词写道：天下名山，道教圣地，山景雄奇，生态之美。

中国道教协会会长任法融对老君山的开发建设十分支持，曾经为老君山题词：老子归隐地，道祖归隐地。

著名作家贾平凹先生也与老君山结下善缘，留下墨宝：老君山成千年香火，《道德经》为万世咏诵。

国防大学政委李殿仁中将莅临老君山参观之后，挥笔题词：行大道于天下，造万福于众生。

2010 年 7 月 19 日，老君山迎来了一次重要的大考。当天，在联合国教科文组织世界地质公园评审专家赵逊教授的带领下，联合国教科文组织世界地质公园验收组专家一行 10 余人到老君山景区，严格按照有关工作程序，对中国伏牛山世界地质公园核心园区老君山景区进行认真考评。最终，老君山景区顺利通过了考评，并获得了这些专家的称赞。

意大利毛里佑·布兰多博士由衷地赞叹："老君山是令人向往的地方，是把地质、人文、生态相结合的典范。万分感谢有此机会与你们一道亲历这一奇妙风景，一个感人至深、令人陶醉的地方。寻常之地，卓越不凡之工。"他在老君山题字留言："滑脱峰林，天下奇观。"

希腊巴比斯·法索拉斯为老君山题字留念：恭贺你们为了向游客提供奇异的山峦景观，所做出的卓越而又巨大的工作，永远对环境给予崇高的尊重，我们的确欣赏此地的美景！

老君山景区的生态资源和地质资源十分丰富，其独特的花岗岩峰林地貌更是被世界地质公园评审组专家、中国地质科学院原院长赵逊先生称赞为："迄今为止，世界范围内发现的规模最大的花岗岩峰林奇观！"

伏牛山世界地质公园，由栾川老君山核心园区及西峡宝天曼国家地质公园等众多景区共同构成，是一个综合性世界地质公园。老君山景区因地形地貌奇特、地质构造具有很强的代表性，被列为中国伏牛山世界地质公园核心园区，是此次专家组重点考察景区。老君山景区此次顺利通过了专家组非常严格的验收考评，晋级世界地质公园行列，进一步提升了老君山的美誉度、知名度，为其今后的大开发大建设奠定了良好基础。

2014 年 5 月 6 日，大世界吉尼斯之最——世界最高老子铜像证书颁发仪式暨纪念老子归隐老君山 2505 年老子祭拜大典在老君山老子文化苑隆重举行。栾川县各界领导、上海大世界吉尼斯理事曹峰、栾川县道教协会及老君山全体员工 1000 余人参加了活动。

老君山文旅集团董事长杨海波在颁证仪式上的讲话中指出：老子铜像是老君山的标志性文化经典工程，是河南省旅游形象代言人，具有划时代里程碑的意义。老子铜像，使每位到老君山的人都能时时被唤醒尘封的记忆，领悟老子博大精深的哲理之玄奥和道行天下之法则，感受老君山的生态自然之美和深邃的道家文化内涵，并为人们提供了瞻仰祭拜的纪念载体，更为老君山打造河南文化产业集群，打下了坚实基础。

2014 年 6 月 1 日，著名诗人汪国真先生在老君山参加"诗话老君山，共圆中国梦"活动，无限感慨之中，题词"老君山风光无限"几个大字，并题写了他的诗歌名句：没有比人更高的山，没有比脚更长的路。

2014 年 6 月 1 日，80 多岁的著名学者、诗人余光中先生，游览老君山，提笔写下"伏牛山主峰山岳经典十里画屏老君山"的赞誉，赠予老君山作为留念。余光中先生还对老君山董事局主席杨植森慷慨豪迈开发建设老君山的功业非常感动，特意为杨植森题词"令尹能留道德典，杨公力辟老君山"，以示敬佩之意。

2014 年 7 月 17 日，老君山在入选世界地质公园 4 年后，联合国教科文组织专家组莅临栾川，对伏牛山世界地质公园老君山核心园区进行中期考察评估，老君山核心园区最终顺利通过了专家组的考评。专家组的葡萄牙卡洛斯博士由衷赞叹老君山，用中英文写下"这是一个难以忘却的地方，这里有善良美丽的人民，我非常喜欢栾川这里"，并亲手赠送给董事局主席杨植森。

2014 年 9 月 21 日，北京大学教授陈鼓应在老君山参加老子文化国际论坛时感慨地说道："我走过世界上的许多名山大川，没想到老君山如此灵秀大气，更重要的是有如此深邃厚重的文化，使人惊叹！"他为老君山题词：老子归隐地老君山，是人们心灵的家园。

2015 年 6 月 1 日，著名书法家柳国庆先生以魏碑书体书写的 10 米长卷《老君山宣言》大型书法作品，在老君山风景区隆重举行了移交仪式，作品将永久保存在老君山风景区。

2017 年 3 月 20 日，中国社科院研究员、中国旅游研究院学术委员会主任魏小安考察老君山后，在他的微信中这样写道：老君山顶峰，天界五宫，云雾蒸腾，时隐时现，建筑大气，细节精致，道文化的现代表现，堪称奇观。原来有四大道山之说，我的评价，崆峒道之源，龙虎道之兴，青城道之幽，武当道之巅，今天可以再加一句，老君道之奇，成为五大道山。

2017 年 5 月 1 日，由火箭军文工团著名军旅歌唱家金波率领的首都中青年艺术家来到老君山，为坚守在老君山工作一线的劳动者献上了一台精彩纷呈的五一节文艺演出，由此在栾川拉开了"拜老子，读经典，登名山，弘扬中华优秀传统文化"的文艺演出大幕，《班长的红玫瑰》《杜鹃花》《万水千山总是情》《美丽的草原我的家》等优美的歌曲，在老君山的上空悠扬回荡。演出结束后，老君山董事局主席杨植森代表老君山文旅集团向参加慰问演出的首都中青年艺术家赠送了线装书《道德经》。

2018 年 7 月 18 日，联合国教科文组织专家帕尔·特亚莫先生（挪威岩浆世界地质公园负责人、地质专家）和全勇文先生（韩国济州岛世界地质公园、地质专家、火山学博士）莅临老君山景区，对伏牛山世界地质公园核心园区老君山景区进行第二次中期评估考察，给予老君山高度评价，并为老君山的生态发展提出了指导性意见。

全勇文在考察中非常认真地说："我访问过很多山丘，这里的花岗岩非常漂亮，一些人物的历史和一些殿宇，非常和谐。我现在终于理解了，为什么这座山是全世界最好的山。如果我有机会，一定会再来，这是最好的一座山脉，这是最漂亮的一座山峰。"

帕尔·特亚莫说："在云下，在云中，在云端；这是一个非常奇妙的体验，每年一百万游客，我是其中一位，你们从哪里来？你们来做什么？我是其中一位，我从挪威来，非常喜欢这里，感觉这里很棒！如果让我打分，满分 5 分，我一定给 5 分。"

2011 年 4 月 24 日、25 日，中国旅游界泰斗人物陈蔚德先生，来到老君山考察，并为老子文化苑撰写了讲解词。

第八章

情深义重，老君山人最贴心

一直以来

老君山景区始终本着"以人为本

用心服务，以客为尊，以情感人"

的宗旨，营造"想游客之所想

急游客之所急，解游客之所需"

的服务环境

老君山

第一节　智慧服务，创造奇迹

2020 年的五一小长假，有五天时间，受疫情的影响，久未出门的人们，都想趁着五一假期游玩一下，放松放松。此时的疫情并未根本解除，保证游客的安全，成为老君山人的首要任务。

在这个假期里，老君山景区不惜人力物力，加大安保设施的投入，灵活运用各项智慧手段，借助信息科技的力量，为防疫防控助力，保证了游客的人身安全。

分时预约，引导错峰出行。他们在景区实行单日最高人数限制的同时，开通多个旅游预约通道，游客可通过美团网、携程网、同程旅游网、去哪儿网及老君山景区微信公众号等多平台，实现景区门票预约服务，加强客流量的智慧监控。

自助机购票，降低传播风险。老君山风景区为方便游客自助购票，安装设置了 22 台自助售票机，分别放于各售票点，最大限度地避免了游客因排队购票而可能产生的人员聚集现象，降低了疫情传播的风险。

健康码+体温检测，落实疫情防控。在景区全面采用"健康码"审验通行模式，而且还在景区大门口增设红外体温检测安检门，可快速准确地检测入园游客的体温，严格落实体温筛查。严格执行绿色健康码和正常体温方可入园的防疫要求，确保了景区旅游环境的安全。

实名制入园，确保游客安全。将景区的检票系统进行了全面升级，游客实行身份证实名制入园。检票系统的全面升级，保证了景区能够快速准确地录入游客信息，避免了因手动检票而产生拥堵现象，确保游客之间间隔距离相等，确保景区旅游安全环境万无一失。

采用ETC通道，降低人群聚集。景区大门口新增6道ETC无感支付通道，安装ETC的车辆可直接出园；也可通过扫描景区内二维码输入车牌号自助缴费，实现快速出园，从而减少人员接触，降低人群聚集风险。此外，所有闸机口的数据，都能实现与景区大数据平台对接，景区能够根据景区各处的大数据情况，及时进行工作指导。

广播全覆盖，提供便利服务。景区实现广播系统全覆盖，可帮助游客在寻人、寻物的同时，全天不间断地用广播提醒游客落实旅游防疫措施，为游客提供了一个安全便利的游览环境。

综合平台升级改造，景区管理更加高效。老君山景区舍得在智慧景区建设上投资，近年来经过三次大的升级改造，最终于2021年完成了智慧景区系统的建设。目前，景区搭建有高清数字视频监控系统，共安装高清数字监控设备580组，监测点位全园覆盖率达到100%，实时监测客流量，准确定位游客归属地。景区在人流密集区域、重要路段及工作区域，设置了多个显示屏，让游客自己能够实时掌握景区当前情况，充分享受智慧旅游带来的便捷，也使景区管理更加快速高效，为做好旅游期间的安全防疫工作增添了保障。

安全应急系统，贴心服务游客。景区在主要景点的人流密集区，设置紧急呼叫系统。当游客遇到紧急情况时，可以根据提示按下呼叫按钮。景区指挥中心会第一时间接到通知，并可以观察到游客的监控画面，跟游客进行实时对讲，了解情况。如有人员受伤或需要急救药品，监控中心可操作打开紧急救助箱，里边放置有常规急救药物，供游客免费使用。

自 2020 年疫情防控以来，老君山景区迅速行动，严格要求，不惜代价，制定了一系列有效的防疫措施。复工以后，以特别严格的措施、更加科学的监管流程、更加优质的一流服务，热情迎接着每一位来到老君山的游客，全心全意让每一位游客在老君山景区玩得开心，游得安心，走得放心！

2020 年十一国庆黄金周期间，老君山景区接待了一拨又一拨来自全国各地的游客。伴随着游客量的剧增，景区工作人员兢兢业业地奋战在服务游客的一线岗位，他们热心细致、诚挚周到的服务，在平凡的岗位上传递正能量，获得广大游客一致点赞！

夜幕中救助迷路游客

10 月 1 日中午，老君山景区接到救援电话，一名游客称自己在景区游玩时误入小道迷了路，请求帮助。放下电话，景区安保部立即派出救援人员赶赴现场，根据游客提供的大概位置，一场搜寻就此展开。

因游客偏离景区道路，搜寻无果后，景区又找到当地熟悉山路的居民，一起帮忙到老路上寻找搜救。天黑路远，山高壁陡，工作人员边沿路寻找边不断地向山中喊话。经过工作人员几个小时的努力，于晚上 9 点，将该游客救离被困区域。见到工作人员后，游客十分激动地说："看着天黑了，我对景区地形不熟，累得实在走不动了，真的不知道该怎么办时，看到你们来了，悬着的心一下子就放下来了。"

找回走失男孩

10月3日，老君山景区迎来假期高峰，如潮的游客纷纷涌向景区。下午14时左右，一名来自漯河的游客打救助电话到景区监控中心，她的儿子在景区玻璃桥附近走失了。了解情况后，监控指挥中心立即广播找人。没过多久，工作人员发现了走失的孩子，赶紧上前安抚小男孩的情绪，并与家长取得联系。工作人员边安慰小男孩，边领着去与家长团聚。心急如焚的孩子父母赶到后，一把抱住了孩子，破涕为笑。

倾力救治伤员

10月4日下午，老君山景区客服中心接到游客求助电话，一位来自天津的游客在景区游玩时不慎摔倒。景区立即启动安全应急预案，第一时间通知安保部工作人员，派人赶到现场。景区医护人员对受伤游客细心检查，发现游客小腿骨骨折，游客无法站立行走，工作人员立马抬来医用担架，对伤口进行应急处理，临时固定包扎。处理完伤口后，景区工作人员抬起担架，将游客送至骨伤专科医院进一步治疗。一路上，大家竭尽全力为伤员的救治赢得黄金时间。功夫不负有心人，在景区工作人员的不懈努力下，伤员最终被安全快速地送上救护车，前往医院救治。经过专业的护具固定，游客连夜赶往天津做手术。

感恩感谢

10 月 4 日，老君山景区收到一封游客亲笔写下的感谢信。原来是一名来自滑县的游客，在陪爸妈游玩时，不慎将随身携带的手提包忘在索道吊厢内。经过景区工作人员调取监控并广播寻物，最终将丢失的手提包交到失主手中。

失主激动地说，此次老君山旅游真的很开心，没想到失落的东西这么快就找回了，特别感谢景区工作人员。

为游客保驾护航

10 月 6 日上午，有一家三口在景区游玩，两岁的小女儿突发不适，昏迷不醒并抽搐，呕吐不止。景区在接到救援电话后，立马派医护人员赶到现场，并联系好 120 在山下等候。在峰林索道下站，经过医护人员对小女孩进行紧急救治，小女孩逐渐恢复意识，后与 120 对接，及时送往医院抢救治疗。

这些好人好事，只是老君山景区工作人员日常工作中的一个缩影，类似的"小事"数不胜数，寻人寻物、拾金不昧等，对于坚守在景区一线的工作人员来说，这些都是不值得一提的小事，然而最平凡的善举最感人。老君山人说，在这个十一黄金周，我们承诺，将会用最优质的服务，为游客营造更加放心、安心、舒心的旅游环境！

汗水浇开幸福花，真心真诚赢天下。在疫情防控异常严峻的 2020 年，老君山风景区在 400 多位员工的辛苦努力下，不但保证了每一位游客的财产安全和人身安全，更是逆势发展，创造了卓越而辉煌的成就。

2019 年，老君山旅游收入 1.6 亿元，但让所有人都意想不到的是，2020

年，面对新冠疫情的不利情况，老君山全年旅游收入远远超越 2019 年，达到了破天荒的 2.9 亿元；2021 年，依然是疫情，老君山全年旅游收入却逆势创造了 3.6 亿元的奇迹。在疫情下的 2020 年和 2021 年，老君山在逆势中突围发展，成为河南全省乃至全国旅游界逆势发展的典范，在中国旅游界创造了一个令人赞叹的"弯道超车"的旅游传奇。

第二节　永葆初心，追求卓越

　　作为古都洛阳的后花园，老君山近年来借助洛阳国际文化旅游名城的建设，旅游核心竞争力和吸引力不断增强，景区的知名度、美誉度日益提高，游客量逐年递增。为了让游客得到更好的服务，老君山人不仅完善各项硬件配套设施，优化旅游环境，并将个性化、规范化、标准化服务做到极致，呈现出完美的"老君山服务"。

　　个性化服务无微不至。老君山倡导文明快乐服务，从一言一行，从点点滴滴的小事做起，争取使每一位游客都能高兴而来，满意而归。从"不让一位游客在景区受委屈"到"人人都是旅游环境"，再到"感动每一位游客"，景区的员工始终以高度责任感和优质服务意识，在各个岗位上默默无闻地为广大游客提供着最细致、最贴心的服务。景区在停车场入口处免费给游客发放温馨提示卡；在游客中心，设置有休息长椅、婴儿车、轮椅、电子触摸屏、手机加油站、擦鞋机等设施；在救护中心，配备了急救设备、急救药品、氧气袋、担架等；在星级厕所专门设置了残疾人厕位和无障碍通道。从细节入手，把游客身边的一些小事，当作关系景区形象的大事去做，始终以最美好的形象面对游客，以最贴心的行动服务游客。

标准化服务赢得未来。为了创建旅游标准化试点单位，景区将各项管理制度、服务规范形成体系，确保景区各项管理标准更加系统完整，更加科学适用，并有效促进景区向标准化、品牌化、特色化方向发展。在科学规划的基础上，景区内所有的标牌全部按照国家标准，采用中、英、日、韩四种语言进行书写；所有进出景区的道路全面硬化、绿化、美化；所有人行观光步道全部以贴近生态、游客舒适安全为标准进行了环线铺设；所有休息设施的外观、颜色、造型全部与周围环境相协调……景区的一草、一木、一石、一牌，都按照自然和谐的标准进行建设。处处是精品、点点有特色的视觉效果怎能不打动游客？

智慧化服务尽善尽美。从预订酒店到在线支付，从网上购票到扫二维码进景区，从视频实时监控到 LED 屏信息发布……在老君山，这些快捷服务已不再是什么新概念，而是可感可触的新体验。老君山近年来投资 2000 多万元，建成了河南省首个"互联网+老君山"智慧景区，标志着山岳观光的智慧旅游在这里迈入一个全新时代。通过"互联网+"智慧旅游景区建设，老君山为游客搭建了人性化、多样化的服务平台。

在海拔 2000 多米的伏牛山主峰马鬃岭和老君山金顶建筑群，游客拍完照，立刻就能分享到朋友圈。作为国内 Wi-Fi 覆盖面积最大的景区，老君山景区的 Wi-Fi 最多可满足 3 万人同时上网。

如果在追梦谷遇困，轻按身边的"求助系统"按钮，即可使用救助箱内的药物，还可使用"人工对话"系统进行求助。另外，通过智能引导系统，自助游游客可实时获得旅游线路信息、附近的交通信息、目的地附近停车场位置和空闲车位信息，并得到路线导引……"互联网＋老君山"的智慧景区建设，除了让游客获得信息化的便捷服务，也为游客编织了一个"安全网"。

不仅如此，为了提升老君山人的整体服务素质，让服务理念深深根植于每一位员工的心中，老君山还特别设立了委屈奖，奖励那些在服务当中宁肯自己受委屈也要让游客满意的员工。

从2018年以来，老君山人在全体员工中围绕"如何做一名合格称职的光荣优秀的老君山人"开展大讨论。老君山人说，做老君山人容易，只要你在老君山区域内工作，干一定的时间，就是一位老君山人。但要成为一名合格的、称职的、优秀的老君山人，就不那么容易了。真正合格的员工是景区发展立于不败之地的建设者，企业永葆生机的原动力。

老君山人经过大讨论，为自己总结出了"如何做一名合格称职的光荣优秀的老君山人"的十项条件：

以山为家，心系旅游。把老君山作为自己的家，维护它，呵护它，浇灌它，坚守"我自豪，我是老君山人；我骄傲，老君山是我家"的价值观。把旅游作为人生幸事去追求，去实践，全身心投入到景区的旅游大产业中去，发挥自己的光和热。

爱岗敬业，扎根景区。所谓爱岗，就是从入职老君山的第一天起，就要热爱这个岗位，坚守向公司许诺的诺言，表白的决心和信心。爱岗是敬业的基础，敬业是爱岗的具体表现。不爱岗就很难做到敬业，不敬业也很难说是真正的爱岗。要始终以主人翁的姿态，干一行，爱一行，专一行。不能三天打鱼，两天晒网，这山望着那山高，时刻想着跳槽。没有长远打算，必将有负韶华，到头来一事无成。

荣辱与共，肝胆相照。要与企业同呼吸，共命运，为景区取得的每个荣誉感到自豪，为景区受到的批评而感到耻辱。要充分利用老君山的平台，以心交心，服务游客。

守土有责，担当使命。老君山 58 平方公里的土地上，每一位员工都是这一热土的守护神，守土要尽职尽责，出力流汗。在老君山发展的新时期，要担当历史重任，牢记梦想使命，树立强烈的事业心，增强工作责任感、紧迫感、使命感。

忠诚进取，无私奉献。一名员工，若失掉了对公司的忠诚，一切责任都无从谈起。要诚诚实实做人，勤勤恳恳干事，把拥有忠诚的品质作为员工必备的基本条件。老君山人在大讨论中，清醒地提出，企业在不断地发展壮大，老君山人也应不断提升自己的责任和能力，选择正确的进取方向，那就是"忠诚进取，无私奉献；敢于吃苦，乐于奉献"。

知识广博，功底深厚。要做到知识广博，功底深厚，必须把学习作为一种修养和习惯，树立"终身学习"的理念。作为一名旅游人，必须不断地学习，要知其然还要知其所以然。旅游的吃、住、行、游、购、娱，加上商、养、学、闲、情、奇等方面都要融会贯通。

求真务实，严谨细致。旅游是一个开放型产业，具有综合性、服务性和融合性，要善于动脑，勤于思考。旅游业是第三产业，服务好坏之分不在于大思路、大理念，而在于细节。要始终牢记"态度决定一切，细节决定成败，目标决定方向，行动决定未来"的理念。

知难而上，追求卓越。要把伟大的理想、宏伟的愿景、长远的目标，变成现实，就必须知难而上，永不言弃，竭尽全力，执着追求，在平凡的岗位上书写不平凡的人生。凡事要用心去做，勤能补拙，一分耕耘一分收获，只要用心干好每一细节，去追求卓越，必定会成为一名优秀的员工。

以人为本，乐于服务。旅游是与人打交道的行业，做好服务就是要想游客之所想，帮游客之所需，解游客之所急。做到微笑每一天，热情每一位，精神每一点，奉献每一刻，让每位游客到景区玩得开心，游得顺心，吃得称心，住得舒心，不让一名游客在景区受委屈。

朝气蓬勃，热情达理。每一名真正的老君山人，要保持一种阳光的、正能量的、朝气蓬勃的精神风貌。待人接物，热情而不失礼节，大方而不随意。人人都要争做一名文明的老君山人，最美的老君山人，个个都要成为老君山对外的窗口和形象大使，成为老君山品牌的代言人。

老君山人坚信：只要拥有一份信念，一份梦想，一份责任，就一定会在追求和奋斗中，获得一份力量，一份收获。

第三节　感谢感恩，情深义重

　　有一种爱，像春天的阳光，给四面八方的游客带来宾至如归的感觉，带来温馨和温暖、希望和力量。

　　有一群人，坚守"游客至上，服务至上"的理念，用全心全意的服务，传递着人世间的真善美和正能量。

忠实粉丝的一封感谢信

　　2021 年 9 月 26 日，老君山景区收到一封感谢信：

　　尊敬的许亚轩先生：

　　　　您好！我于今年 9 月份和我老公带我父母和孩子去老君山景区游玩，中午在将军峰服务区吃饭休息时，我父亲将手机和衣服丢失在服务区的桌子上。在此期间，由于我父亲身体出现不适，没有顾及手机等重要物品，也没能及时听到工作人员的广播物品认领通知，直到下午五点半才发现手机丢失。打电话寻找手机时，工作人员许亚轩先生接到电话，当时已经下班了，他等了我们一个小时赶过去拿手机。拿到手机，我想感谢一下他，给他发了一个红包，他没有收，只说是我们应该做的。这一刻，我特别感动！

　　老君山的风景美丽，老君山工作人员的心灵更是美丽善良。在此，我代表全家谢谢许亚轩先生以及全体工作人员，祝许亚轩先生以后工作越来越好，生活越来越幸福美满。

　　最后真诚地道一声：谢谢！

失主：老君山的一个忠实粉丝

2021 年 9 月 21 日

老君山工作人员许亚轩说，9 月 13 日下午，我在金顶大区将军峰服务区路上巡查时，捡到一件衣服和一部苹果手机，立即联系监控中心广播寻找失主，等一下午却并未接到失主电话。下班时，只得把游客遗落的物品送至安保部，这时才得知失主还在山上。联系游客询问情况，游客恳请我在山下等等他们。耐心等待了一个多小时后，于当晚七点多，他们下山了，我终于把手机、衣服等物品完好无缺地归还给了游客。游客当时非常激动，立即给我发了一个红包，我没有收。作为一名老君山的员工，这是我们应该做的，无论是谁，都会坚决拒绝收受游客红包的。

老君山人化身"蜘蛛侠"

2020年7月23日上午，老君山景区办公室收到一面锦旗，锦旗上写着八个大字："真诚相助，品德高尚。"

事情的经过是这样的。7月13日，一位来自商丘夏邑的游客游览至十里画屏天王观海处时，被云雾缭绕中的美景深深地吸引，频频地按动着相机的快门。就在这时，她的背包不慎滑落至悬崖下，焦急万分的游客找到了老君山金顶管理部的工作人员。

金顶管理部的工作人员邢珂和陈国鹏经过勘查定位后，立即拿来了绳索，在保证自身安全的前提下，从侧面找小路用绳索把人放下去，经过一个多小时艰苦努力的绝壁攀爬，工作人员终于为游客捡回了背包，并婉拒了游客的现金感谢。游客非常感动，回家后特制锦旗一面，感谢景区工作人员给予他们的帮助。

除了帮助游客捡拾不小心掉下去的背包、手机、相机、衣帽等物品，老君山的工作人员也经常会下到悬崖或栈道下面捡游客随手扔下的矿泉水瓶、塑料袋等垃圾。

这种事，只是老君山景区的一个小片段，也是老君山景区职工们的一个日常工作状态，每个老君山人时时刻刻都在为来自五湖四海的游客，默默地奉献着自己的青春和汗水。他们守护着老君山的每一片土地，为游客保驾护航！

远方游客寄来感谢信和锦旗

"你们的行动既充分诠释了一切为游客服务的崇高宗旨，也彰显了大道行天下、尊道贵德的力量，值得赞扬和宣传，在此向你们表示衷心的感谢……"

2018 年 7 月 31 日，老君山收到了远方游客寄来的感谢信和锦旗。

一封朴实的感谢信、一面火红的锦旗、一句句发自肺腑的话语，字里行间流露出的是感谢之情。

事件回顾。7 月 9 日下午，来自开封的王荣献陪家人一起来老君山游玩，在拍照过程中不小心将手机掉在追梦谷老龙窝栈道下方的崖壁上。手机内不但有联系人信息，更重要的是孩子的大学录取通知书等信息也存在里面。

7 月 10 日，在万般无奈的情况下，王荣献拨通了景区的救援电话，恳请工作人员帮忙捡回手机。在接到求助电话后，景区安保部成员张玉良、王建设、常晓旭、张权、段辉、王浩伊等人迅速赶往现场，冒雨涉险帮游客捡回手机。

也许在老君山人的眼里，这并不是大事难事，但体现出了老君山人的职业素养。他们身处平凡的岗位，日复一日，年复一年，始终在为游客全心全意提供着最优质、最贴心的服务。

大美山水，最美还是老君山人

"贵景区严格有效的救援机制与队员的高尚风格，更像一道驱散阴霾之光，令我对洛阳市全国著名旅游城市、栾川县知名旅游强县、老君山 5A 景区的形象有了深刻的认识，贵景区高效贴心的服务，的确是中华传统美德与医者仁心的直接体现，也当为各景区之楷模。"

2018 年 5 月 28 日上午，老君山景区收到一封通过快递邮寄来的感谢信和锦旗。

让我们把时间倒回到 4 月 29 日。当天，来自陕西西安的游客李先生，在老君山盘山公路上不慎滑倒，导致膝盖受伤，当即疼痛难忍，无法行动，情况十分危急。救援队的汪红霞接到游客的求救电话后，立即带好紧急救援物品，与工作人员李彦武、张权一起，火速赶到现场。

游客受伤的地方位于盘山路上。在进行了检查问诊之后，汪医生诊断其为膝盖错位。为避免游客的腿部在几公里的山路上因为颠簸而造成二次受伤，汪医生不顾自己已经晕车的情况，以倒坐在车中的姿态，双手将游客的腿部轻轻抬起，尽量将游客的重心转移在自己的身上。

游客在信中这样写道：在 10 公里的蜿蜒山路上，是汪医生的细心呵护，使我不至于蒙受更多的痛苦。路途颠簸，我的伤腿全靠汪医生用手抬起。环山路容易晕车，而我 62 公斤的体重，靠汪医生用手用腿支撑。现在回忆起来，汪医生在山路上为救护我而汗流浃背的模样，我心中仍怀着一股无以言表的敬意。

人在异乡遭遇突发情况，让遇到困难的游客常感到十分无助，但是景区的工作人员以自己一颗真心，凭借着认真的工作态度，娴熟的工作技能，用责任感动并安慰游客，给他们帮助，给他们希望与温暖。

老君山人每每谈起这些事情，都会自然而然地说：在日常工作中，这样的事情会有很多。从每个节假日的上山巡诊，到风雨无阻的医疗救助，再到夏季为游客派发驱除蚊虫的药水，只要有游客需要的时候，都能发现救援队员的身影。可以这样说，哪里有游客，哪里就有我们老君山人的服务，不管道路如何险阻。只要游客需要，我们就一直在路上。

山美、景美、人更美

2018 年 8 月 13 日，老君山景区收到一封来自郑州市的刘姓游客寄来的感谢信。在信中，刘先生为景区工作人员热情的服务态度和认真的工作作风点赞，字里行间，满是感激之情。

> 尊敬的老君山景区领导：
>
> 　　我是郑州市郑东新区的一名游客，于 2018 年 8 月 12 日，进入老君山风景区游玩。中午时分，不慎将一黑色挎包遗失在峰林索道上站附近，内有苹果 6 手机和 vivo 手机各一部、身份证一张、人民币若干。东西遗失后，我及家人焦急万分。景区安保部闻讯后及时与我联系，想方设法调取监控，并派专人与我一起定位寻找手机。经过安保部工作人员的不懈努力，于下午六点，终于将本人遗失挎包找到，挽回了损失。贵景区安保部尽职尽责、精心协作的态度，让我非常感激感谢！
>
> 　　老君山风景区山美、景美人更美，回去以后，我会多给咱们老君山风景区宣传，当然，我们全家以后还会再来的。再次对贵景区、对安保部表示感谢！

一直以来，老君山景区始终本着"以人为本，用心服务，以客为尊，以情感人"的宗旨，营造"想游客之所想，急游客之所急，解游客之所需"的服务环境，不断努力提升旅游服务质量，为游客提供舒适的游览环境，让游客更安全、更舒心地畅游山水，获得了全国众多游客的好评。

保洁员工，拾金不昧

2017 年 10 月 12 日上午，老君山景区收到了一封简单的感谢信，短短一行字：我感谢老君山工作人员拾金不昧的精神，张秋梅，2017 年 10 月 12 日。轻轻的一页纸，却装满了沉甸甸的感激之情。

　　10月12日上午，老君山景区内上演了感人的一幕。景区一名保洁员在万元现金面前交上了一份满分答卷，面对失主的酬谢，他却婉言拒绝。

　　12日上午10：20，老君山景区安保部接到来自江西省鹰潭市张女士的电话求助，原来张女士与家人在景区内游玩时，不慎将装着万元现金和贵重物品的手包遗失，希望景区配合寻找。

　　由于张女士说不准遗失的具体位置，安保部李延武经理接到电话后，立即通知网络部进行广播寻找，后又通知中天门管理部王朝辉、王云凯沿途寻找。

　　15分钟过后，负责景区救苦殿路段卫生的保洁员吴平均发现了张女士的手包，打开一看，包内有大量现金，还有身份证、银行卡、火车票等贵重物品。他在景区工作多年，捡到游客物品也不是第一次了。在诱惑面前，他没有丝毫犹豫，第一时间将捡到的物品送到了办公室。

　　工作人员清点后发现，包内的现金有一万多元。做好记录后，工作人员立即联系张女士。随后，张女士赶到，从工作人员手中接过了丢失的包，并从包内拿出现金感谢拾金不昧的保洁员，却被他婉言拒绝。

　　每年来老君山景区的游客络绎不绝，在享受大自然美景的同时，像张女士这样经历的游客还有不少，而景区经常有拾金不昧的事迹。吴平均拾金不昧的举动，诠释了"老君山人"的精神，展现了老君山景区文明诚信的良好风貌。

　　2017年10月12日，老君山发布了一则《景区保洁员捡到万元现金，收到一封"特殊"的感谢信》的新闻，新闻中所提到的吴平均拾金不昧的举动，获得了众多网友的关注和称赞。

　　10月26日，全国第二十个环卫工人节。栾川县委宣传部常务副部长吴寿伟，县委宣传部副部长、文明办主任段秀玲来老君山景区为吴平均授予"最美栾川人"荣誉称号，并奖励1000元现金。

　　2017年11月22日，老君山保洁员工吴平均又被洛阳市文明办、洛阳市政府信用办授予"洛阳市诚信建设先进个人"的荣誉称号。

永生难忘的经历和记忆

2012 年 9 月 15 日，我们夫妻随旅行团从郑州到老君山游玩。由于爱好摄影，一路上被老君山优美壮丽的景色所吸引，多拍了几张照片，再加上我们已年近六旬，由于急着赶路，造成体力不支，双腿发软，双膝疼痛难忍，在下山途中耽搁了时间。

当我们终于赶到中灵索道时，已是晚上七点多钟，此时天色已黑，旅行社的导游非常着急打电话催我们赶快下山，但是中灵索道已经下班停止运送游客，又没有下山的汽车，显然我们两人已在大山深处陷入困境，心里焦急万分。

没想到的是，就在我们非常失望的时候，中灵索道当天值班的张站长、王师傅和两位小伙子伸出温暖的手，热情地帮助了我们，把我们从困境中解救了出来，他们专门从山下为我们吊上了一部缆车，送我们下山。

在茫茫的夜色中，整个中灵索道唯有我们一部缆车在运行，我们的心中既愧疚又感激。愧疚的是因为我们的原因给中灵索道的工作人员带来了麻烦；感激的是对工作人员的热情帮助，让我们享受到了难得的特殊待遇，对此深表谢意。

更让人想不到的是，我们下山出站后，张站长和王师傅担心我们天黑找不到宾馆，又不辞辛苦亲自开车追上我们，直到把我们送到宾馆为止。老君山中灵索道的张站长、王师傅和两位小伙子对游客高度负责、热情助人的工作态度，深深地感动了我们。在他们身上不仅充分体现了游客至上的理念，也充分体现了一种雷锋精神。

老君山不愧为道教圣地老子归隐修炼之地，道教文化的浓厚氛围，深深地影响了这里的人们，使他们都能深悟"行大道于天下，造万福于众生"的道理，这也许是张站长、王师傅等这样的好人之所以乐于助人的思想根源吧！

郑州游客石某某、李某某

2012 年 9 月 18 日

…………

一面面锦旗，一封封感谢信，一个个感人故事，一声声赞扬和肯定，记录着老君山人用实际行动让游客在景区玩得开心、游得顺心的点点滴滴。

第四节　有求必应，有难必帮

十五年来，老君山风景区始终本着"以人为本，用心服务，以客为尊，以情感人"的宗旨，以"有求必应，有难必帮"的救援精神，不断努力提升旅游服务质量，为游客提供舒适的游览环境，用真心真情赢得了众多游客的满意和赞誉。

老君山上演"生死时速"

2016 年 5 月 4 日，老君山景区导游员尤丽舸带领江苏徐州一个旅游团一行 20 余人上山游览。

正午 12 时 02 分，当旅游团行至十里画屏太白坡路段时，旅游团内一名 60 多岁的女士突发心脏病，只见她面部发白，双手发凉，胸闷气短，情况十分紧急。

　　见此情景，导游员尤丽舸立即拨打救援电话。老君山景区赵大红副总经理接到导游的求救电话后，迅速联系金顶大区经理吴润生及安全保卫部李彦武，调动老君山应急救援队救援。救援队收到指示后，迅速带上装备，联系导游尤丽舸，明确事发具体位置，启动紧急医疗救援预案，在老君山山顶，上演了一场紧急救援的"生死时速"！

　　由于正是中午，天气炎热，路途较远，容不得一点儿耽搁。距离事发地点最近的杨彦晖与刘庄，迅速上山取出担架及急救药品赶往救援地点。吴润生联系峰林索道，加派朱瞄准和杨彦生赶至救援地点。

　　到达事发地点后，病人已经服用速效救心丸及热水，身体侧躺阴凉处的休息凳上，情况稍微稳定。四名工作人员与事发地附近商店老板聂新全商议运送路线后，决定即刻将游客送至山下医院进行救助。医疗救援队的医师高辉，在对病人进行身体状况观察询问及血压测量后，判断出病人此时血压偏高，但不算危险，建议迅速送至县人民医院进行正规医疗检查。

　　救援队考虑到护送患者的路途较远，且道路狭窄，便增派峰林索道附近的郭松、高玉伟、杨植东 3 人，赶至转运台服务区做好接应准备。在救援队的共同努力下，最终将病人从南天门—朝阳洞—转运台—峰林索道—中灵索道，一路小心谨慎护送到了山下，并转送到栾川县人民医院急救科治疗。最终，病人脱离危险。

　　此次救援，是老君山景区无数救援事件中的一件。很快，旅游团给老君山风景区写来了一封感谢信，对老君山救援队有求必应、有难必帮、高效及时、热心负责的救援精神，表达了深深的谢意。

老君山上寻孩子

2017 年 4 月 30 日下午 14:30，五一旅游高峰期，老君山海拔 2000 米的中天门广场传来求救之声："帮帮我吧，我孩子刚才在滑道下口跟我走散了，怎么也找不到。来回跑得腿都软了，我该怎么办……"

母亲张玉珍向老君山工作人员寻求帮助，口干舌燥，眼里噙着泪水。

"这是孩子刚刚在风铃小道拍的照片，她的小包我还挎着呢。刚才她父亲开玩笑说走着下山，这孩子不爱说话，生气了，不会自己跑下去吧，她父亲从山路追下去了……"

"没事儿，您先别着急，我马上把信息发到我们老君山景区的官方工作群里，动员景区几百号人寻找孩子下落，一定可以找到的！"

很快，寻找孩子的特急信息转发到了栾川旅游系统工作群，发动大家共同帮忙寻找孩子。

"这孩子不会从哪儿滑下去了吧……"母亲张玉珍着急得恨不得把整个山都找一遍，眼看已经筋疲力尽，嘴唇发干了……

经过全体人员将近 6 个小时的寻找，终于，在当天下午 6 时左右，老君山景区工作人员黄文庭，在拓展训练场地发现了走丢的女孩，紧急与其父亲取得联系，这才平复了父母悬着的心。

面对老君山全体员工寻找孩子的感人行为，孩子的父亲万分感激，向老君山人千恩万谢。面对此情此景，老君山人只有一句话："这都是我们分内的事，不用谢，不用谢。只要孩子好，我们就放心了。"

老君山人与道士爱心接力救游客

2017 年 7 月 6 日，一名来自北京的 60 岁左右的女游客在峰林十里画屏突发疾病，眩晕，四肢动弹不得，情况紧急。

得知情况后，老君山出动医疗应急救援人员立即赶赴现场，进行简单应急处理后，与闻讯赶来的两位道士，一同进行爱心接力。大家冒着大雨，在深山悬空栈道上抬着患者快速转移。经过大家的齐心努力，终于安全快速地将病人送到山下，最终挽救了这位患病游客的生命。

一位游客的感动：山美！水美！人更美！

2018 年 5 月 30 日上午，我陪着朋友，顺着山边栈道走进大自然的氧吧，一路陶醉在了老君山追梦谷的秀水明山之间，心情瞬间像阳光一样明媚。

意外总在不经意之间发生。突然，朋友的手机从口袋里掉出来，一下子滑到了栈道下面。看看陡峭的悬崖，我们干着急没办法。手机是小事，可手机里的好多资料是不能丢失的呀！

从一位好心的阿姨口中，我们找到了景区郝先生的电话。一个电话过去，郝先生连忙说：你们先别着急，我们会尽快派人过去帮你们。听到他这样暖心的电话，焦急的我们瞬间像找到了可以依靠的家人的感觉……

不一会儿，景区安保部的段辉、张权、辛丰琦拿着绳子和工具上来了。经过几句话的询问，他们明白了情况，然后不顾安危，便把绳子系在了自己的腰上。在一位热心大叔的帮忙下，选择了安全下去的地点。

此时此刻，我的心真的是紧揪着，因为下面根本没落脚点，脚下就是老龙窝景区的深水潭。经过他们几个辛苦又危险的努力，终于把手机拿到了手。令人感动的是，他们拿到手机后，不顾自己在下面的安危，就先把手机递到了朋友的手中，这时大家脸上都露出了开心的笑容……

他们都是身穿正装的帅小伙，为帮我们捡掉在下面的手机，此时一个个满头大汗，身上的白衬衫和裤子，也沾满了一身青苔的印痕……

满满的感动，请他们吃饭也不去，只来一句，这都是他们应该做的，只要你们玩得开心……简单的一句，只要你们玩得开心！他们在背后不知默默付出了多少的艰辛！

再来晒一下，今天不光赏到了美景，收获了开心，还吃到了从未吃过的美味野果，更多的是感动！

下山后，朋友又为我们准备了美味的午餐，还尝到了小时候最爱的山野菜！

最后衷心地祝福你们：好人一生平安！在此，感谢郝洪先生以及安保部的段辉、张权、辛丰琦等好心人，再次谢谢老君山景区员工的热心帮助！老君山：山美！水美！人更美！

百米深潭捡手机

2018年7月10日上午9时30分，老君山景区救援中心接到游客来电，电话中，游客焦急地向工作人员描述自己的手机在拍照的时候，不小心掉在追梦谷老龙窝栈道下方的崖壁上。手机内不但有联系人信息，更重要的是手机主人的大学录取通知书等信息也存在里面，所以恳请工作人员帮忙捡回。

在接到求助电话后，景区安保部成员张玉良、王建设、常晓旭、张权、段辉、王浩伊等冒雨迅速赶往现场。

经过考察后，发现游客手机掉落的位置处在追梦谷内最深的一个水潭上方。当时雨下得很大，根本看不到手机掉落的具体位置。水潭上方崖壁上的泥土被雨水浸透，变得极为湿滑，不但很难站稳，而且存在极大危险。面临这样的情况，游客心里打起了退堂鼓，向工作人员表示准备放弃。看着游客脸上失望的神色，工作人员一边安慰游客，一边表示尽量来尝试一下。

很快，成员中年龄最大也是最有相关经验的王建设指挥大家找来望远镜，在确定手机掉落的具体位置后，准备好安全绳和软梯，由体重较轻的常晓旭系好安全绳到下面捡拾手机。大家齐心协力，拉绳的拉绳，拉安全带的拉安全带。

在垂直的悬崖下，软梯随着风晃来晃去，常晓旭随着软梯在缓慢地下降。其他几位工作人员，手里紧紧地抓着软梯和安全绳，心里都非常紧张。在惊险的十几分钟过后，终于传来了常晓旭安全落地的喊声，大家才松了一口气。

在克服湿滑、树枝擦刮及下雨天寒冷等种种困难下，游客的手机终于被捡回。虽然大家的衣服湿透，常晓旭的衣服也被树枝挂出了一个大口子，身上出现了多处擦伤，但是每个人的脸上都露出了笑容。

游客面对眼前的一幕，激动地连声说感谢。看到常晓旭为了捡手机，把自己的衣服都挂烂了，游客一再表示，一定要为他买一件新衣服，但常晓旭委婉地谢绝了游客，并表示这些都是自己应该做的。

老君山人以极高的职业素养，完美展现了"游客至上，一切为了游客"的服务宗旨。

细微之处显真情，点滴小事暖人心

2019 年 10 月 6 日，凤凰网发表了《细微之处显真情，点滴小事暖人心》

的文章，报道了国庆节期间发生在老君山的一个个感人故事：

感人心者，莫过于情；暖人心者，莫过于爱。出门旅游，最怕遇到突发情况，在异地他乡会很无助，但这个十一到老君山的游客无时无刻不在体会着老君山人的热情，感受不一样的温暖。

十一黄金周期间，老君山景区游客络绎不绝，随着客流量的增加，景区好人好事也层出不穷。

优秀服务

10月2日，一名刚进入景区的游客车辆出现故障，就在他们一筹莫展时，正在景区巡逻的林场副场长赵大红立刻找来维修工具帮忙查看，并拨打专业维修人员的电话前来抢修，最终游客车辆恢复正常行驶。

10月3日，景区停车场工作人员在巡视过程中，发现游客车辆未熄火后，将车辆熄火并留下纸条告知游客。

10月3日，一名游客一路小跑向景区工作人员贾庆凯求助，称自己的车子电瓶耗尽，无法启动。了解清楚情况后，贾庆凯一边安抚游客的情绪，一边联系附近的同事，迅速找来汽车打火应急电源。经过半个小时的努力，这位游客的车辆成功点火。

寻找失物

10月1日，云景索道站张双进接到游客求助，称自己粗心将背包遗落在景区索道吊厢内，包内有大量现金及贵重物品。张双进立即组织索道站员工，在每个吊厢内仔细寻找，经过短短的20分钟，游客的背包在吊厢的角落里找到。受助游客拿到失而复得的背包后十分激动，他说老君山人的热情和真诚让他感动，他要把老君山的"美"带回去，让更多的人了解老君山。

10月1日，景区工作人员捡到两个手机，通过广播等多种措施积极寻找失主，仅用10分钟便找到失主，高效地为游客解决了问题。

10月4日，一名游客不慎丢失两个背包，身份证、手机、银行卡等重要物品均在包内，导致无法入住酒店。最终在景区工作人员的帮助下，游客成功找回背包。

紧急救援

10月2日下午，老君山景区医务室工作人员汪红霞接到游客求助电话，说同伴在下山时脚部扭伤，需要帮助。接到电话后，汪红霞立即赶赴现场，经过查看治疗后，游客平安离开景区。

10月3日，一名79岁老人突发心脏病，景区立即派工作人员前去救援。峰林索道工作人员细心搀扶，将老人护送至停车场，尽最大努力保障了游客安全。

帮助寻亲

10月4日，一名四岁半的小男孩在中天门与家人走散，景区各部室立即展开拉网式搜寻，只用了半个小时就发现了走散的小孩，帮助小孩成功与家人相聚。

这些好人好事，只是老君山景区员工日常工作中的一个缩影，类似的"小事"数不胜数，看似平凡，却饱含浓浓的"老君山温度"，滋润着每一位游客的心田。

点滴小事，从"心"做起，这就是老君山人。一张张平凡的面孔，一个个温暖人心的好人好事，一次次出现在老君山景区，这不仅体现了老君山人的修养素质，也体现了景区的管理水平。

　　社会需要正能量，每个善举都应该得到表扬，每份热心都应该受到肯定。老君山这群可爱的人，将继续发光发热，全心全意为游客服务。

第五节　为善最乐，游客至上

"游客至上，全心全意为游客服务""一切为了游客，为了一切游客"，这不仅是口号，更是老君山人的坚守和追求。

老君山人所做的每一件事，都体现了他们的责任和担当。多年来，他们在老杨总的带领下，以真心真情、善德善举，在老君山提供了一个又一个令游客称道赞扬的贴心服务。

道士下山送斋饭

2015 年 10 月 4 日下午，老君山景区下起了细雨。

秋风瑟瑟，细雨飘飘，下山的众多游客等候在峰林索道口，排队排到中天门广场。数千人的队伍，峰林索道不堪重负，游客一时难以顺利下山。登山的劳累和秋雨的寒凉，让许多游客尤其是老人、妇女和儿童，感到饥寒交迫。因为游客爆棚，游客在天黑之前难以全部下山，排队等候需要两到三个小时，当地县、乡政府，旅游委，也都抽调人员投入到紧张有序的疏导工作之中。

老君山董事局主席杨植森每天从早到晚都在山上巡视查看，他最了解游客们上山下山的情况。他是一个心地善良、心怀慈悲的人："看到游客们在山上排队等着坐索道下山，又看到秋风秋雨中那些老人、妇女和孩子被冻得瑟瑟发抖，心里很不是滋味儿。那样的情况下，游客们看上去实在是太可怜了，我们老君山人应该给他们做点什么呢？做点什么能对游客更好呢？于是我们高层就商量，决定在峰林索道处支起大锅为他们做口热饭吃。"

说干就干，说做就做。老君山工作人员迅速在索道口支起大锅，开始为游客们做饭。金顶老君庙的道士们也从山顶下山，和工作人员一起做玉米糁汤面条，并将一碗又一碗热气腾腾的玉米糁汤面条，优先送至老年人、妇女和孩子们的手中，现场免费送出 2000 碗。

风雨之中，游客们目睹了现实版的"道士下山"的善德善举，吃到了一碗免费送来的热气腾腾的老君山玉米糁汤面条。在这个秋风秋雨的国庆节里，老君山人架锅做饭和道士们义务送饭的动人场景，既安慰了游客紧张的情绪，又缓解了索道处拥挤下山的压力，还帮一些游客解决了饥寒。

有的游客激动地流着热泪感叹说："在这秋风秋雨中，端起一碗热腾腾的面条饭，让人心里温暖无比，让几天来旅游的疲惫一扫而光，真是一碗饭温暖了一个黄金周啊！"

面对此情此景，游客们纷纷情不自禁地为老君山人和这些令人尊敬的道士竖起了大拇指，鼓起了掌，感谢和称赞声响成一片，在高高的老君山上回响。

时任栾川县旅工委副主任的段军伟在接受中新网记者采访时说："老君山景区不仅有秀丽的景色，完善的硬件设施，还有温暖的服务。今天游客非常多，下山的游客排起了长龙，景区精心安排，邀请山上的道士为广大游客制作斋饭，供游客免费品尝，游客称'一碗斋饭温暖了一个黄金周'，游客的满意就是景区最好的答卷。"

老君山景区副总徐雷说："国庆黄金周期间，老君山景区由于游客量巨大，致使游客在上下索道期间等待时间较长。秋深天凉，又下着小雨，游客们非常辛苦。即使在这种情况下，游客依然文明出行，秩序井然，我们很感动。为了解决游客的疲劳、寒冷和等待下山中的紧张情绪，老君山高层在杨总的提议下，今天组织员工特意为游客们架锅做饭，目的就是为风雨中的游客驱除寒凉，送上温暖。由于工作人员人数有限，今天只能送出去 2000 碗斋饭，优先对老人、妇女和小孩供应，大部分游客我们还未能照顾到，对此我们深感抱歉。"

绝壁栈道，云海盛宴

2018 年 7 月 8 日，在老君山海拔 2217 米的绝壁悬空栈道上，老君山为游客们摆下了绵延百米的云海盛宴。栈道上座无虚席，游客们一边观赏美景，一边品尝免费美食。坐观云海，云卷云舒似人间仙境；品尝美食，惬意自在人间。老君山人在 2217 米处的绝壁栈道摆下的云海盛宴，场面热烈，甚是壮观。

云海盛宴所用的食材，既有黄瓜、西红柿、哈密瓜等时令果蔬，又有小龙虾、甜点、炸香菇等夏日爆品，吸引众多游客前来品尝。

游客们看着美景，吃着美食，激动地说：老君山风景区太好了，山美水美人更美，他们的贴心服务在全国绝无仅有。他们在这么高的悬空栈道上摆下这云海盛宴，让游客们免费品尝，太美太壮观了。一边吃着美食，一边赏着美景，人生还是第一次，太难忘了！老君山人，岗岗的！

当天晚上，老君山景区还为游客准备了"网红热歌唱响仙山"老君山神曲歌会。让品尝了云海盛宴的游客们，再次感受到了老君山人的贴心和热情。

全心全意为游客服务

2018 年 7 月 20 日，自驾游栾川高速全免费活动正式启动。为了让游客们得到更多的实惠，老君山推出了 8 月 3 日"你免高速费，我免门票"的再优惠活动。

2017 年，栾川就启动过高速免费活动，带动了栾川旅游的高潮。今年高速免费活动伊始，老君山高层管理者及早着手，依据去年经验，针对可能出现的景区超载分流、索道超载救援、交通拥堵、安全事故、医疗救护、雷雨天气、停水停电等九大问题，制定各项预案，并成立了 8 个保障小组，号召全体员工保证做到"接待有秩序，安全有保障，服务有亮点，游览有品质"。

8 月 3 日那天，在免票活动的前夜，老杨总双眉不展，一遍遍地翻看各项应急预案，生怕有一点儿疏忽。8 月 3 日晚上，全员在岗，准备迎接零点入园的客流高峰。谁也没有想到 70 多岁的老杨总，竟夜宿车内，连夜坐镇。4 日白天，面对七灵线道路车辆拥堵、道路不畅的情况，他不顾年迈，步行在七灵线疏导交通。

七里坪村的年轻人徐来福，在老君山下开农家宾馆，看到 70 多岁的老杨总大汗淋漓地在烈日下来来回回地步行，指挥疏导交通，非常心疼他，就不顾自己的生意，骑一辆摩托车赶过来，载着老杨总沿七灵线来回穿梭于车辆的缝隙中，指挥调度堵塞的车辆。

徐来福非常感慨地说："老杨总那天从上午一直指挥到下午 3 点多，看着交通拥堵缓解了，他才坐下吃了一碗面皮，喝了一杯水。老杨总这人，这么大岁数，还天天坚守在一线，你不佩服他这老头真是不行！他经常给我们说，老君山是一场大事儿，他得做好。他是真把后半辈子交给老君山了。"

有朋自远方来，不亦乐乎？8月4日上午，老君山景区从贫困村古城购回2万多穗鲜玉米、2万多个鲜桃，加上景区自备的2万多瓶纯净水，精心为每位游客准备了一份免费的爱心礼包：一穗煮熟的玉米棒，一个新鲜的桃子，一瓶纯净水。一份爱心礼包，让游客高兴了，使农民增收了。不仅如此，当游客走到中天门时，还可以免费喝一碗解暑鱼肚汤。那天下午游客下山时，气温突然降低了，老君山人又在中天门准备了暖心的姜汤。

"游客至上，全心全意为游客服务。""一切为了游客，为了一切游客。"这不仅是口号，更是老君山人的坚守和追求，也是他们全心全意为游客服务的款款深情。老君山人所做的每一件事，都体现了他们的善良和爱心、责任和担当。

老君山的旅游发展，还牵动了栾川县有关领导和各个部门。活动当日，栾川县委书记董炳麓、县长王明朗分别打来电话，一再叮嘱，人多车多，安全第一；副县长张向阳亲自坐镇老君山指挥调度；时任栾川县旅工委主任的孙欣欣，又赶到最危急的地方解难题。

当天，栾川县公安、城市管理执法局、卫计委、旅工委等20多个部门，共有300余人前来老君山支援，与老君山人一起并肩作战，竭尽全力为游客保驾护航。

特别令人感动的是，8月4日晚上9点32分，忙了一天的老杨总，在中天门见最后一位游客安全离去后，他才下山来到老君山平洋广场吃了一碗面条。

一群人，凝聚一条心；一座山，带动一座城。这次"高速免费，我免门票"活动，对老君山而言，是一次创纪录的巨大考验，425位老君山人在全县人民的合力支持下，递交了一份满意而精彩的旅游答卷。

这一天，老君山人全员上阵，携手并肩，面对人山人海的旅游场面，不慌不乱，微笑服务，果断处置。他们被多家媒体报道宣传，被来自全国各地的游客由衷点赞。

这一天，老君山遇到了史无前例的客流热潮，入园游客达到 52 000 余人，劝退游客 2 万余人，入园车辆 8195 辆，索道运送游客 30 604 人，全天收入 417 万元。

这一天，老君山单日旅游人数、旅游车辆、旅游收入、索道运客、景区承载等数据，均创老君山风景区开园 11 年来最高历史纪录。

2018 年 8 月 4 日，是个平凡而又特殊的一天。这一天，值得每一位栾川人铭记，更值得每一位老君山人骄傲；这一天，已经载入老君山风景区旅游发展的光荣史册。

第九章

胸怀如海，丹心一颗向云天

一面写有

"旅游拉动经济复苏

一山带火一城繁荣"的锦旗

送到了老君山景区

送给了他们尊敬的

老君山领航人

——董事局主席杨植森的手上

第一节　景室勋德，泽被乡亲

"工业反哺旅游"的"栾川模式"，让栾川县当年享誉全国。在栾川大力发展旅游的历程中，老君山堪称"栾川模式"最典型的代表。

原老君山林场场长、栾川县旅工委主任，现栾川县委常委、宣传部长孙欣欣，不仅是老君山最初的开发建设者，也是栾川"工业反哺旅游"时老君山改制的参与者，他对于老君山 15 年来的大开发、大建设知根知底，应该说是很有发言权的人。

孙欣欣说："老君山在董事局主席杨植森的带领下，改制 15 年来，先后投资 20 个亿的资金，完成了老君山景区 100 多项重大旅游基础设施的建设，形成了'一轴两翼七大功能服务区'的旅游大格局，将老君山从一个默默无闻的小景区，打造成了全国 5A 级的一流景区，旅游收入增长了千倍，实现了以旅游开发带动一方经济发展的目标，成为'奇境栾川'旅游富民、旅游强县发展史上光彩照人的里程碑，更是'绿水青山就是金山银山'重要理论的实践者。"

老君山开发建设的初衷，就是依托本地山水资源和文化资源发展旅游业，提高农民的经济收入和幸福指数，实现旅游富民强县的目标。老君山 15 年的开发建设，完美地实现了开发建设的初衷和目标，不仅带动了老君山周围的老百姓脱贫致富，还拉动了整个栾川县的经济发展，被各界人士称赞为"一山带火了一城"！

2020 年，新冠疫情暴发，老君山在关闭两个月的情况下，创造了旅游业的奇迹，全年主营收入从 2019 年的 1.83 亿元，令人震惊地突破到 2020 年的 2.9 亿元，2021 年更是创造了 3.6 亿元的旅游收入新奇迹，被全国旅游业称赞为逆势跨越发展的典型景区。

2020 年 12 月 28 日上午，栾川县酒店业商会、栾川县酒店业协会代表栾川众多商家，敲锣打鼓放鞭炮，热热闹闹，将一面印有"旅游拉动经济复苏，一山带火一城繁荣"的锦旗，送到了老君山景区，送给了他们尊敬的老君山领航人——老君山董事局主席杨植森的手上。

一面锦旗，一句话，表达的是栾川几十万群众对老杨总带领老君山人倾尽全力扎根老君山，以赤诚之心报效家乡的钦佩和敬重。

通过老君山的旅游大开发，不仅使老君山下的七里坪村、方村、寨沟村的群众率先富了起来，也带动周边乡镇村庄的老百姓富了起来。景区附近的村民建起的山间别墅，开办的农家宾馆天天客满；经营当地特色小吃、野味的饭店生意爆棚，家家户户都开上了小汽车。周边村民在老君山旅游沿线经营玉米糁、土蜂蜜、柿子醋、栾川老豆腐等土特产和各种手编工艺品，迅速脱贫致富。老君山的栾川豆腐宴、八大碗、糊涂汤面条等特色饮食，更是引得四面八方的游客啧啧称赞。

老君山旅游开发，不仅直接增加了农民的收入，帮助山区群众脱贫致富，更为重要的是，农民的生产方式、生活方式、思维方式都随之发生了根本改变。随着旅游业的进一步发展，现在，富起来的山村农民参与旅游产业的方式也由当初单一的兴办农家宾馆，而延伸到与乡村旅游密切相关的交通、娱乐、商贸等配套产业，为栾川山区的乡村振兴提供了强大的内在动力。

在老君山开发之前，老百姓见个城里人，紧张得话都不知道怎么说，现在见了游客，人人都能当导游，个个怀里都揣着名片。许多人通过互联网掌握信息、宣传自己，用微信、微博与游客互动，真正成了新时代的新农民。

杨植森回想当年开发老君山时的情景，有很多事记忆犹新。

他说，当年开发寨沟景区时，景区为了帮助穷困的老百姓，决定在山脚下寨沟景区为老百姓盖房子，以低于成本价将房子卖给老百姓，不让老百姓因为景区的开发而吃一点儿亏。老百姓一开始并不理解，总觉得占了他们的地，心里有顾虑，不踏实。对于景区为老百姓好心好意盖房子的事儿，他们心里犯嘀咕，哪有这么好的事？肯定是没安好心，所以很多群众就不配合，出现了征地难、开发难的问题。有的群众甚至还骂我，骂我占了村里的地。当时他们村里有个队长叫潘古栾，就十分不理解、不配合，带头找景区闹事。我们没有别的办法，只有耐心地给老百姓做工作。

寨沟景区的经理贾庆凯对这些情况非常了解，他说："当年景区盖这些房子，光是打地基就花了500多万。除了地基，地面上的房子，每平方造价合到了650元，一套房子下来的成本将近10万元。景区最后给老百姓时，地基钱不算，按的是成本价的一半，给了寨沟的群众，那时群众才知道，老君山景区真的是为老百姓办实事办好事。老杨总说，我们就是要吃亏，尽可能让利给群众，只要景区发展好了，一切都有了，都好了。"

寨沟村的村干部李文生说："寨沟过去是穷得叮当响，住在深山沟，道路也不通，家里有个病人，半夜三更要翻山越岭去看病，要多难有多难。老君山景区大开发之前，村里光棍汉有一二十个，现在家家都富起来，一个光棍也没有了，城里的姑娘也嫁进来，这都是老杨总带给寨沟群众的福气啊，是老君山大开发带给我们村的变化呀!"

寨沟村的村民小组长孙书生说:"现在景区发展得好,景区给我们盖的 27 栋房子,老百姓现在都做成了农家宾馆,一家一家都发家致富了。原来村里娶不上媳妇的'光棍户',后来随着旅游的发展,家家都娶上了老婆,过上了好日子。现在寨沟村的群众提起老杨总,没有不感激感恩的。老君山的大开发,让寨沟村的群众真正摆脱贫困,走上了富裕路。"

老君山景区有一家叫滴翠山庄的农家宾馆,老板是一对夫妇,女的叫都丽芳,男的叫姬中芹,两口子都是外地人。他们原来在嵩县陆浑水库开饭店,挣了几万块钱,2007 年来到栾川做生意,结果不小心又赔了钱,几乎倾家荡产,姬中芹一时想不开,差点儿跳水自杀了。后来都丽芳受聘来到老君山文旅集团职工食堂做饭,这样就有缘认识了老君山文旅集团董事局主席杨植森。让夫妇二人想不到的,正是这份善缘,不仅救了他们一家人,也让他们在老君山扎下了根,如今生意做得红红火火。

夫妇二人听说笔者是作家,特意找我聊天,原来他们有心事。

他们说,郑老师啊,您一定要写写老杨总,老杨总是我们的恩人啊,一直都不知道怎么报答他感谢他。我们每次上山祭拜老君爷,都为他祈福,想让老杨总再活 100 年,造福栾川的老百姓。

都丽芳说:"那一年,我们做生意赔了钱,我老公要自杀不活了,好劝歹劝才算劝下他。后来我就找到了老杨总,说了我们家的情况。老杨总鼓励我们不要泄劲儿,他说只要有人在,一切都会有,然后又借给我们两万块钱,让我们在老君山选了个地方开饭店。我们家就这样重新站起来了。现在,我们有了房,有了车,有了存款,这一切都是老杨总和老君山带给我们的恩德,我们一辈子感恩不尽。"

提起这些事情,老杨总今天欣慰地说:"现在不管是七里坪,或是方村、寨沟的群众，包括外来的经商者，都通过老君山的开发建设富了起来。能对得起这一方百姓，我心里很欣慰。当初开发景区时就怕做不好，辜负了全县人的信任。都说群众的眼睛是雪亮的，现在事实摆在那儿，群众理解了明白了，体会到老君山开发带来的好处，理解了我当年的良苦用心。"

老杨总还讲了潘古栾这个人。他说："后来有一天，已经50多岁的潘古栾，专门来到景区办公室找到我，为当年的事情道歉，千恩万谢，还说我是他的再生父母，是村里的大恩人，说着说着就要跪下来磕头谢恩，被我拦下了。我常说，老君山的开发建设，能有今天的成就，能造福乡亲们，这件事就干值了！现在看来，当初的心愿实现了。"

老君山总工程师张央，对老君山开发建设中的事情几乎没有不知道的，对于老杨总为人处世的胸怀，发自内心地佩服。他说："杨总在开发老君山中，给七里坪村、方村、寨沟几个村庄的群众，办的好事多着呢。当年开发老君山时，村里的群众都比较贫困。除了给他们盖房子，借钱支持他们盖房子，还将山上的林坡地，一亩以3500元的价格，从群众手里租过来，光是寨沟村的林坡地，就花了1200多万元，加上七里坪村的林坡地，景区花了几千万。其实如果不花这笔钱，老君山景区也一样可以用这些林坡地，群众也拿不走，但杨总说，我们就通过这样租地的形式，换个方式支持群众。他们手里有钱了，就可以发展宾馆饭店发家致富，就能为老君山的旅游发展做贡献。还是杨总看得远啊，你不能不佩服他！杨总的胸怀不是一般的大！"

老君山许多员工说：老杨总有一颗大爱之心，无论是先前的汶川地震、玉树地震等灾难，还是2020年和2021年抗击疫情，老杨总都是自己率先捐款，并带领公司全体员工捐款。这些年来，老杨总带领景区先后向栾川的各项社会公益事业投入了4000多万元善款，带出了一支有社会责任和有担当的队伍。老君山人有老杨总这样的掌舵人，我们感到光荣而骄傲。

第二节　义薄云天，山高水长

2018 年 8 月 9 日，老杨总又干了一件大事。他以为政府分忧解难的情怀，以为栾川人做点事情的赤诚之心，接手了停工多年的"半拉子"工程——栾川博物馆。

人人说，接手栾川博物馆这样的活，可不是千儿八百万的事情，是需要投资几个亿的大事，栾川估计找不到第二个人去干这个事了。也只有老杨总这样站得高、看得远、顾大局、肯付出的人，才会有这样的胆量和气魄，明知道是吃亏赔钱的事情，也要干，也敢干，而且是高标准去干。都知道老杨总是那种不干则已，要干就要干到最好的人。政府找到他，算是找对人了。老杨总这次又为栾川人办了一件大好事啊！

老君山文旅集团文化总顾问张记，介绍了栾川博物馆建设前后的情况。

2009 年前后，栾川县人民政府决定投资建设栾川县地质博物馆。伏牛山世界地质公园栾川园区是伏牛山世界地质公园的核心园区，老君山地处栾川园区的中心区域。之所以投资建设这个项目，就是为更好更全面地宣传伏牛山世界地质公园和大美栾川，实现科普、科研、国学与旅游为一体的完美结合，使游客能够在一个地方集中领略伏牛山世界地质公园的神奇自然风光，感受老子文化的博大精深，体味大美栾川的山水人文、钟灵毓秀。

张记介绍说，栾川博物馆，原名叫"栾川地质博物馆"，项目由清华大学清尚设计公司设计。地质博物馆分为 3 个展馆：第一展馆展陈主题为"伏牛溯源，秀美栾川"，第二展馆展陈主题为"资源之都，宝藏栾川"，第三展馆展陈主题为"河洛文明，未来栾川"。同时设有学术报告厅、多媒体立体影院和商务活动场所。栾川地质博物馆是集科研、科普、观赏、休闲娱乐、赏石为一体综合性展馆，建成后将是具有现代化水平的国内县级一流博物馆。

2010 年 4 月，当时规划总占地 60 亩的栾川博物馆正式破土动工。2014 年 10 月，博物馆一期主体工程竣工后，却因种种原因，不得不停工多年，致使博物馆未能按照原设计进行装修布展。

2018 年，栾川县政府经研究决定将博物馆项目移交托管给老君山文旅集团。当县政府有关领导找到杨总商谈这件事时，杨植森没有犹豫，向县政府保证，一定会把栾川地质博物馆建成一流的博物馆。

2018 年 8 月 9 日，栾川博物馆移交托管签约仪式，在老君山游客中心三楼会议室成功完成。

2019 年 9 月 27 日，栾川博物馆举行了隆重的开工仪式。

张记说，杨总对这个项目非常重视，要求不惜人力物力财力，要高标准建好博物馆，将博物馆建成栾川的一张名片。接手博物馆项目后，作为老君山董事局主席的杨总，多次带领有关人员到杭州、开封等地考察学习，并先后多次会同县政府及有关部门的领导、专家在老君山召开项目建设研讨会。在深入考察和研讨的基础上，最终决定由金东数字创意公司承担栾川博物馆项目的布展、设计、装饰和施工工作……

2021年7月1日，正值中国共产党百年华诞的历史时刻，栾川县在栾川博物馆举行了隆重的开馆仪式。栾川县委副书记、县长曲万涛在开馆仪式上致辞。

曲万涛说："作为山城栾川的第一个博物馆，它是一种纪念、一种传承、一种展望，是连接栾川过去、现在、未来的一座桥梁。置身博物馆，我们能够感受数十亿年的地质演变，感悟红色基因在这片土地上的薪火相传，体验几十年来栾川这座山城翻天覆地的巨变。在华丽的视觉盛宴中享受文化之美、自然之美、科技之美，在丰富体验中接受知识的熏陶和滋养。我相信，栾川博物馆必将成为提升城市品位的新地标，成为讲好'栾川故事'的新展台，成为展示'伊水栾山'形象的新名片。"

栾川县副县长王冲，在开馆仪式上详细介绍了栾川博物馆工程的建设情况和布展内容。

王冲介绍说，栾川博物馆是栾川县响应洛阳市委、市政府"着力发挥历史文化资源优势，倾力打造博物馆之都"的战略目标，着力打造的能够全方位、多角度展现栾川整体形象、资源特色、生态优势、城市发展成果和目标愿景以及对外交流宣传的重要平台。

博物馆位于地质广场东侧。博物馆主体建筑建设伊始，就充分考虑功能与环境的和谐统一，总体布局背依老君山，面临龙君河，建筑依山就势，呈倾斜状依附于老君山。远观融山体为一体，近看外观呈矿物晶体状，暗喻栾川丰富的矿产资源，具有鲜明的地域特色。

历时一年九个月的紧张建设，栾川博物馆已完成主体工程改造、布展设计施工和配套广场、停车场、服务设施、景观绿化等各项建设内容，总投资约2.3亿元的博物馆项目于2021年7月1日全面竣工并投入运营，预计年接待游客可达 40 万人次。

栾川博物馆主体建筑为地上三层、地下一层，集地质科普、规划展示、党史教育、旅游研学为一体，采用高科技声光电技术，运用数字化三维立体动画着力打造具有栾川特色的博物馆。

一层为地质科普厅，展厅面积 1400 平方米，包含"地球家园""栾川地质""生命奥秘""奇境宝藏""天地人和"五大主题。分别展示地球的形成、栾川地质的演变及地形地貌的形成和特色、栾川动物群的形成与演化、栾川直立人的发掘及价值、栾川矿产资源的概况及优势矿产的介绍、栾川生态保护的理念及举措等内容。

二层为规划展示厅，展厅面积 950 平方米，从文城一体、城乡一体、产城一体、景城一体四个维度规划伊水栾山、万象宏图、筑巢引凤、向上向善四个展区，展示栾川历史演变、人文底蕴、总体规划、专项规划、详细规划、特色乡镇规划、乡村振兴、产业规划、栾川全域旅游等内容。

三层为党史教育厅，展厅面积 900 平方米，分"不朽的勋章""信仰的起航""共和国元勋""领袖的风采""民族的复兴""使命的传承"六大主题，集红色研学、党史培训、展品收藏、文化展示等功能于一体，运用幻影成像、投影技术、红外感应、互动答题等科技手段实现场景再现。

地下一层旅游研学厅，面积 1540 平方米，是集国学文化研学、地质科学文化研学、高科技文娱体验等功能于一体的研学服务基地，包含多媒体中央舞台、国风书苑、"老子学堂"研学教室、"问道"脱口秀剧场、"山中寻仙"虚拟过山车、"浑天洞地"科普教育球幕影院、"助印道经"手工坊等，满足不同游客的研学游需要。

栾川博物馆的建成，如老杨总所说："折射出栾川精神文化的厚度，填补了栾川文博事业的空白，也成为老君山景区的又一文化地标性工程，希望能为弘扬栾川地域特色文化，塑造栾川全国优秀旅游强县、全国科技先进县、旅居福地新栾川等形象，推动对外开放和社会文明建设起到积极的作用。"

道可道，非常道

道生一，一生二

二生三，三生万物

人法地，地法天

天法道，道法自然

老君山

附录一：老子文化，熠熠生辉

老君山人在开发建设老君山过程中，非常重视老子文化的传承，按照"道生天地、德润古今"的主题，除《道德经》墙外，还策划设计实施了系列老学文化经典工程。

老君山人在老子铜像坐台第一层栏板上，摘录《道德经》警句和成语八十一条，将其一一雕刻于八十一块青石上，排列于老君山老子文化苑，以此更好地弘扬传播老子文化。

老君山人将包括老子《道德经》、庄子《南华经》、文子《通玄经》、列子《通虚经》、庚桑子《洞灵经》、关尹子《文始经》在内的《老学六经》中的经典名句一百二十条，用花岗岩雕刻制作了"老学六经长廊"，并由国学大师陈鼓应先生题款留念。

老学六经广场还修建了道文化石柱，每根柱高 10.9 米，底座 2.7 米，上部斗拱长 3.3 米。八根柱分别为老子生平柱、老子归隐柱、道德真经柱、庄子化道柱、文子传道柱、列子演道柱、亢子用道柱、关尹修道柱。每根柱身浮雕老子生平故事的图案，在柱下部用篆体雕刻其四字真经。

在老君山通往南天门处，即金顶之上老君庙对面，老君山建有一通弘扬道家文化的照壁，照壁正面雕刻了老君山文化总顾问张记先生搜集整理的《百道铭》。共有含99个"道"字的成语64个，四字一句，句句见道、处处悟道，以问道、明道、修道、得道为内容，感悟《百道铭》之"道"，令人福慧顿生。

现分别敬录上述经典文字，以飨读者。

《道德经》经典名句八十一条

1. 大制不割

2. 虽智大迷

3. 爱民治国

4. 有无相生

5. 难易相成

6. 长短相形

7. 高下相倾

8. 音声相和

9. 前后相随

10. 为而不争

11. 宠辱若惊

12. 大巧若拙

13. 大智若愚

14. 大音希声

15. 大盈若冲

16. 大象无形

17. 无为之益

18. 大辩若讷

19. 大方无隅

20. 大器晚成

21. 大直若屈

22. 大成若缺

23. 柔之胜刚

24. 众妙之门

25. 弱之胜强

26. 见素抱朴

27. 少私寡欲

28. 绝学无忧

29. 希言自然

30. 专气致柔

31. 天长地久

32. 利而不害

33. 虚怀若谷

34. 功成身退

35. 知荣守辱

36. 听而不闻

37. 知雄守雌

38. 知白守黑

39. 知足不辱

40. 金玉满堂

41. 道可道，非常道。名可名，非常名

42. 上善若水。水善利万物而不争

43. 居善地，心善渊，与善仁，言善信

44. 重为轻根，静为躁君

45. 轻则失根，躁则失君

46. 曲则全，枉则直，洼则盈，敝则新

47. 人法地，地法天，天法道，道法自然

48. 道生一，一生二，二生三，三生万物

49. 甘其食，美其服，安其居，乐其俗

50. 治大国若烹小鲜

51. 知者不言，言者不知

52. 挫其锐，解其纷，和其光，同其尘

53. 祸兮福之所倚，福兮祸之所伏

54. 一曰慈，二曰俭，三曰不敢为天下先

55. 民至老死，不相往来

56. 合抱之木，生于毫末

57. 知者不博，博者不知

58. 天网恢恢，疏而不失

59. 上德无为，而无以为

60. 上德不德，是以有德

61. 天下大事，必作于细

62. 天下难事，必作于易

63. 信言不美，美言不信

64. 以其不争，故天下莫能与之争

65. 知人者智，自知者明

66. 自胜者强，知足者富

67. 贵以贱为本，高以下为基

68. 祸莫大于不知足，咎莫大于欲得

69. 无为而无不为

70. 万物负阴而抱阳，冲气以为和

71. 善者不辩，辩者不善

72. 自见者不明，自是者不彰

73. 常善救物，故无弃物

74. 故知足之足常足矣

75. 持而盈之，不如其已

76. 揣而锐之，不可长保

77. 圣人常无心，以百姓心为心

78. 千里之行，始于足下

79. 信不足焉，有不信焉

80. 九层之台，起于累土

81. 天下之至柔，驰骋天下之至坚

老学六经经典名句

1. 道可道，非常道（《道德经》）

2. 道出口，淡无味（《道德经》）

3. 非有道不可言，不可言即道（《文始经》）

4. 非道不可思，不可思即道（《文始经》）

5. 道不可闻，闻而非也（《通玄经》）

6. 道不可见，见而非也（《通玄经》）

7. 道不可言，言而非也（《通玄经》）

8. 道常无名（《道德经》）

9. 道隐无名（《道德经》）

10. 名可名，非常名（《道德经》）

11. 无名，天地之始（《道德经》）

12. 有名，万物之母（《道德经》）

13. 止名为事，不名为道（《文始经》）

14. 天下万物生于有，有生于无（《道德经》）

15. 有生于无，实生于虚（《通玄经》）

16. 道生一，一生二，二生三，三生万物（《道德经》）

17. 万物负阴而抱阳，冲气以为和（《道德经》）

18. 功遂身退，天之道哉（《道德经》）

19. 人法地，地法天，天法道，道法自然（《道德经》）

20. 无为无形，自本自根（《南华经》）

21. 道者自然之妙用（《洞灵经》）

22. 循性而行谓之道（《通玄经》）

23. 无用而生谓之道（《通虚经》）

24. 知而不辨谓之道（《洞灵经》）

25. 恢恑憰怪，道通为一（《南华经》）

26. 鱼相造乎水，人相造乎道（《南华经》）

27. 假道于仁，托宿于义（《南华经》）

28. 以道观之，物无贵贱（《南华经》）

29. 道无终始，物有死生（《南华经》）

30. 惟无所得，所以为道（《文始经》）

31. 不爱道，不弃物（《文始经》）

32. 天之道利而不害，人之道为而不争（《道德经》）

33. 执之皆事，不执之皆道（《文始经》）

34. 上士闻道，勤而行之（《道德经》）

35. 为学日益，为道日损（《道德经》）

36. 人之有道者，莫不中道（《文始经》）

37. 能忘一情者，可以契道（《文始经》）

38. 有道则隐，无道则见（《通玄经》）

39. 通于道者，反于清静（《通玄经》）

40. 抱道推诚，天下从之（《通玄经》）

41. 通道者不惑，知命者不忧（《通玄经》）

42. 天道默默，无容无则（《通玄经》）

43. 明道若昧，进道若退（《道德经》）

44. 修之于身，其德乃真（《道德经》）

45. 含德之厚，比于赤子（《道德经》）

46. 大小多少，报怨以德（《道德经》）

47. 孝者人道之至德（《洞灵经》）

48. 能制一情者，可以成德（《文始经》）

49. 不忧不乐，德之至也（《通玄经》）

50. 精诚内形，德流四方（《通玄经》）

51. 有阴德者，必有阳报（《通玄经》）

52. 壹其性，养其气，含其德（《通虚经》）

53. 不淫其性，不迁其德（《南华经》）

54. 以德分人谓之圣人，以财分人谓之贤人（《通虚经》）

55. 静而与阴同德，动而与阳同波（《南华经》）

56. 上德不德，是以有德（《道德经》）

57. 下德不失德，是以无德（《道德经》）

58. 上德若谷，大白若辱（《道德经》）

59. 常德不离，复归于婴儿（《道德经》）

60. 常德乃足，复归于朴（《道德经》）

61. 玄德深远，乃至大顺（《道德经》）

62. 上善若水（《道德经》）

63. 大方无隅，大器晚成（《道德经》）

64. 大音希声，大象无形（《道德经》）

65. 孔德之容，惟道是从（《道德经》）

66. 道之存生，德之安形（《通玄经》）

67. 道之尊，德之贵，夫莫之爵而常自然（《道德经》）

68. 道生之，德畜之，物形之，势成之（《道德经》）

69. 天道无亲，唯德是与（《通玄经》）

70. 御之以道，养之以德（《通玄经》）

71. 含德抱道，推诚乐施（《通玄经》）

72. 乐德而忘贱，乐道而忘贫（《通玄经》）

73. 罪莫大于无道，怨莫深于无德（《通玄经》）

74. 德之中有道，道之中有德（《通玄经》）

75. 道深即德深，德深即功名遂成（《通玄经》）

76. 圣人内修道德而不外饰仁义（《通玄经》）

77. 处无为之事，行不言之教（《道德经》）

78. 损之又损，以至于无为，无为而无不为（《道德经》）

79. 我无为，而民自化（《道德经》）

80. 为无为，事无事，味无味（《道德经》）

81. 无为言之，而通乎德（《通玄经》）

82. 无为者，不先物为也（《通玄经》）

83. 究于物者，终于无为（《通玄经》）

84. 执一无为，因天地与之变化（《通玄经》）

85. 上无事而民自富，上无为而民自化（《通玄经》）

86. 虚而无为，抱素见朴（《通玄经》）

87. 上德无为而无不为（《道德经》）

88. 下德无为而有以为（《道德经》）

89. 至德无为，万物皆容（《通玄经》）

90. 祸兮福之所倚，福兮祸之所伏（《道德经》）

91. 祸莫大于不知足，咎莫大于欲得（《道德经》）

92. 福莫大于无祸，利莫大于不丧（《通玄经》）

93. 欲福先无祸，欲利先远害（《通玄经》）

94. 积爱成福，积憎成祸（《通玄经》）

95. 虑患未生，戒祸慎微（《通玄经》）

96. 不苟得，不让祸（《通玄经》）

97. 不求利即无害，不求福即无祸（《通玄经》）

98. 其施厚者其报美，其怨大者其祸深（《通玄经》）

99. 天道无亲，常与善人（《道德经》）

100. 正复为奇，善复为妖（《道德经》）

101. 善者不辩，辩者不善（《道德经》）

102. 天下莫易于为善，莫难于为不善（《通玄经》）

103. 为善无近名，为恶无近刑（《南华经》）

104. 知和曰常，知常曰明（《道德经》）

105. 复命曰常，知常曰明（《道德经》）

106. 见小曰明，守柔曰强（《道德经》）

107. 不行而知，不见而明（《道德经》）

108. 利害心愈明，则亲不睦（《文始经》）

109. 贤愚心愈明，则友不交（《文始经》）

110. 是非心愈明，则事不成（《文始经》）

111. 好丑心愈明，则物不契（《文始经》）

112. 内强如天地，外明如日月（《通玄经》）

113. 神清则智明，智公则心平（《通玄经》）

114. 知人者智，自知者明，胜人者有力（《道德经》）

115. 自胜者强，知足者富，强行者有志（《道德经》）

116. 德与天地参光，明与日月并照（《通玄经》）

117. 非淡漠无以明德，非宁静无以致远（《通玄经》）

118. 道流而不明居，德行而不名处（《南华经》）

119. 天地有大美而不言（《南华经》）

老学六经石柱底部雕刻内容

老子生平柱：众妙之门、有无相生、和光同尘、道常无名

道祖归隐柱：知和曰常、知足不辱、上德不德、抱一处和

道德真经柱：上善若水、大象无形、道法自然、三生万物

庄子化道柱：至人无己、道通为一、大美不言、无思无虑

文子传道柱：吐故纳新、抱道推诚、智公心平、积爱成福

列子演道柱：万物化生、唯人为贵、气合于神、神合于无

庚子用道柱：识以理人、道以安人、貌莫若和、惟道可信

关尹修道柱：不名为道、知道无物、心生于性、大智不思

老君山《百道铭》照壁之"道"

可道非道，无言即道；无名大道，有名圣道。贵德尊道，地德天道；混沌至道，赤子怀道。人道天道，朗朗世道；家道国道，人心思道。听道说道，津津乐道；师道修道，大方闻道。寻道顺道，悠悠公道；论道载道，诚信明道。同道传道，孜孜求道；胜道遵道，明心存道。神道仙道，荡荡大道；奉道行道，见性合道。真道善道，玄同妙道；循道信道，清静达道。远道迩道，勤勉学道；古道今道，居敬化道。有道守道，冥冥得道；知道执道，惟心识道。易道常道，通天玄道；用道复道，三界共道。早道晚道，人间正道；为道向道，万法惟道。道求道问，替天行道；高道当道，授业传道。道境存道，道理载道；道本自根，道通通道。道术遵道，道法循道；道尊道卑，道物一道。道山演道，道仁怀道；道乃我道，道道成道。

《道德经》《南华经》《通玄经》《通虚经》《文始经》《洞灵经》等老学六经，乃中华之瑰宝，人类之经典。

附录二：以文为魂，文旅融合

老君山文化总顾问张记说："老君山有今天的火爆局面，除了与 15 年来持续不断的大投入、大开发、大建设密切相关，再一个就是老君山的文化营销，确实与众不同，发掘了老君山独特的老子文化这一丰厚的资源。"

以文为魂，文旅融合。这就是老君山人创造令人称奇的辉煌成就的重要根源。

老君山十五年提炼提升的价值追求和景区文化

1. 老君山主题形象：华夏绿色心脏，世界地质奇观
2. 老君山品牌：峰林仙境，天界五官（十里画屏）
3. 老君山目标：创一流学业，树一流形象，建一流队伍，铸一流品牌
4. 老君山宗旨：以人为本，用心服务；以客为尊，以情感人

5. 老君山发展思路：高起点规划，精品化建设，市场化营销，标准化管理

6. 老君山精神：超越时代，跨越巅峰

7. 老君山建设：天翻地覆，日新月异

8. 老君山建设理念：山为基，道为根，人为魂，人为本

9. 老君山管理模式：高层决策，业务细化，区域管理，责任到人

10. 老君山提升：以宣扬托管理，以管理树质量，以质量树品牌，以品牌谋发展

11. 老君山需求观：保证游客到老君山求新，求异，求知，求乐，求健康

12. 老君山人的工作理念：在工作中快乐，在快乐中工作

13. 老君山社会使命：道行天下，德代众生

14. 老君山服务态度：微笑每一天，热情每一位，精细每一员，奉献每一刻

15. 老君山管理理念：人人有事干，事事有人管，处处无死角，项项必规范

16. 老君山对标准化要求：以标准化为抓手，促进管理水平，服务上台阶

17. 老君山人工作态度：自找苦吃，自出难题，自加压力，自强不息

18. 老君山服务质量方针：做优老君山，服务我当先

19. 老君山对员工期望值：珍惜工作岗位，争做优秀员工

20. 老君山的承诺：让每一位游客在景区玩得开心，游得顺心，吃得称心，住得舒心，不让每一名游客在老君山受委屈

21. 老君山人的价值观：我自豪，我是老君山人；我骄傲，老君山是我家

22. 老君山对工程质量要求：经得起子孙考验，经得起历史检验

23. 老君山对自然与人文特色概括词：自然，雄险奇秀；人文，神天玄奥

24. 老君山人的荣誉观：山兴我荣，山败我耻

25. 老君山人的誓词：奋斗到无能为力，拼搏到感动自己

26. 老君山人的口号：幸福都是奋斗出来的，老君山人都是追梦者

27. 老君山建设最终目标：把老君山建设成为国内著名、国际知名的最佳旅游目的地

28. 老君山人的梦想：把老君山的绿水青山铸造成为金山银山

29. 老君山品牌理念：资源是船，品牌是帆，企业是人，文化是魂

30. 老君山人才理念：用事业造就人才，用环境凝聚人才，用政策保障人才，用机制激励人才

31. 老君山警示录：

行动是成功的开始，等待是失败的源头

同心才能走得更远，同德才能走得更近

拼几度春秋，搏一生无悔

一等二看三落空，一想二干三成功

用拼搏点燃理想，用成就铸就辉煌

老君山各部门文旅融合标语内容

导游部

讲好老君山故事，传播老君山文化

导游是文化的传播者，导游是旅游者的灵魂

我们向您郑重承诺：游客至上，以人为本

让我们的服务，开启您愉快的旅程

让我们的讲解，为您展现老君山的历史文化

工会办公室

心系职工办实事，情暖心田聚人心

情系职工，真情服务

强化工会职责，维护职工权益

人资部

携手共进，共创辉煌

卓越管理，一流企业

财务部

俭以养德，坚守底线，点滴做起，严格流程

为领导当好参谋，为景区依法理财

精打细算，开源节流，降低成本，增收节支

中灵索道

承载现代文明，传送缆车情谊

峰林索道

乘峰林空中缆车，带您发现仙境之美

云景索道

人生何须苦求"索"，老君山上悟大"道"

十分空中索道，万分魅力胜景

品云景跨山索道，思高低起伏人生

让老君山有"索"不同

求索跨越，从此出发

老君山索道，与您平安相伴

云景索道与您平安相伴，是我们的宗旨

美景"索"不完，精彩道不尽

承载现代文明，传送缆车情谊

人在空中望，景在画中游

"索"引天下客，道尽圣山美

游客中心

用我百分百努力，还您百分百满意

您的服务需求，就是我的服务追求

始于游客需求，终于游客满意

接待游客从微笑开始

了解游客从倾听开始

老君山风景名胜区宣传标语

大道行天下，和谐兴中华

弘扬老子文化，构建和谐栾川

弘扬民族精神，传承老子文化

老子文化博大精深，道德经典震古烁今

做强老子文化产业，打造历史文化名山

观天下第一老子像，踏人生旅途平安路

千年道家风，一处山水魂

树千秋功德，铭万古流芳

博大精深道教文化，孕育太平世界吉祥

一山一道一幅画，一步一景一重天

道行天下，德润古今，尊道厚德，天人合一

击和谐盛世钟，鸣平安吉祥鼓

恭拜圣哲道祖，弘道共祈福泽

老子修道归隐地，千古灵秀一名山

道教圣地灵秀，名山精神家园

老子归隐地，老君山欢迎您

君欲祈福保平安，请到栾川老君山

如梦奇峰八百里，得道老君第一人

道家文化情，山水老君行

观石林，赏飞瀑；寻老子，游仙境

游老君山水，品道教真谛，赏石林飞瀑

传承老子文化，品味仙山魅力

一山人文经典，千年道教史诗

中国山水的丰碑，道家文化的精髓

一山魅力四季景，千古圣山万古情

世界峰林奇观，生态山水画卷

峰林甲天下，道教誉中华

赏伏牛景韵天然，悟老君道法自然

峰林仙境，十里画屏

华夏绿色心脏，世界地质奇观

老君山旅游宣传十大口号

传承老子文化，品味仙山魅力

道家圣地，养生天堂

访道家山水，看人间真景

峰连八百里，道传两千年

领略大道文化，纵情天地自然

千年道家风，一处山水魂

山水道文化，奇秀老君山

一山人文经典，千年道教史诗

一山一道一幅画，一步一景一重天

道与山水交融，人与自然合一

老君山品牌形象宣传用语精选

1. 峰林仙境，十里画屏

2. 大道行天下，和谐兴中华

3. 千年道家风，一处山水魂

4. 中国老君山，华夏老子学

5. 华夏绿色心脏，世界地质奇观

6. 老子文化博大精深，道德经典震古烁今

7. 做强老子文化产业，打造历史文化名山

8. 观天下第一老子像，踏人生旅途平安路

9. 一山一道一幅画，一步一景一重天

10. 一山一道一传奇，一步一景一天地

11. 道行天下，德润古今，尊道厚德，天人合一

12. 击和谐盛世钟，鸣平安吉祥鼓

13. 恭拜圣哲道祖，弘道共祈福泽

14. 老子修道归隐地，千古灵秀一名山

15. 道教圣地灵秀，名山精神家园

16. 君欲祈福保平安，请到栾川老君山

17. 如梦奇峰八百里，得道老君第一人

18. 道家文化情，山水老君行

19. 观石林，赏飞瀑；寻老子，游仙境

20. 游老君山水，品道教真谛，赏石林飞瀑

21. 传承老子文化，品味仙山魅力

22. 一山人文经典，千年道教史诗

23. 中国山水的丰碑，道家文化的精髓

24. 一山魅力四季景，千古圣山万古情

25. 世界峰林奇观，生态山水画卷

26. 峰林甲天下，道教誉中华

27. 赏伏牛景韵天然，悟老君道法自然

28. "道"与山水交融，人与自然合一

29. 品味道文化之"韵"，领略老君山之"纯"

30. 华夏养生胜地，中原避暑天堂

31. 山水载大道，石林通境云

32. 访道家山水，看人间真景

33. 山水人文画廊，休闲度假天堂

34. 寻梦自然山水间，情归人文老君山

35. 万年神韵老君山，千年老子养生观

36. 峰连八百里，道传两千年

37. 登峰晓天下，悟道知人间

38. 自然之景养眼，宜居之境养生，空灵之净养心

39. 忆道教始祖老子，品石林飞瀑奇观

40. 道隐老君山，一切皆自然

41. 峰能揽月，道可登天

42. 钟灵毓秀老君山，修道养生享健康

43. 山水道文化，奇秀老君山

44. 探秘道教祖山，情醉峰林奇观

45. 一山飞瀑映万峰，一代道宗耸铁顶

46. 品灵秀山水，悟天地之道

47. 领略大道文化，纵情天地自然

48. 问道访仙寻梦地，紫气东来老君山

49. 道德文章泽古今，花岗石林奇天下

50. 清静无为觅精髓，中原圣地老君山

51. 如梦奇峰八百里，得道老君第一人

52. 道尽天下险，秀透人间山

53. 寻仙伏牛巅，问道老君山

54. 天地玄化老君山，山水演说道德篇

55. 峰林千千古庙悠，飞瀑声声润伏牛

56. 秀绝伏牛八百里，羡煞老君三千年

57. 一山通云海，一览天下奇

58. 神灵玄奥道文化，雄险奇秀山水画

59. "氧"生好地方，醉美老君山

60. 问道乐道亲自然，养生养心老君山

61. 一道一世界，一山一境界

62. 让山水绿肺，让心灵陶醉

63. "老"游所恋，"君"临天下，"山"秀中华

64. 道·韵古今，山·奇天下

65. 亦诗亦画亦风景，好山好水好自然

66. 千姿百态老君山，雄奇险秀通云天

67. 地老天荒老君山，健康长寿享天年

68. 山有老君名华夏，景靠旅游富万家

69. 道·承千年，山·藏古今

70. 问道之旅·有氧之行·仙境之游

71. 道德之源，诗画之山，心灵之约

72. 揽九天神韵，聚五岳风采

73. 上善祈福地，神韵老君山

74. 森林氧吧天造，千年老君有道

75. 飞瀑有声讲"无为"，石林无语道"归真"

76. 一座以老子命名的山，一个一生向往的地方

77. 圣山圣水圣境，自然自在自由

78. 山水天成，道源老君

79. 中原风景库，华夏道教源

80. 千古《道德经》，一脉老君山

81. 登上老君山，天下无仙山

82. 奇峰秀水氧生地，老子文化第一山

83. 中国山水画廊，世界地质公园

84. 八百里山水画廊，两千年道教文化

85. 道不尽的文化，忘不了的风景

86. 老君山，老子津津乐道的地方

87. 亿年老君山，乐"道"每一天

88. 养生老君山，享"寿"大自然

89. 洞天福地老君山，一生相伴到永远

90. 博大精深道教文化，孕育太平世界吉祥

91. 老君山，一个把心留住的地方

92. 梦里寻她千百度，美景尽在老君山

93. 比画真实，比梦精彩

94. 此景只应天上有，人间唯有老君山

95. 天外有天住神仙，山外有山老君山

96. 先人已驾青牛去，空余美景老君山

97. 生态有根，文化有神，老君山有魂

98. 伏牛老君山，千年道家源！问道第一峰，十里入画屏

99. 山横八百里老子骑牛成大道，峰起六千尺仙客乘云到天门

100. 八百里伏牛群山绵延起伏，两千年道家文化熠熠生辉

101. 赏老君山神灵玄奥道教文化，览老君山雄险奇秀自然景观

老君山文化经典用语

1. 树千秋功德，铭万古流芳

2. 超凡脱俗地，返璞归真游

3. 山上有奇峰，老君露峥嵘

4. 寻仙伏牛巅，问道老君山

5. 修身峰瀑间，问道老君山

6. 老君显神韵，山水品自然

7. 绿水抱青岩，福依老君山

8. 梦寻老君山，结伴老子游

9. 山写人文化，水流道德经

10. 访道家山水，看人间真景

11. 道尽天下险，秀透人间山

12. 道由铁顶起，德定老君山

13. 中原风景库，华夏道教源

14. 拜临老君山，悟道得自然

15. 仰止老君山，澄怀观道统

16. 老子道家第一，山水福地无双

17. 一山人文经典，千年道教史诗

18. 一山峰林奇观，千年道教史诗

19. 瑰奇胜绝之观，清静寡欲之处

20. 传承老子文化，品味仙山魅力

21. 华夏养生胜地，中原避暑天堂

22. 养生清静石林，守柔飞瀑清泉

23. 心泊道教圣地，情醉云海奇观

24. 饱览天下奇观，静养天地精神

25. 北国石林仙境，中华道德之源

26. 峰因地灵而起，仙以山美而居

27. 探秘道教祖山，情醉峰林奇观

28. 豫西山水画廊，人间休闲天堂

29. 君山飞瀑石林耸，伏牛守望道家仙

30. 赏君山景韵天然，悟老君道法自然

31. 寻道家始祖仙踪，赏石林飞瀑胜景

32. 飞瀑峰林天下秀，君山老子道德源

33. 道德文章泽古今，花岗石林奇天下

34. 如梦奇峰八百里，得道老君第一人

35. 奇峰异水老君山，道家仙境天外天

36. 忆道教始祖老子，品石林飞瀑奇观

37. 中国山水的丰碑，道家文化的精髓

38. 一山魅力四季景，千古圣山万古情

39. 品味道文化之"韵"，领略老君山之"纯"

40. 追梦谷中藏"仙境"，老君山上寻"真理"

41. 一山"老君"锦绣景，满眼"老子"道德风

42. 钟灵毓秀老君山，修道养生享健康

43. 老君山上览风光，休闲问道享健康

44. 老君老子双面秀，山水人文全景图

45. 花岗峰林千佛指，老君山上存道风

46. 一川飞瀑万壑峰，一代道家是正宗

47. 千峰实为山中圣，道骨乃是人间宗

48. 老君无为大道行，寄身石林云瀑中

49. 琼山碧水人自醉，妙象千年道乾坤

50. 铁顶归来不拜庙，老君归来不看山

51. 曾观圣山难为景，除去景室不是家

52. 老君不与名山争，自有美景天地生

53. 奇石不知峰林妙，古庙无声飞瀑闹

54. 峰林千千古庙悠，飞瀑声声润伏牛

55. 灵山飞瀑自在流，峰林无声名自出

56. 倚树听泉悟道教，灵山幽水洁身心

57. 灵山秀水逍遥游，访古寻幽道家悟

58. 秀绝伏牛八百里，羡煞老君三千年

59. 绝顶风光收眼底，大道山水入画图

60. 飞瀑示至柔之理，石林行出世之道

61. 刚则挺拔屹石林，柔则婉转飞瀑布

62. 风光因山水增色，文化因老子增辉

63. 人文自然老君山，道韵仙风不老君

64. 自然大道修圣人，八百伏牛唯老君

65. 紫气东来老君山，伏牛西去留玄境

66. 问道访仙寻梦地，紫气东来老君山

67. 天人合一长生地，石林飞瀑老君山

68. 山奇林秀飞瀑溅，道教福地老君山

69. 先人已驾青牛去，空余美景老君山

70. 天地万物集自然，万胜灵聚老君山

71. 千年道教朝圣地，万载魅力老君山

72. 清静无为觅精髓，中原圣地老君山

73. 石林飞瀑好景观，寻仙问道老君山

74. 震古烁今道家源，千峰万瀑老君山

75. 书香老子道德经，灵秀洛阳老君山

76. 寻道家始祖仙踪，赏石林飞瀑胜景

77. 山泪汇瀑千古流，石林探道万人醉

78. 西天归来不念佛，老君归来不问道

79. 山水之间得真道，老子文化谱新篇

　　15 年来，老君山风景区的这些宣传语，极大地提升了老君山在全国景区中的文化品位和美誉度、知名度。

附录三：歌曲楹联，增彩增辉

15 年来，众多作家、诗人、记者、游客，登临老君山，感慨万千，为老君山写下不计其数的散文、诗歌、楹联、歌曲等作品，洋洋大观，广为传播。在此，摘录部分楹联和歌曲，以飨读者。

老君山大门对联及匾额

正面大门

匾额（欧阳中石）：

老君山

对联：

道生一一生二二生三三生万物

人法地地法天天法道道法自然

正面二门左

匾额（李準）：

秀压五岳

对联：

八百里伏牛风光雄险奇秀

五千言道德哲理玄奥精深

正面二门右

匾额（李準）：

奇冠三山

对联：

游山游水游林游天下

观天观地观景观世界

正面三门左

匾额（赵朴初）：

高山仰止

对联（李殿仁）：

行大道于天下

造万福于众生

正面三门右

匾额（邵华泽）：

功崇惟志

对联（余光中）：

令尹能留道德典

杨公力辟老君山

正大门背面

匾额（欧阳中石）：

老君山

对联（王怀让）：

蓝天白云青山绿水东西八万里春夏秋冬寒暑冷暖长短高低难易先后花草木雨雪风宇中事事事俱是情情在大道非小道

晴风明月寥天阔地上下七千年尧舜禹汤秦汉唐宋兴衰成败得失荣辱真善美假恶丑世间人人人皆行道道似无情却有情

背面二门左

匾额（李永乐）：

悟道藏真

对联：

潜心论道论天论地论乾坤

修身悟性悟无悟境悟人生

背面二门右

匾额：

天界五官

对联：

道为万物之源衍生天地

德乃千峰之顶俯瞰古今

背面三门左

匾额（曹刚川）：

峰林仙境

对联：

华夏绿色心脏

世界地质奇观

背面三门右

匾额（陈洪武）：

十里画屏

对联：

一山一道一幅画

一步一景一重天

古建门楼正面（任法融）：老子归隐地

古建门楼背面（杨邦杰）：老子天下第一

老君山东大门对联及匾额

正面大门

门额（欧阳中石）：

老君山

对联：

圣人圣山圣地圣境

修身修心修道修德

左门

门额：

德配天地

对联：

安乾坤千秋道德

立世界万古流芳

右门

门额：

道贯古今

对联：

道行天下而天下小

德在我心则我心宽

正大门背面

门额（欧阳中石）：

老君山

对联（郑旺盛）：

青山叠叠，碧水悠悠，八百里伏牛山，绵延巍峨，宝光闪烁耀金顶

大道渺渺，厚德济济，五千言道德经，博古通今，灿烂生辉照人心

左门

门额：

妙境庄严

对联：

天下无双自然胜景

世界第一人文仙山

右门

门额：

钟灵毓秀

对联：

峰林仙境入十里画屏

天界五宫融道教圣地

峰林仙境老君山

作词：李孝军

苍茫宇宙间

伏牛山连绵不断

奇秀雄险拔地通天

重峦叠嶂雾绕群山

人间仙境，最美老君山

伏牛山之巅

天与地乾坤轮转

紫气东来天高云淡

秀压五岳奇冠三山

春夏秋冬，最美老君山

峰林仙境老君山

五彩斑斓，让人流连忘返

上善若水，大道至简

天地无言，随日月自由变幻

峰林仙境老君山

天下道源，千年万年流传

天人合一，道法自然

悟道圣地，人生至此终得圆满

神迹

作词：徐雷　张春雨

新雨映清泉

伏牛山巅

一袭青衫

卷起漫天云烟

白云绕蓝天

奇峰洞洞

苍茫悠远

再听道乐绵绵

鹿行群山看云海波澜

鹤舞翩跹淡然看悲欢

圣境有奇缘

寻爱山水间

人间有仙境

空灵老君山

神迹遗落凡尘几千年

道风传千年

绿瓦青烟

一盏心灯

澄亮云雨无边

瀑潭伴峰峦

山高水远

鸟鸣松间

又见溪流潺潺

笔润千年泼水墨长卷

暮鼓晨钟静美于心田

心灵觅净土

归隐山水间

人间有仙境

空灵老君山

神迹遗落凡尘几千年

神迹遗落凡尘几千年

附录四：山水有灵，诗词生辉

山水有灵，诗词生辉。老君山大规模开发建设以来，当代文人学者王怀让、李铁城、林从龙、谭杰、钟阳、蒋光年、胡秋萍、钱明锵、李星汉等诗词名家纷纷登临老君山，写诗作赋，佳作迭出，为老君山平添了一道蔚为壮观的文化风景。

题老君山二首

王怀让

老君山

若即若离德和道，似分似合人与天。

当年老子隐归处，儿孙炼出一颗丹。

舍身崖

老君山上总留君，传说化作五彩云。

村妇一怒悬崖下，唯有忠孝敢粉身。

金顶二首

李铁城

一

风吹雾散群峰现，七月还觉清秋寒。

五彩朝霞迎旭日，巍巍金殿立云端。

二

风展旌旗云涌动，殿堂映日四周明。

檐铃阵阵惊心魄，几个能知此内情？

题老君山

林从龙

人间仙境路非遥，秋到栾川草未凋。

翠竹烟浮追梦谷，清流鱼跃啸龙桥。

经传道经人文盛，地好君山俗虑消。

更喜林溪农户饭，衣冠万国品佳肴。

咏老君山三首

谭 杰

咏老君庙

鼎脚神龟负老君，盘龙翘首复长吟。

三峰依背安左右，面向天阙吻碧云。

咏老君山

青牛化岭卧中原，灵引老君笑隐山。

巍巍伏牛八百里，尽集灵气在栾川。

《道德经》石刻

翰墨盈盈字透香，博文浩浩溢南墙。

书家共筑千秋业，长载道德四海扬。

老君山诗二首

蒋光年

老龙窝

老龙窝里黑龙潭，潭瀑澄明翠壁寒。

最是君山新雨后，清溪一路响山泉。

南天门

一山高出万山中，独立天门画意浓。

万叠云峦奔眼底，江河到此各西东。

老君山

胡秋萍

豪雨荡胸襟，仙槎何处寻？

林皆添秀色，溪各奏清音。

踏石人烟远，看云梦境深。

苍茫天地意，与我共沉吟。

欣闻老君山兴建老子巨像感赋

钱明锵

中原添胜景，卓塑圣人师。

道法承先绪，儒风拂故枝。

无为臻至境，去欲息尘机。

鱼自筌边悟，潜游任所之。

瞻仰老子铜像感赋

李星汉

灼耀青铜铸老君，嶕然峻峙驾祥云。

为人处世诚惟贵，生有存无道独尊。

正善清超三界外，奸邪浊度两旁分。

庄严净土思难量，返璞归真入圣门。

创作札记：

青山巍巍，奋斗者的人生满怀荣光

这是我见到的

又一群奋斗奉献的人

他们感人至深的奋斗历程

跌宕铿锵,可歌可泣

老君山

一

古人云：江山留胜迹，我辈复登临。

从未想到，此生竟与老君山有缘，有如此深厚的不解之缘。

2004 年 8 月 24 日至 26 日，我有幸与河南省文联党组书记吴长忠、副主席李佩甫，河南省文学院院长郑彦英、名誉院长孙广举、常务副院长王保民，著名作家孙方友、孟宪明一起，来到了心驰神往的"天下名山，道教圣地"老君山，在这里采风创作，并在这里举行了"河南省文学院作家创作基地"的揭牌仪式。

作家留言时，我记得我为老君山写下了"山水有灵，自然传神"八个字。我们回到郑州后数日，时任老君山林场场长的孙欣欣，来到河南省文学院看望作家们。王保民副院长与我一起，陪孙欣欣场长在文学院热火朝天地打了一局又一局乒乓球，留下深刻印象。后又受两位院长委托，由我执笔写下了随笔散文《老君山怀想》，数日后发表于当时发行量近百万份的《大河报》。

2019 年秋天，作家诗人受邀到栾川龙峪湾采风，时任栾川县旅工委主任的孙欣欣前来看望作家们，我俩相见，忆及当年，分外激动。我们一起上山，一起下山。犹记得，从鸡角尖高峰下山之时，但见山谷之间，秋阳高照，祥云缭绕，孙主任说，此时此景，可以作诗。面对壮丽风光，不禁兴致勃勃，我随口答曰："峰高万仞山，崖险花烂漫。谷深闻鸟鸣，风来云盘桓。"下山途中，又乘兴补了几句："吾辈登高处，沧海望波烟。生命未虚度，壮游览河山。"采风片段，至今记忆犹新，真是快哉！

2021 年春天，突然接到任职洛阳市文旅局副局长的孙欣欣的电话，邀我再上老君山。他说，老君山值得写，老君山的掌舵人杨植森老先生值得写，去了，见了，看了，一定会触动作家创作的灵感，一定能写出一部好的报告文学来。他的话充满了热情，也充满了对一个作家的期待和诱惑。

于是，我真的就去了老君山，就认识了年过七旬的杨植森老人，就认识了一个又一个老君山人。这是又一片天空，这是又一个世界，这是我见到的一群奋斗奉献的人，他们感人至深的奋斗历程，可歌可泣。认识了，便是缘分；感动了，怎能不写？作家的责任和创作的欲望，霎时被激发起来，燃烧起来，如火如荼，情不自禁。

于是，满怀激动之情，我采访创作，奋笔疾书，于是，就有了《老君山人》这部长篇报告文学。愿以此致敬老杨总和十五载与他携手并肩奋斗奉献的老君山人。

一切，皆是缘。

二

老君山是伏牛山世界地质公园核心园区，国家 5A 级旅游景区，国家级自然保护区，省级风景名胜区，省级文物保护单位。老君山，古称景室山，是八百里伏牛山的主峰，因老子归隐修炼于此而得名。老君山挺拔巍峨，重峦叠嶂，峡谷飞瀑，千姿百态；中天门、南天门、老君庙，历史悠久，文化源远流长；尤其是老君山的金顶道观，雄伟壮观，金碧辉煌，与武当山并称为"南北二顶"，名播八方。

遥想当年，一代圣哲老子，驾青牛远游，至函谷关而作《道德经》，而后辞别尹喜，游遍大漠孤烟、三山五岳，千挑万选，最终归隐在了八百里伏牛山主峰景室山，从此传经布道，恩泽世人，成就道教圣山老君山。

登临老君山，令人感慨万千。仰观飞星流云，叹匆匆人生如尘；俯察草木情怀，苍茫茫壮阔无边！

眺望远方，文思泉涌；落笔题联，壮我豪情：

　　　青山叠叠，碧水悠悠，八百里伏牛山，绵延巍峨，宝光闪烁耀金顶。

　　　大道渺渺，厚德济济，五千言道德经，博古通今，灿烂生辉照人心。

承蒙老君山文旅集团董事局主席杨植森老先生和文化总顾问张记先生厚爱和鼓励，邀我将这副楹联用毛笔书写了下来。2021年8月，他们不但在老君山开发建设十四周年大会上宣读了此联，而且将我的书法作品精工烫金制作长匾，悬挂于老君山刚刚竣工的气势磅礴的东山门正门的两旁。山门之上，特别悬挂了著名书法家欧阳中石先生所写的笔力雄健、独具个性的"老君山"书法作品。

一介书生，毫无书法造诣，只是率性而为，真情撰写，意不在书法纵横捭阖，而重在书写老君山的厚重文化。今有幸与一代大书法家欧阳中石先生，因老君山而结"书法"善缘，真乃荣光。

作家与书法家，作品有缘共襄一门，令人激动。

老君山壮丽之地，最易触发作家灵感。登高望远，俯瞰群山，终得一诗。存此留念：

七律·题老君山金顶

云海翻腾千重浪，巍峨磅礴慨而慷。

茫茫苍苍九万里，青牛独爱老君山。

峰峦叠翠藏雄奇，草木闻道向长天。

金顶登高拜老君，觉悟玄妙五千言。

三

初心永在，犹江河奔流于大海。

老杨总一生奋斗，一生付出，两次创业，谱写了人生的壮丽诗篇。作为一个农民的孩子，从放羊娃、放牛娃做起，最终成为干大事业的农民企业家。他胸襟宽广，爱心满怀；报效桑梓，义无反顾；敢于担当，义薄云天。他是栾川人特别敬佩的一位老人。

作为一个农民企业家，他以博大之情怀，把取之于栾川的亿万财富，慷慨豪迈地用于老君山的开发建设，15 年投资了 20 亿元，将老君山建成了国家 5A 级的旅游景区，以一座山带火了一座城，是栾川工业反哺旅游当之无愧的功臣。

作为作家，与老杨总结缘，从他身上看到了、感受到了一种质朴的精神、一种执着的信念、一种高远的追求。采访创作的过程，其实也是作家自己得到精神洗礼和提升的一个过程。

善莫大焉，功德无量。心怀敬仰，特撰长联，彰其功业：

横批：道行天下，德润人间

上联：国泰民安，老杨公十五载披荆斩棘，栉风沐雨，孜孜以求；集北山之财，建设秀美栾川，大爱情怀昭日月；且看天地感应，大道中兴，苍山如画，天降祥瑞，绿水青山，百姓富庶；老骥伏枥，志在千里，一颗丹心留青史，功德千秋丰碑树！继往开来，弘道老子文化苑，道高如山，玄妙若海，真乃一方风水宝地；天人合一，修藏智慧，道行天下，圣人像世界第一，众生膜拜。

下联：华夏复兴，道德经三千载道法自然，上善若水，生生不息；汇南山之灵，再造二次资源，赤胆忠诚化金刚；今见沧桑巨变，伊河奔流，大地若诗，鸾凤和鸣，金山银山，造福桑梓；烈士暮年，壮心不已，两度创业成绝响，恩泽百代美名传！怀古追昔，俯察八百里伏牛，峰峦叠翠，巍峨藏奇，堪为九州龙脉气象；圣哲归隐，觉悟大道，德润古今，老君山道教圣地，天下景仰。

四

鸾州大地，历史悠久；人文荟萃，钟灵毓秀。

老君山人是幸运的，老杨总是幸运的，老君山更是遇上了栾川历史上的好时代。

老杨总说，历任栾川县的领导，他们为栾川的经济发展呕心沥血，特别是2007年提出以"工业反哺旅游"的发展大计，把栾川从发展黑色经济的工矿业引导到了发展绿色经济的旅游业，可以说是高瞻远瞩的经济发展战略决策。老君山发展旅游以来，栾川历届县委、县政府的领导和许多相关局委的领导，都把支持老君山打造栾川旅游龙头景区当作大事来抓，这也是老君山前期能够开发旅游，后期转制之后能够得到快速发展的重要原因。

2021年10月31日，洛阳市委组织部宣布赵莉任职栾川新一任县委书记。据说赵莉书记曾经抓过旅游，是一位很懂旅游的女书记。她任职的第四天，就与县委副书记、县长曲万涛，县人大常委会主任、县旅游领导小组组长买勇等县领导，来到老君山景区和栾川县博物馆调研并召开座谈会，对老君山10多年的开发建设成就给予了高度肯定，对老君山未来的发展提出更高的要求，会上还成立老君山提升建设领导班子，把任务分解到各个部门，要求对照5A景区建设标准，将老君山的开发建设上升到一个新的高度。

老杨总谈到此事，很有感慨："2021 年，栾川新一任县委书记和县长上任，县委书记赵莉和县长曲万涛等领导，多次到老君山视察指导工作，对老君山未来的开发建设提出更加长远的建设性意见，栾川县四大班子领导和县有关部门都对老君山的工作给予大力支持。在这样良好的发展环境里，老君山未来的提升建设和长远发展，一定会让 35 万栾川人越来越满意。老君山人会再接再厉，继续发扬老君山人的奋斗和创业精神，将老君山打造成栾川人民的金山和银山。"

对于老君山掌舵人杨植森 15 年来带领老君山人所创造的辉煌业绩，不仅栾川人称赞钦佩，同时也得到了社会各界很多领导的称赞和肯定。

前不久，河南省文化和旅游厅党组书记、厅长姜继鼎在谈到杨植森时，就非常肯定地说：杨总这个人，这么多年来，扎根老君山，开发老君山，称得上是"以山为命"的人！

"以山为命。"老君山人说，姜继鼎厅长的话，高度概括赞扬了老杨总十五年如一日全身心投身老君山开发建设的创业精神、奋斗精神和造福栾川的大爱情怀、奉献精神。

五

永葆初心，奋斗奉献；劈波斩浪，创造辉煌。

15 年来，在老杨总的带领下，老君山大气魄投资 20 亿元，完成了 100 多项重大旅游基础服务设施建设，形成了"一轴两翼七大功能服务区"的旅游大格局。15 年来，老君山的交通由当初仅有的一条盘山公路，发展到现在的公路、步道、栈道、索道应有尽有；家庭宾馆由起初接待能力不足百人的 8 家，猛增到现在的近 200 家，接待能力日均达到上万人次；入园游客由当初每年几千人，发展到现在的每年 150 多万人次；旅游收入由最多 30 万元，逐年猛增到 3.6 亿元，翻了千倍；在职员工由最初的 26 人，壮大到现在的 438 人；当初破败不堪的老君庙、灵官殿庙宇，已经恢复重建到现在焕然一新的五个道观群。15 年来，老君山先后获得各项荣誉 180 多个，其中世界级荣誉 2 个，国家级荣誉 8 个，省级荣誉 10 多个。

旅游拉动经济，一山带火一城。老君山风景区的跨越性发展，带动了栾川全县的旅游提升，辐射带动一镇两乡五个自然村的产业化发展，增加就业岗位 5000 多个，年创综合收入超过 20 个亿，创造了良好的经济效益和社会效益，成为引领栾川旅游的龙头企业和栾川旅游推介的金字招牌。

老君山，一个昔日贫穷落后、百姓苦寒的地方，如今沧桑巨变，一跃成为栾川脱贫致富乡村振兴的典范。

15 年来，一代老君山人在老杨总的引领下，披荆斩棘、携手奋斗，在不断创造与奉献之中，把老君山打造成了造福百姓的绿水青山、金山银山。

巍巍青山，铭记光荣。

满怀激情，赋诗歌之。

致老君山人
——为老君山人披荆斩棘十五载搏风击雨奋斗路而歌

层峦叠翠，巍峨向天

奇冠三山，秀压五岳

西望秦岭，东瞰龙门

南瞻武当，北眺长城

这是一座雄浑磅礴的山

它亿万年昂首屹立，恩泽天下

于大地之上成就了鸾凤呈祥的大美栾川

八百里伏牛山主峰马鬃岭在这里

三千年老子归隐修炼之地在这里

茫茫苍苍九万里，青牛独爱老君山

老君山，老君山，传奇神话三百篇

历朝历代，多少帝王将相鸿儒大德

心驰神往，登高仰望

年年岁岁岁岁年年，多少百姓虔诚叩拜

祈求慈祥的老君爷，护佑苍生国泰民安

老君山，老君山

山石险峻，壮阔可亲

豪迈挺拔，草木怡人

谷深万仞，峰高入云

密林藏奇，激流飞鸣

黄河长江，南北岭分

祥云高照，巍巍金顶

三顶摩天，天界五官

云海茫茫，松石为骨

清泉为心，润泽万物

大道渺渺，厚德济济

历史悠悠，文化铸魂

老君山，老君山，天下名山

千百年来诗词歌赋代代传

老君山，老君山，道教圣山

老子文化源远流长五千言

天有日月山有水，天道轮回万物新

公元二〇〇七年八月二十三日

老君山迎来了崭新的历史篇章

花甲老人杨植森，不负栾川人民情

这一天，他顺应时代，果断决策

要集北山之财，再造秀美南山

从此，展开了他工业反哺旅游的人生画卷

从此，一群志同道合的追梦者相聚于他的身旁

从此，一部披荆斩棘的奋斗史诗在老君山绽放

天地感应，大道中兴

鸾河奔流，沧桑巨变

一颗丹心向青天，二度创业成绝响

烈士暮年，壮心不已

大气魄投资，大气魄建设

老子文化苑、金顶道观群，宏伟壮观，巧夺天工

穿云、步云、飞云，栈道盘桓，穿云登顶

中灵、峰林、云景，索道凌空，飞龙在天

追梦谷、洞天河、马鬃岭，自然天成

一轴两翼七大功能区，雄奇壮美，引人流连

十五年二十个亿的投资啊，破釜沉舟

一位农民企业家的情怀，何等的气冲霄汉

老君山模式，老君山速度，老君山精神

壮志凌云，谱写了老君山人铿锵跌宕的奋斗乐章

老骥伏枥，志在千里

他是老君山的领航人

十五年呕心沥血，栉风沐雨报家乡

运筹帷幄，睿智决胜

胸怀如海，丹心一片

倾毕生精力，不图安逸舒爽

只愿做大山的脊梁，誓以旅游富一方

一张张蓝图绘就绿水青山

一次次考察取经博采众长

一场场高峰论坛指明方向

一项项工程落地金山银山

老杨总，年过七旬的长者，一位老共产党员

老君山人，以他为舵手勇敢地踏浪远航

十五年干了一件惊天动地的宏大事业

十五年造福子孙后代续写着皇皇诗篇

十五年的奋斗创造浩浩荡荡壮丽辉煌

十五年的付出奉献光耀河山泽被栾川

回首曾经的每一天，

怦然心动，热血沸腾

铿锵跌宕，风雨同行

众志成城，荣辱与共

创造辉煌，壮我征程

历历在目，铭刻于心

曾经的激情梦想

曾经的携手并肩

曾经的栉风沐雨

曾经的跨越峰巅

轰轰烈烈地做事

默默无闻地奉献

斗转星移，日月变幻

人还是这群人，山还是那座山

老君山人，是一群赤胆忠心的守山人

是一群纯朴善良而又勤勤恳恳的人

他们在高高的老君山上

铸造了可歌可泣感天动地的老君山之魂

因为这群人，老君山的壮美举世瞩目

因为这群人，老君山的文化赓续传承

因为这群人，老君山的圣名四海传颂

老君山人，就是老君山魂

老君山人睿智而刚毅

像悬崖峭壁上搏风击雨的苍松

老君山人博大而赤诚

如高山峡谷中奔涌不息的飞泉

老君山是老君山人精神的衣钵

老君山人是老君山生命的闪烁

老君山，老君山人，老君山魂

一草一木，浓缩的是精神气节

一言一行，彰显的是伟岸雄阔

一石一峰，体现的是坚毅沉着

一举一动，展示的是姿态气魄

一砖一瓦，沉淀的是智慧心血

一智一谋，守护的是文化根脉

十五年风雨雷电，老君山人扎根老君山

手挽手，心连心，克难攻坚

同呼吸，共命运，乘风破浪

青山巍巍，精神烁烁

十五载岁月，筚路蓝缕光荣奋斗

不积小流，无以成江河

美好的愿景，永远激发他们无穷的力量

不积跬步，无以至千里

责任和担当，时刻鼓舞着他们一往无前

老君山人，老君山魂

用双脚的豪迈，丈量出一座圣山的高度

用生命的坚韧，书写出一座仙山的传奇

用执着的力量，创造出一座名山的辉煌

十五年的奋斗，绘就壮丽无比的历史画卷

十五年的奉献，一山带火一座城鸾鸟飞翔

忆往昔，峥嵘岁月多壮志

看今朝，征程漫漫再奋起

一种精神，一种文化，一种信念

一种思想，一种智慧，一种追求，

老君山人，老君山魂

壮志豪情，青春无悔

人人都要成为幸福的创造者

个个都要成为未来的追梦人

奋斗不息，永葆初心

苍山如海，朝阳东升

2022 年 3 月 13 日